HEYNE <

Das Buch

Dem magischen Kontinent Mithgar droht ein erbarmungsloser Krieg: Der Schwarzmagier Modru hat seine Truppen gesammelt und führt sie gegen die vereinten Armeen der Menschen und Elfen ins Feld. Während in allen Ländern gewaltige Schlachten geschlagen werden, sind die Wurrlinge Tipperton Thistledown und Beau Darby noch immer auf der Suche nach König Agron von Aven, dem sie eine geheimnisvolle Münze überbringen müssen.
Auf ihrer langen Reise begegnen die beiden Helden zahlreichen Gefahren, aber auch Freunden und Verbündeten. In den Wäldern der Elfen und in den Stollen der Zwerge finden sie Hilfe, doch dank einer uralten Prophezeiung der Elfen wird ihnen auch bewusst, wie wichtig ihre Mission ist. Und als Tipp auf die Liebe seines Lebens trifft, wird diese Begegnung für ihn zur größten Prüfung seiner Fahrt. Denn er weiß, nur wenn er die Geliebte verlässt und seine Aufgabe zu Ende bringt, kann er den Untergang der Welt Mithgar verhindern.

Dennis L. McKiernans MITHGAR-Romane:

Bd. 1: Zwergenkrieger
Bd. 2: Zwergenzorn
Bd. 3: Zwergenmacht
Bd. 4: Elfenzauber
Bd. 5: Elfenkrieger
Bd. 6: Elfenschiffe
Bd. 7: Elfensturm
Bd. 8: Magiermacht
Bd. 9: Magierschwur
Bd. 10: Magierkrieg
Bd. 11: Magierlicht
Bd. 12: Drachenbann

Der Autor

Dennis L. McKiernan, geboren 1932 in Missouri, lebt mit seiner Familie in Ohio. Mit seinen Romanen aus der magischen Welt Mithgar gehört er zu den erfolgreichsten Fantasy-Autoren der Gegenwart.

DENNIS L. McKIERNAN

MAGIER SCHWUR

Roman

Deutsche Erstausgabe

WILHELM HEYNE VERLAG
MÜNCHEN

Titel der amerikanischen Originalausgabe
HÈL'S CRUCIBLE: INTO THE FORGE – PART 2
Deutsche Übersetzung von Wolfgang Thon

FSC
Mix
Produktgruppe aus vorbildlich bewirtschafteten Wäldern und anderen kontrollierten Herkünften

Zert.-Nr. SGS-COC-1940
www.fsc.org
© 1996 Forest Stewardship Council

Verlagsgruppe Random House FSC-DEU-0100
Das für dieses Buch verwendete
FSC-zertifizierte Papier *München Super*
liefert Mochenwangen.

Deutsche Erstausgabe 05/2007
Redaktion: Natalja Schmidt

www.heyne.de
Printed in Germany 2007
Titelillustration: Arndt Drechsler
Umschlaggestaltung: Nele Schütz Design, München
Satz: C. Schaber Datentechnik, Wels
Druck und Bindung: GGP Media GmbH, Pößneck

ISBN: 978-3-453-52281-7

Für alle auf der Welt, die Fantasy
lesen und schreiben,
und
für die lange Kette von Menschen,
die sie verbindet.
Zusammen können wir die Magie
Wirklichkeit werden lassen.

Ein Teil von Mithgar

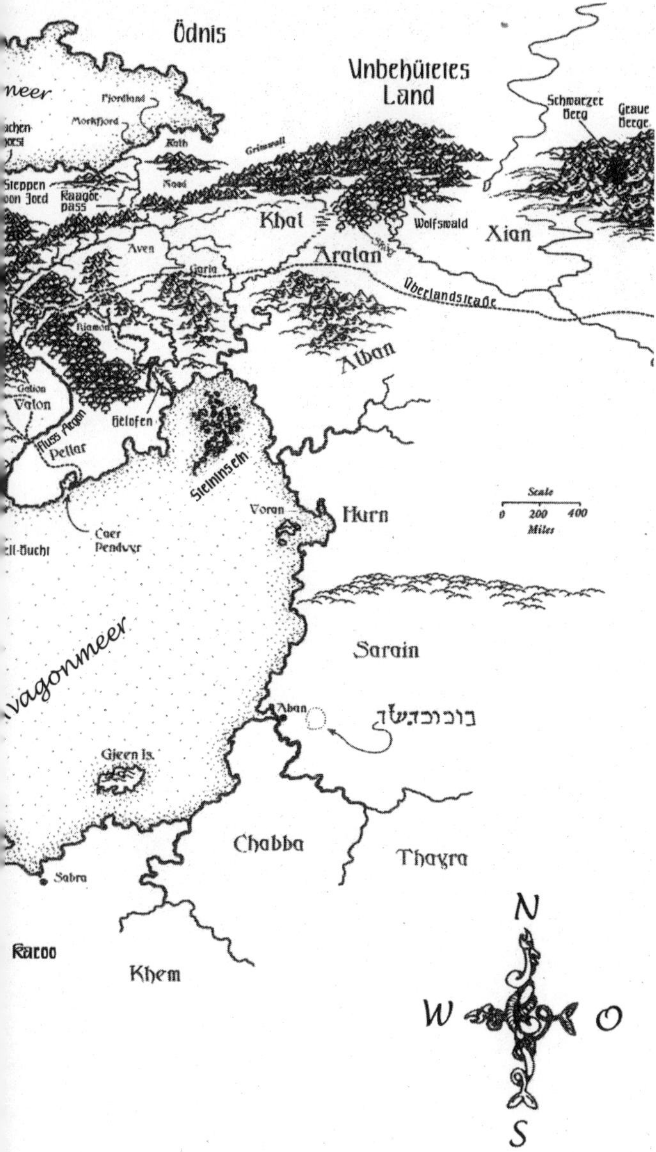

Ödnis
Unbehütetes Land
Fjordland
Morkfjord
Kath
Grimwall
Nodd
Steppen von Jord
Raagorpass
Khal
Wolfswald
Xian
Schwarzer Berg
Graue Berge
Aven
Aralan
Garia
Überlandstraße
Riamon
Alban
Gation
Valon
Fluss Argon
Helofen
Pellar
Steininseln
Voran
Hurn
Caer Pendwyr
Scale
0 200 400
Miles
Sarain
Aban
Gjeen Is.
Chabba
Thayra
Sabra
Karoo
Khem
N
W
O
S

Vorwort

Die beiden Wurrlinge Tipperton Thistledown und Beau Darby, die eine geheimnisvolle Münze, welche Tipperton von einem sterbenden Reiter des Königs bekommen hat, nach Aven zu König Agron bringen wollen, erreichen mit ihren Begleitern und Freunden, dem Elf Loric und der Elfin Phais nach einer gefährlichen und beschwerlichen Reise Valon. Sie werden von den Horden des Gezüchts, die der Schwarze Zauberer Modru befehligt, verfolgt. Modru ist es gelungen, seine Kriegshorden aus dem Land Gron aus der Niederen Welt in die Mittelwelt zu schaffen, um sie und anschließend alle Welten zu erobern.

Als unsere Helden das Gebirgsmassiv des Grimmwalls endlich überwunden haben und das Land Valon erreichen, müssen sie feststellen, dass ihnen die Horden Modrus bereits zuvorgekommen sind.

Valon steht in Flammen.

ANMERKUNGEN DES AUTORS

Magierschwur erzählt die Geschichte des Großen Krieges, gesehen durch die Augen von zwei Wurrlingen, Tipperton Thistledown und Beau Darby.

Die Geschichte beginnt im Jahr 2195 der Zweiten Ära von Mithgar. In dieser Zeit können die *Rûpt* oder Rukhs noch bei Nacht und am hellichten Tag umherstreifen, obwohl man sagt, dass sie ihrem schändlichen Tun lieber im Schutz der Dunkelheit nachgehen.

Die Geschichte des Großen Bannkrieges wurde aus verschiedenen Quellen rekonstruiert, von denen eine wichtige die Thistledown-Saga ist. Ich habe an einigen Stellen die Lücken mit eigenen Vermutungen ergänzt, aber im Großen und Ganzen entspricht die erzählte Geschichte der ursprünglichen Sage.

Wie bei einigen anderen Werken über Mithgar kommt es häufig vor, dass sich in der Hitze des Augenblicks Menschen, Magier, Elfen und andere unwillkürlich ihrer Muttersprache bedienen. Um jedoch lästige Übersetzungen zu vermeiden, habe ich, wo erforderlich, ihre Worte in Pellarion aufgeschrieben, der Umgangssprache Mithgars. Einige Worte und Redewendungen eignen sich jedoch nicht für die Übersetzung, und diese habe ich unverändert gelassen. Darüber hinaus mögen verschiedene Wörter falsch aussehen, sind tatsächlich aber korrekt – so ist zum Beispiel DelfHerr nur ein einzelnes Wort, obwohl mitten im Wort ein großes H steht.

Die Elfensprache Sylva ist sehr altertümlich und förmlich, aber im Interesse der Lesbarkeit sind die meisten altertümlichen Ausdrücke und Redewendungen eliminiert worden.

Für die besonders Neugierigen sei noch angemerkt, dass das *w* in Rwn wie *uu* ausgesprochen wird (w ist schließlich nichts anderes als ein doppeltes u). Rwn wird also nicht *Renn* ausgesprochen, sondern *Ruhn.*

1. Kapitel

Tipperton, Beau, Loric und Phais erreichten das östliche Ende des Passes, als der abnehmende Halbmond am Himmel aufging und sein silbernes Licht die hohe Steppe Valons überzog.

»Wir werden hier zwischen den schützenden Klippen lagern«, erklärte Loric und schnallte seinen Rucksack ab. »Morgen früh reiten wir weiter.«

»Aber was ist mit dem Rauch und den Feuern auf den Ebenen, die wir gesehen haben?«, erkundigte sich Beau. »Sollten wir nicht nachsehen, ob jemand Hilfe benötigt?«

Loric sah Phais an und schüttelte dann den Kopf. »Mir schwant, dass wir hier nur ein anderes Stede, ein weiteres Annory finden werden, Herr Beau. Als wir die Brände dort untersuchten, war es ebenfalls bereits zu spät.«

Tipperton nickte düster. »Außerdem sind es mindestens zwanzig Meilen bis dorthin. Selbst wenn wir ohne Pause zügig reiten, erreichen wir die Feuer erst am Morgen, oder vielleicht sogar erst gegen Mittag.«

»Meiner Treu«, erwiderte Beau niedergeschlagen. »Ich hatte gehofft, es wäre näher. Ehrlich gesagt, kann ich kaum weitergehen, wenn wir nicht zwischendurch eine kleine Pause einlegen. Immerhin klettere ich nicht jeden Tag mit einem Rucksack auf dem Rücken über den Grimmwall und wieder hinunter.«

»Außerdem führt uns unser Weg ohnehin dort vorbei«, mischte sich Phais ein. »Also sollten wir morgen sehen, was dort auf der Ebene brennt. Aber fürs Erste habt Ihr recht, wir müssen rasten.«

Tip setzte seinen Rucksack ab und seufzte erleichtert. Dann schaute er zur Gûnnaring-Schlucht zurück. »Wird es irgendwann einfacher? Ich meine, diese Wanderung?«

Loric nickte. »Je weiter wir kommen, desto einfacher wird der Weg. Denn unsere Rucksäcke werden leichter, je mehr Lebensmittel wir verbrauchen. Und unsere Stärke und Ausdauer wird wachsen, während wir über die Ebene und bis nach Darda Galion wandern.«

Beau stöhnte. »Wir müssen doch hoffentlich nicht den ganzen Weg bis zum Greisenwald zu Fuß zurücklegen? Irgendwo müssen wir doch Pferde kaufen können ... oder Ponys.«

Phais kniete neben ihrem Rucksack nieder und löste die Verschnürung. »Wer kann das sagen«, meinte sie seufzend, »da dieses Land vom Krieg heimgesucht wird?«

Tipperton sah die Dara an. »Wann werden wir den Elfenwald erreichen, falls wir zu Fuß gehen müssen?«

Phais blickte fragend zu Loric. »Wenn wir nicht verweilen«, antwortete er, »sollten wir in vierzehn Tagen dort sein.«

»Vierzehn Tage? Zwei Wochen?«

»Aye. Es sind fast hundert Werst.«

»Dreihundert Meilen?«

»Aye, dreihundert Meilen, Tipperton. Und wir schaffen etwa sieben Werst am Tag, also brauchen wir etwa vierzehn Tage.«

Tipperton stöhnte. »Einundzwanzig Meilen am Tag, und das vierzehn Tage lang. Meine armen Füße protestieren jetzt schon.«

Beau schnaubte. »Pah, Tip, im Vergleich dazu, wie wir im Ödwald über das Eis gerutscht sind, dürfte dieser Spaziergang in den Greisenwald geradezu ein Ausflug sein. Was kann besser sein, als auf weichem Boden über eine Steppe zu laufen? Außerdem, Wurro, vergiss nicht, dass dies von allen Möglichkeiten, die uns geblieben sind, der schnellste Weg ist.«

Tip warf seinem Freund einen skeptischen Blick zu, sagte jedoch nichts, während er stöhnend aufstand, um die erste Wache zu übernehmen.

Kurz nach Tagesanbruch marschierten sie in nordöstlicher Richtung über die hügeligen Ebenen von Valon. Die Steppe war bis zum Horizont mit hohem Gras bewachsen, das den Elfen bis zu den Schenkeln, den Wurrlingen jedoch bis zur Brust reichte. Es wiegte sich in dem frischen Morgenwind, der aus der Gûnnaring-Schlucht hinter ihnen blies. Hinter dem Horizont stieg immer noch eine Rauchsäule auf und bedeckte den Himmel mit ihren Schwaden. Der Rauch wurde vom Wind nach Osten getrieben. Und sie marschierten direkt auf den Ursprung der Rauchsäule zu.

»Was ist, wenn es dort so aussieht wie in Annory? Eine niedergebrannte und zerstörte Stadt, in der ein Trupp des Gezüchts kampiert?«, fragte Beau. »Was können wir vier dagegen ausrichten?«

Phais seufzte. »Wir müssen sie umgehen.«

»Ihr meint, wir lassen sie in Ruhe?«, fragte Tip.

Phais nickte. »Aye. Es sind wahrscheinlich zu viele für uns.«

Tipperton knurrte. »Aber die Zwerge haben neunzehn Feinde angegriffen, und sie waren nur zu fünft.«

Loric schüttelte resigniert den Kopf. »Die Zwerge sind eine wilde Rasse, denen die Ehre weit mehr gilt als das Leben. Aye, sie haben mit ihren schwingenden Äxten neunzehn Feinde angegriffen, und sich auf das Überraschungsmoment und ihre rohe Kraft verlassen. Sollten wir einer ähnlichen Situation begegnen, würde ich mich auf Verstohlenheit und List besinnen, um dasselbe Ergebnis zu erzielen. Aber beachtet: Verstohlenheit, List und Klugheit bedürfen der Zeit, und sollten wir einer großen Zahl von Feinden begegnen, müssen wir sie umgehen, wenn wir unsere Reise nach Aven nicht gefährden wollen.«

Tip runzelte die Stirn, was Phais bemerkte. »Tipperton, wenn wir jeden Feind zwischen diesem Ort und Dendor in Aven angreifen, brauchen wir mindestens ein Jahr, bis wir vor König Agron treten können.«

»Trotzdem«, fuhr Loric fort, »werden wir unterwegs Erkundungen über den Feind einziehen und dieses Wissen an diejenigen weitergeben, die es benötigen.«

»Wie Kundschafter?«, meinte Beau. »Ich meine, solange wir nicht vom Weg nach Aven abkommen.«

»Genau so.« Loric lächelte den Wurrling an.

Dann marschierten sie weiter über die Ebene auf die Rauchsäule zu, über der am Himmel zahlreiche Vögel ihre Kreise zogen.

»Leise!«, zischte Loric, als sie einen Hügelkamm erreichten. »Geht in Deckung.«

Sie warfen sich ins Gras. »Was?«, flüsterte Tipperton. »Was ist dort?«

»Pferde«, zischte der Alor, setzte seinen Rucksack ab und zog sein Schwert. Phais nickte zustimmend, zog ebenfalls ihre Klinge und befreite sich von ihrem Bündel.

Beau lag flach auf dem Boden und drückte sein Ohr auf die Erde. Er riss die Augen auf und bedeutete Tip mit einer Handbewegung, seinem Beispiel zu folgen. Der sah seinen Freund erstaunt an, als er ebenfalls das Donnern zahlloser Hufe auf der weichen Erde hörte. »Und wenn es Freunde sind?«, fragte er und hob vorsichtig den Kopf.

»Und wenn es Feinde sind?«, antwortete Beau mit einer Gegenfrage.

»Freunde werden wir begrüßen«, meinte Phais, »Feinde nicht.« Dann legte sie den Finger auf die Lippen, um Schweigen zu gebieten.

Beau sog zischend die Luft ein. »Meiner Treu, wenn es nun Ghûle auf Hèlrössern sind?«

Geschützt vom hohen Gras zog Tipperton seinen Bogen von den Schultern und legte einen Pfeil auf. Beau folgte seinem Beispiel.

Jetzt konnten die Wurrlinge die Pferde auch hören, ohne die Ohren auf den Boden zu legen. Tipperton blickte auf, damit er über die Spitzen der Gräser spähen konnte.

Sie kamen aus dem Norden und bogen um die Flanke eines Hügels. Ein Reiteraufzug, mehr als dreißig Männer auf Pferden. Neben ihnen her liefen mindestens doppelt so viele Männer, und sie alle waren mit Speeren bewaffnet. Die Reiter waren dunkelhäutig, trugen Turbane und lange, fließende Gewänder, und gebogene Schwerter, die sie an der Seite gegürtet hatten. Das Fußvolk war noch dunkelhäutiger, fast schwarz. Sie trugen nur kurze Lendenschurze und an den Füßen Sandalen. Ihr langes Haar hatten sie zu Zöpfen gebunden, die von Muschelspangen zusammengehalten wurden. Auf ihrer dunklen Haut glänzte der Schweiß.

»Deckung!«, zischte Loric und zog Tipperton hinunter. »Das ist der Feind.«

Sie rannten durch eine Senke, und die Gefährten hörten das angestrengte Keuchen sowohl der Männer als auch der Tiere. Sie verschwanden schon bald hinter den lang gestreckten Hügeln in südlicher Richtung.

Vorsichtig ging Loric auf ein Knie, sah sich um und richtete sich dann ganz auf.

Er bedeutete den anderen, sich ebenfalls zu erheben.

Tipperton sah nach Süden, konnte aber nur das weite, wogende Gras erkennen. »Was ... Wer war das?«

»Männer aus Hyree«, erwiderte Loric, »und Männer aus Chabba.«

»Auf den Pferden ...?«

»Saßen Hyrianer«, erklärte der Elf. »Und die Krieger zu Fuß waren Chabbaner.«

»Ha«, meinte Beau. »Ich habe schon einmal von den Chabbanern gehört, aber mir will nicht einfallen, was es war.«

»Waren das nicht die Krieger, welche Gleeds niedergebrannt haben?«, fragte Tipperton. »Ich glaube, mein Vater hat mir davon erzählt.« Er sah Phais fragend an.

»Aye, damals in der Ersten Ära.«

»Aber die zweite Ära dauert schon zweitausend Jahre an«, meinte Beau. »Was machen sie denn jetzt hier?«

Phais seufzte. »Sie suchen nach Rache für lang vergangene Taten.«

Als die Wurrlinge sie verständnislos anschauten, fuhr die Elfin fort: »Gleeds war eine Stadt, erbaut aus Holz von dem ersten Hochkönig Awain. Etwa sechzig Sommer später stritten sich Chabba und Pellar über einige Handelsrouten. Die Chabbaner überquerten mit einer Flotte das Avagonmeer und brannten die noch recht junge Stadt nieder. Doch die Armee des Hochkönigs kesselte die Angreifer ein und schlachtete sie bis auf einige wenige ab, obwohl sich viele ergaben. Seitdem hegen die Chabbaner einen tiefen Groll in ihrem Herzen. Sie haben geschworen, eines Tages für die Niederlage Rache zu nehmen.«

»Und der Hochkönig hat den Sitz seiner Regierung damals doch aus der Asche jener Stadt nach Caer Pendwyr verlegt?«

»Richtig«, meinte Beau. »Jetzt erinnere ich mich wieder. An die Geschichte, meine ich. Aber das ist schon so lange her, und trotzdem suchen die Chabbaner noch Vergeltung?«

»Meiner Treu, Beau, du hast recht«, meinte Tipperton. »Ihr sagt, das wäre in der Ersten Ära geschehen?«

Phais runzelte die Stirn. »Aye, und zwar am Anfang der Ersten Ära. Unter der Herrschaft von König Rolun, dem Enkel von Awain. Awain gründete Gleeds, und Rolun sah die Stadt niederbrennen.«

Tipperton schüttelte den Kopf. »Das muss also vor mindestens zwölftausend Jahren gewesen sein, Beau. Wollt Ihr uns sagen, Phais, dass die Chabbaner seit so langer Zeit ihren Hass pflegen?«

»Nicht nur deswegen, sondern auch wegen all der anderen Niederlagen«, erklärte Phais. »Sie verehren die Geister der Verstorbenen und glauben, dass alle finsteren Taten gesühnt werden müssen, weil sie sonst keine Ruhe finden, und ihre Klagen Leid über ihre lebenden Verwandten bringen.«

»Ich muss schon sagen ...«, begann Beau, und fuhr dann erschreckt fort: »Deckung! Zieht die Köpfe ein!«

Als sich die Gefährten in das hohe Gras duckten, kam der Zug der Reiter auf einer weit entfernten Anhöhe wieder in Sicht. Sie überquerten den Hügel rasch und verschwanden wieder, aber sie bewegten sich in unvermindertem Tempo nach Süden weiter.

Phais sah Loric an. »Dort liegt ihr Nachtlager.«

Loric nickte.

»Woher wisst Ihr das?« Beau sah sich misstrauisch um.

»Sie hatten keine Vorräte dabei, Kleiner«, antwortete Loric.

»Meiner Treu!« Beau deutete auf die Rauchsäule in der Ferne. »Glaubt Ihr, dass sich ihr Lager dort befindet?«

Loric wirkte skeptisch, und Phais antwortete dem Wurrling. »Die Rauchsäule, die wir gestern gesehen haben, stammt nicht von einem Lager, sondern eher von einer brennenden Siedlung, und die Vögel sind ebenfalls ein böses Omen. Trotzdem sollten wir vorsichtig weitergehen.«

Während Loric seinen Rucksack schulterte, meinte er: »Wir müssen darauf achten, so wenig Spuren wie möglich zu hinterlassen, sonst könnten sie unsere Fährte finden und uns folgen. Dann wären wir verloren.«

»Können wir nicht in ihren Spuren gehen?« Tipperton deutete auf die breite Reihe von Abdrücken, welche die schweren Tritte von Pferden und Menschen hinterlassen hatten. »Dann würden unsere Spuren in ihren verschwinden.«

»Das könnten wir«, räumte Loric ein. »Sollten sie diesen Pfad jedoch häufiger benutzen, möchte ich ihm lieber nicht folgen.«

Da sie nicht wussten, was vor ihnen lag, marschierten die vier eine Weile schweigend weiter und hielten einen sicheren Abstand zu der breiten Schneise, die der Tross in dem hohen Gras hinterlassen hatte. Sie selbst hinterließen kaum eine Fährte, weil Loric den beiden Wurrlingen gezeigt hatte, wie man seine Füße setzen musste, damit das hohe Gras sich anschließend wieder aufrichtete. Allerdings verlangsamte das ihren Weitermarsch erheblich.

Sie gingen auf die Rauchsäule zu, über der nach wie vor die Vögel kreisten, und fürchteten im Stillen das, was sie dort finden mochten.

»Dieser Hochkönig Awain«, brach Beau schließlich das düstere Schweigen. »Wann ist er an die Macht gekommen?«

»Nun, im ersten Jahr der Ersten Ära«, erwiderte Phais.

Beau sah sie verwirrt an.

»Mit der Krönung des ersten Hochkönigs begann die Zeitrechnung der Ersten Ära«, erklärte sie.

»Ah! Ich habe mich immer gefragt, wo sie ihren Anfang nahm.«

Tipperton nickte. »Ich auch. Ich meine, irgendwann muss die Zeitrechnung ja ...«

Der Wurrling unterbrach sich jedoch abrupt, da sie auf eine Anhöhe gestiegen waren, und nun die Ebene dahinter und die geschwärzten Ruinen einer Stadt sehen konnten. Doch die verbrannten Trümmer waren nicht das Schlimmste, denn überall auf den Straßen und Plätzen lagen Leichen herum. Alle Bewohner waren tot, Männer, Frauen, Junge und Alte, selbst Pferde, Hunde, Schafe, und Hühner waren ermordet worden.

Und trotzdem war noch Leben dort, denn die Aasfresser feierten ein Fest.

Beau brach in Tränen aus. Tipperton drehte sich herum und starrte in die Richtung, in welcher der Reiterzug verschwunden war. Seine Augen glühten vor Hass.

»Kommt«, seufzte Phais. »Hier können wir nichts mehr ausrichten.«

Sie ließen den Ort, in dem nun nur noch Verwüstung herrschte, links liegen und zogen weiter.

An diesem Abend schlugen sie ihr Lager in einem kleinen Gehölz auf, wo sie ein Feuer entzündeten und Tee kochten.

»Himmel«, meinte Beau, »ich werde diesen Anblick niemals vergessen können.«

»Ich will ihn auch gar nicht vergessen«, meinte Tipperton. »Sie sollen für das zahlen, was sie getan haben, und wenn es jemals in meiner Macht steht, das zu rächen, was dort geschehen ist, werde ich es tun.«

»Ihr klingt fast wie einer von ihnen, Tipperton«, erklärte Phais. »Wie einer der Chabbaner, meine ich.«

»Wie?« Tipperton schrak zusammen.

»Vergeltung. Das ist es, was sie antreibt. Gyphon und seine Handlanger sorgen dafür.«

»Wollt Ihr behaupten, dass solch böse Taten ungesühnt bleiben sollten?«

»Nein, Tipperton. Dennoch müsst Ihr darauf achten, nicht in dieselbe Raserei zu verfallen wie sie. Hass darf das Leben nicht steuern, sonst wird er Euren Geist und Eure Seele vergiften.«

»Und was ist mit denen, die Ihr wegen des Fällens der Neun niedergestreckt habt? War das nicht auch Vergeltung?«

Phais zögerte kurz und sah Loric an. »Ja«, räumte sie dann ein. »Das war es. Es gibt Zeiten, in denen Vergeltung notwendig ist.«

»Wohlan, ich glaube, das hier ist so ein Moment.«

Die Elfin seufzte und nickte. »Dennoch, Tipperton«, meinte sie dann, »lasst Euch nicht vom Hass leiten.«

Sie schwiegen und betrachteten die funkelnden Sterne am Firmament.

»Tip«, meinte Beau schließlich, »wenn ich bei diesem Abenteuer ums Leben komme, dann sorg dafür, dass ich eine ordentliche Bestattung bekomme.« Er schüttelte sich. »Ich möchte nicht, dass mir Krähen die Augen auspicken oder Hyänen mir das Gesicht zerfressen, und die Geier sich um meine sterblichen Reste streiten.«

»Mach dir keine Sorgen, Wurro«, erwiderte Tipperton, »du wirst nicht sterben.«

»Aber falls doch ...«

»Gut.« Tipperton schlang einen Arm um die Schultern seines Freundes. »Ich verspreche es dir.«

»Fein.«

Sie blieben eine Weile stumm sitzen, bis Beau zu den Sternen hinaufblickte. »Wenn ich sterben sollte, dann denk immer daran: In irgendeinem Winkel eines fremden Feldes in einem fremden Land gibt es einen Ort, der für immer die Waldsenken sein wird.«

»Ach, Beau, sag nicht so was«, tadelte ihn Tipperton. »Ich bin sicher, dass du eines Tages wieder zu deinen geliebten Waldsenken zurückkehren wirst.«

Beau sah sich um und seufzte. »Das können wir nur hoffen, Tip. Aber sag, du kommst doch mit, zu den Waldsenken, meine ich? Dort brauchen wir dringend Müller.«

Tipperton sah auf seine Laute. »Und was ist mit Barden?«

»Die brauchen wir auch, Tip, die auch.«

Am nächsten Morgen zogen sie weiter nach Nordosten, zu der Stelle wo der Nith über den Hohen Abbruch in den Kessel stürzte. Das waren etwa noch zweihundertachtzig

Meilen. Aber sie hatten erst eine Meile zurückgelegt, als sie weitere Rauchsäulen am Himmel vor sich sahen.

»Ist das noch eine brennende Stadt?«, stieß Beau hervor.

»Nein, Beau, das sind Lagerfeuer«, erwiderte Loric. »Aber wir wissen nicht, ob sie Freund oder Feind gehören.«

Vorsichtig marschierten sie weiter und schwenkten nach links ab, damit sie die Lager weit genug umgehen konnten, sollte es nötig werden.

Sie trafen nach knapp zwei Meilen auf das Lager, und Tipperton und Beau sahen Männer wie jene, die gestern an ihnen vorbeigezogen waren. Feinde.

»Sie haben drei Fahnen«, meinte Phais. »Nein, vier. Die Embleme von Hyree, Chabba, Kistan und Modrus Feuerring.«

»Wir müssen abschätzen, wie viele dort lagern«, sagte Loric. »Und diese Nachricht mit zum Herz des Waldes nehmen.«

Beau sah ihn fragend an. »Herz des Waldes?«

»Der Stützpunkt der Lian in Darda Galion«, erwiderte der Alor.

»Aber das Lager reicht bis auf die andere Seite des Hügels«, gab Tipperton zu bedenken.

Phais deutete auf eine Anhöhe. »Ich umgehe sie und zähle von dort aus.«

»Ich gehe mit Euch«, erklärte Tipperton.

Loric hob zwar die Augenbrauen, Phais nickte jedoch.

Sie beobachteten das Lager fast den ganzen Tag lang. Ständig kamen Reiterzüge an oder ritten davon, und ab und zu stieg in weiter Ferne eine Rauchsäule in den Himmel.

»Sie brennen Bauernhöfe nieder«, vermutete Phais.

Tipperton schlug vor Wut mit der Faust auf den Boden, sodass die weiche Erde aufstob.

Bei Einbruch der Nacht schlugen unsere vier Gefährten einen weiten Bogen um das Lager. Ab und zu kauerten sie sich in das hohe Gras, wenn Reiter dicht an ihnen vorbeikamen. Den Schätzungen der Elfen zufolge enthielt das Lager mindestens zweitausend Männer.

Als die Morgendämmerung anbrach, konnten sie den Rauch der Lagerfeuer immer noch sehen.

»Wir müssen rasten.« Phais sah Loric an und deutete mit dem Kinn unauffällig auf die erschöpften Wurrlinge.

Sie schlugen erneut ihr Lager zwischen den wogenden Gräsern auf, und hielten abwechselnd Wache, während die Fliegen um sie herum summten.

Auch an diesem Tag ritten ständig Männer in das Lager, während andere es verließen.

In der Nacht schließlich entfernten sich die Gefährten so weit von ihren Feinden, dass sie ihren Lagerplatz nicht mehr sehen konnten. Sie hinterließen so gut wie keine Spuren und legten erst am Nachmittag eine weitere Pause ein.

In dieser Nacht schliefen sie gut und folgten früh am nächsten Morgen ihrem nordöstlichen Kurs.

»Wie weit sind wir in diesen letzten Tagen gekommen?«, fragte Beau, während er vorsichtig über die Grashalme schritt, wie die Elfen es ihm gezeigt hatten.

»Etwa zwölf Werst.« Loric warf einen Blick auf den Sonnenstand.

Tipperton seufzte. »Das sind nur zwölf Meilen am Tag. Bei diesem Tempo brauchen wir vier oder gar sechs Wochen, bis wir Darda Galion erreichen, nicht vierzehn Tage.«

»Ab morgen kommen wir schneller vorwärts«, meinte Loric. »Denn wir sind jetzt weit genug von ihren Lagern entfernt, und die Chance, dass einer ihrer Trupps unseren Pfad entlangkommt, ist eher gering.«

»Ich finde«, mischte sich Beau ein, »wir hätten Pferde aus diesem Lager stehlen sollen.«

Phais lächelte. »Natürlich hätten wir zwei oder drei schnelle Hengste entwenden und einfach über die Steppe reiten können, Beau. Aber Pferde können ihre Spuren nicht verbergen.«

Am nächsten Tag kamen sie schneller voran, weil sie nicht mehr versuchten, ihre Fährte zu verwischen. Das Steppengras war recht hart, und Loric vermutete, dass es sich nach einem Tag wieder aufrichten würde. Dann konnte niemand mehr ihre Spuren erkennen, außer, wie der Elf einräumte, »vom Rücken eines Pferdes aus«.

Sie marschierten in den nächsten Tagen stetig nach Nordosten, und wurden nur durch die Notwendigkeit aufgehalten, sich gelegentlich zu verbergen. Wenn sie zum Beispiel in weiter Ferne einen Reiterzug sahen, oder einzelne Reiter und Fußsoldaten, dann kauerten sie sich nieder und verhielten sich ruhig, damit sie vom Feind nicht gesehen wurden.

In der Ferne stiegen unablässig Rauchsäulen empor.

Sie kamen an einer weiteren niedergebrannten Siedlung vorbei, einem kleinen Weiler, wo es ebenfalls keine Überlebenden gab. Dann näherten sie sich dem Hohen Abbruch und Darda Galion.

»Warum rasten wir nicht tagsüber und ziehen nachts

weiter?«, erkundigte sich Tipperton während einer Rast. »Das verkleinert die Gefahr, gesehen zu werden.«

Phais sah Loric an und lächelte.

In den nächsten Tagen folgten sie Tips Vorschlag.

Der Neumond kam und ging.

Die Tage wurden immer länger, die Nächte kürzer, und obwohl sie beim Licht der Sterne gut vorankamen, wurden die Pausen zwischen ihren Märschen immer größer.

»Wir müssen auch tagsüber weitergehen«, erklärte Loric schließlich. »Sonst wird es, wie Ihr befürchtet habt, Tipperton, mehrere Wochen dauern, bis wir unser Ziel erreichen.«

In den folgenden Tagen gingen sie also bis zum Vormittag, rasteten tagsüber und brachen bereits am Nachmittag wieder auf.

»Das hier sieht wie ein niedergebranntes Gehöft aus«, erklärte Beau.

Tipperton sah sich um und schätzte den Sonnenstand ab. »Unsere Vorräte gehen zur Neige«, erklärte er. »Sehen wir nach, ob wir etwas finden, was wir gebrauchen können.«

Sie marschierten in die Senke, vorbei an einer zerstörten Koppel und um die verbrannte Ruine einer Scheune. Plötzlich blieb Tipperton wie angewurzelt stehen. Vor ihm lag eine stark verweste Leiche, nach deren Kleidung es sich um eine Frau gehandelt haben musste. Sie umklammerte den Leichnam eines Kindes, dessen Haut ebenfalls zum Platzen angeschwollen war.

Der Gestank war beinahe unerträglich.

Tipperton drehte sich um und übergab sich. Beau sank bestürzt auf die Knie. Er hatte die Augen weit aufgerissen und presste sich die Hände vor den Mund.

»Bei Adon, was ist das?«, flüsterte er.

»Der Tod«, erwiderte Loric.

»Der Krieg«, fügte Phais hinzu.

In tiefes Schweigen versunken, zogen sie rasch weiter und schritten durch das hohe Gras.

Es regnete unaufhörlich, und grelle Blitze zuckten über die Steppe. Der Sturm dauerte drei Tage, und sie kamen in dieser Zeit nur mühsam weiter.

Flüsse wurden zu reißenden Strömen, und sie mussten oftmals weit an deren Ufer entlanggehen, bis sie eine sichere Furt fanden. Selbst diese Übergänge waren noch für die kleinen Wurrlinge gefährlich. Aber mit Lorics und Phais' Hilfe gelang es ihnen, alle Hindernisse zu überwinden.

Als der Himmel schließlich aufklarte, waren sie sehr weit von ihrem ursprünglichen Kurs abgekommen. Sie marschierten über die Ebene und versteckten sich, wenn gelegentlich Hyrianer und Chabbaner an ihnen vorbeikamen. Wegen der reißenden Ströme mussten sie oft lange Umwege in Kauf nehmen, und zudem gingen ihnen die Lebensmittel aus.

»Wir müssen einen Tag lang rasten, um zu jagen, solange wir noch Kraft haben«, erklärte Loric. »Sonst werden wir zu schwach, um unser Ziel zu erreichen.«

»Dann jagen wir morgen«, beschloss Phais.

Die Wurrlinge kamen zusammen zum Lager zurück.

»Ich habe ein Murmeltier erlegt.« Tipperton hielt den Bogen in der linken und das pelzige Tier in der rechten Hand.

»Und ich habe ein Kaninchen erwischt«, meinte Beau, der das Tier über die Schulter geschlungen hatte.

»Die lautlosen Wurrlinge«, erklärte Loric und lächelte Phais an. »Wir haben nichts in unseren Fallen gefangen.«

»Aber dafür haben wir das hier.« Phais hielt ein Bündel wilden Lauch hoch.

Loric betrachtete ihre Beute. »Wenn wir das sorgfältig einteilen, reicht es für zwei Tage. Dann müssen wir erneut jagen.«

»Meiner Treu!« Beau blieb stehen, während seine Gefährten weitergingen. »Das ist also der Hohe Abbruch, ja?«

In der Ferne zog sich, beleuchtet von der aufgehenden Sonne, eine lange, schroffe Klippe von Osten nach Westen über den gesamten Horizont.

»Aye.« Loric ging an dem Wurrling vorbei. »Das ist der Hohe Abbruch. Seine steilen Flanken werden von den Lian-Hütern bewacht, denn auf dem Hochplateau befindet sich Darda Galion.«

Beau schüttelte den Kopf. »So riesig sieht das gar nicht aus, finde ich«, meinte er und trottete seinen Gefährten hinterher.

»Wie weit ist der Abbruch noch entfernt?« Tipperton folgte Phais.

»Etwa vierzehn Werst«, erwiderte Loric.

»Vierzehn Werst!«, platzte Beau heraus. »Zweiundvierzig Meilen?«

»Ja.«

Tipperton dachte nach. »Dann muss er *ziemlich* hoch sein.«

»Allerdings. An manchen Stellen über zweihundert Klafter, obwohl er sich im Osten bis auf die Ebene hinabsenkt, dort, wo sich der Große Wald befindet.«

Beau legte seine Hand an die Stirn und sah noch einmal genauer hin. »Zweihundert Klafter, vierhundert Meter, zwölfhundert Fuß. Vielleicht ist der Abbruch doch recht groß.« Er sah Loric an. »Wann sind wir da?«

Loric deutete nach Nordosten. »Die Vanil-Fälle und der Kessel liegen noch knapp dreißig Werst weit weg. Wenn wir zügig voranschreiten und mit zwei Tagen Pause für die Jagd rechnen, benötigen wir noch etwa fünf bis sieben Tage.«

Tipperton seufzte und ging weiter.

Am nächsten Tag, dem Langen Tag, marschierten sie fünf Meilen, bevor die Sonne unterging, und sie gingen im Licht der Sterne und der zunehmenden Mondsichel weiter. Doch um Mitternacht und im silbrigen Licht des Westmondes feierten Loric und Phais und Tipperton und Beau den Elfenritus des Sommertags im grünen Gras von Valon.

Schritt ... Pause ... Drehen ... Pause ... Gleiten ... Pause ... Schritt. Phais und Loric sangen und tanzten ...

Der Mond war bereits beträchtlich gesunken, als sie ihren Marsch fortsetzten. Sie gingen bis zum Morgengrauen und schlugen dann ihr Lager auf.

Am nächsten Tag erjagten sie kein Wild. Beau verfehlte einen Fasan, die einzige Beute, die sich sehen ließ.

Phais fand jedoch mehrere Hände voll kleiner Wurzeln, die sie *Nepe* nannte. Die Wurrlinge kannten sie als *Rutabaga*, obwohl dies hier die wilde, unkultivierte Art dieser Pflanze war.

»Himmel«, meinte Beau und verzog das Gesicht, als er in die Wurzeln biss. »Ich hätte nicht erwartet, dass es hier draußen in der Ebene wilde Rüben gibt. Außerdem gefällt es mir gar nicht, dass wir nur einmal am Tag essen, denn mein Magen hängt mir schon bis in die Kniekehlen. Also sind rohe Rüben besser als gar nichts.«

Tipperton kaute und sah seinen Freund mit müden Augen an. »Sie schmecken ein bisschen bitter, findest du nicht?«

Loric lachte, wurde jedoch rasch wieder ernst. »Wir müssen jagen, wenn auch nicht morgen, spätestens jedoch übermorgen.«

Tipperton schluckte und schaute zum Hohen Abbruch hinüber. »Seid Ihr sicher, dass wir uns unserem Ziel nähern, Loric? Irgendwie kommt es mir so vor, als kämen wir keinen Schritt weiter.«

Loric sah nach Nordosten. »Noch zwanzig, oder fünfundzwanzig Werst, mein Freund. Dort liegt die Lange Treppe neben den Vanil-Fällen.«

Beau biss von der scharfen Wurzel ab. »Ich bin jedenfalls froh«, nuschelte er, »wenn wir diese Ebene hinter uns haben. Hier wimmelt es ja nur so von Reitern und Fußvolk.«

Nachdem sie über Mittag gerastet hatten, setzten sie ihren Weg am Abend fort und marschierten die ganze Nacht hindurch. Am nächsten Morgen rasteten sie in einem kleinen Wäldchen.

»Meiner Treu, ich bin vielleicht hungrig!«, stöhnte Beau. »Ich könnte sogar ein bisschen saftiges Gras essen.«

»Wir müssen jagen«, meinte Loric. »Sonst haben wir keine Kraft für den Aufstieg, wenn wir den Kessel erreichen.«

»Erst sollten wir uns ausruhen«, schlug Phais vor. »Und dann jagen.«

Sie schliefen und hielten abwechselnd Wache, bis sie

am frühen Nachmittag in unterschiedliche Richtungen auf die Jagd gingen. Beau mit seiner Schleuder, Tipperton mit dem Bogen, und Phais und Loric überprüften die Fallen, die sie aufgestellt hatten, während die Wurrlinge schliefen.

Tipperton fand einen Kaninchenbau und beobachtete ihn. Er lehnte sich mit dem Rücken an einen Baum, den Bogen schussbereit auf dem Schoß. Aber während er angestrengt die Karnickelfährten betrachtete, döste er ein.

Die Sonne ging bereits unter, als ein Geräusch ihn weckte. Er blickte auf und sah ...

»Yaahh!«, schrie der Chabbakrieger und schwang seinen Speer, als er sich auf den Wurrling stürzte. Tip kreischte und rollte sich zur Seite, wobei er jedoch seinen Pfeil verlor.

Die Speerspitze bohrte sich in die Erde, doch der Chabba riss seine Waffe sofort heraus und griff Tipperton erneut an.

Der stand jedoch bereits wieder auf den Beinen und wich geschickt aus, sodass der Speer nur den Elfenumhang durchbohrte.

»Maut!«, fauchte der Chabban und verfolgte den fliehenden Wurrling.

Tipperton lief auf das Dickicht zu, als der Speer dicht an ihm vorbeizischte und sich in die Erde neben ihm bohrte.

In einer flüssigen Bewegung blieb Tipperton stehen, wirbelte herum, riss dabei einen Pfeil aus dem Köcher und nockte ihn ein. Er feuerte ihn ab und traf den heranstürmenden Krieger mitten ins Herz. Der dunkelhäutige Mann stürzte tot zu Boden.

Im nächsten Moment hörte Tipperton einen weiteren Schrei. Ein zweiter Chabbakrieger stürmte auf ihn ein. Er schwang seinen Speer, während ein Hyrianer auf einem Pferd hinter ihm herdonnerte.

Ruhig legte Tipperton einen weiteren Pfeil auf die Sehne, schoss, und machte, noch während der Pfeil flog, bereits den dritten schussbereit.

Der Chabban stieß ein überraschtes Stöhnen aus und starrte ungläubig auf den Pfeil in seiner Brust. Dann sank er zu Boden.

Der Reiter zügelte sein Pferd, das laut wieherte, als sein Herr es brutal zur Seite zwang.

Tippertons dritter Pfeil sauste durch die Luft und traf den Hyrianer in die Seite. Der Mann schrie schmerzerfüllt auf, galoppierte jedoch davon.

Im nächsten Moment sprang Loric mit dem Schwert in der Hand aus dem Dickicht hinter Tipperton, gefolgt von Phais, die ihre Waffe ebenfalls gezückt hatte. Tipperton zog einen weiteren Pfeil aus dem Köcher, bereit jeden Feind zu töten, der sich ihm von hinten näherte, aber als er Loric und Phais erkannte, drehte er sich wieder zu dem Reiter herum, zielte und feuerte. Diesmal jedoch verfehlte sein Pfeil den flüchtenden Hyrianer.

Loric rannte an dem Wurrling vorbei und verfolgte den Feind, dessen Pferd mit den Hufen Erde und Steine aufwirbelte, als er davonritt. Aber es war zu schnell, und Loric blieb stehen, nachdem er dem Hyrianer etwa hundert Meter hinterhergelaufen war.

Tipperton zitterte, als Phais neben ihn trat. Plötzlich wurden dem Wurrling die Knie weich, und er sank keuchend auf die Knie.

»Ich konnte nicht ... er hätte fast ...«

»Leise, still!« Phais kniete neben ihm und zog ihn an sich.

Beau stürmte aus dem Unterholz, seine Schleuder wurfbereit in der Hand. Sein Gesicht verzerrte sich vor Angst, als er Phais knien sah, Tipperton in den Armen. »Oh, meiner Treu!«, stöhnte er. »Ich ... ich hole meinen Medizinbeutel!« Er fuhr herum, um zum Lager zurückzulaufen.

»Das ist nicht nötig, Herr Beau!«, rief Phais. »Von uns ist niemand verletzt.« Sie sah auf Tipperton herunter. »Außer vielleicht im Herzen.«

Beau kehrte um und eilte zu seinem Freund und der Dara.

Loric kam ebenfalls zurück, rollte den ersten gefallenen Chabban auf den Rücken und untersuchte ihn. Dann ging er an Phais und den beiden Wurrlingen vorbei zu dem toten Chabban, der direkt neben ihnen lag. Er zog mit einem schmatzenden Geräusch den Pfeil aus der Wunde und wischte ihn an dem Gras sauber.

»Ich bin eingeschlafen«, jammerte Tipperton. »Das hätte uns alle fast das Leben gekostet.«

Loric trat neben sie, den Pfeil in der Hand. »Wir haben nur wenig Zeit«, meinte der Alor. Phais sah ihn an, richtete ihren Blick dann auf den flüchtenden Reiter und nickte.

»Wenig Zeit?«, erkundigte sich Beau.

Loric deutete mit dem Kinn auf den Hyrianer. »Er wird mit anderen Kriegern zurückkehren. Wir müssen uns beeilen.«

Tipperton holte bebend Luft. »Es ist alles meine Schuld ...«

Phais packte seine Schultern. »Nein, Herr Tipperton. Das ist niemandes Schuld.«

»Aber ich bin eingeschla...«

»Sie haben uns verfolgt, vermute ich«, knurrte Loric. Er hielt Tipperton den Pfeil hin. »Der andere ist zerbrochen, als der Chabban fiel.«

Tipperton atmete tief durch und nahm den Pfeil entgegen. Er stand auf, steckte ihn in den Köcher und blickte dem flüchtigen Reiter nach, der in diesem Moment hinter einer Anhöhe verschwand. »Wie weit müssen wir laufen, bis wir in Sicherheit sind?«, fragte er Loric.

Der schätzte die Entfernung zum Hohen Abbruch ab, dessen Flanke im Licht der untergehenden Sonne blutrot leuchtete. »Zehn Werst, vielleicht fünfzehn.«

»Dann sollten wir aufbrechen«, erklärte Tipperton. »Denn ob es nun dreißig oder fünfundvierzig Meilen sind, es ist eine beträchtliche Strecke.«

»Und das auch noch mit leerem Magen«, jammerte Beau leise.

Sie flüchteten quer durch die Steppe, ohne sich damit aufzuhalten, ihre Spuren zu verbergen. »Sie wissen, dass wir hier sind«, hatte Loric den Wurrlingen erklärt, »und sie werden uns überholen, wenn wir langsam gehen. In diesem Fall geht Eile vor Sorgfalt.«

Unter dem Licht des Vollmondes setzten sie hastig ihren Weg fort. Fünfhundert Metern im Marschtempo folgten fünfhundert Meter Trott, und dann wieder von vorn. Sie liefen die ganze Nacht, und ruhten nur gelegentlich kurz aus, vor allem wegen der erschöpften Wurrlinge.

Bei einer Rast kurz nach Morgengrauen erklärte Tipperton: »Wir halten Euch auf, Loric, Phais. Ihr solltet ...«

»Unsinn, Herr Tipperton«, widersprach Phais. »Macht Euch keine derartigen Gedanken. Es ist nicht mehr weit, denn ich kann schon das mächtige Rauschen des Bellon hören.«

Tipperton sah sie an. »Ich bitte Euch erneut, das Herr zu lassen, und mich Tip zu nennen, oder auch Tipperton, wenn's beliebt. Ich meine, nachdem ich alle im Stich gelassen habe ...«

Phais legte dem Wurrling sanft einen Finger auf den Mund. »Aye, ich werde Euch Tip oder Tipperton nennen. Es war nur der Augenblick, welcher ...«

»Reiter!« Loric streckte die Hand aus.

Alle blickten in die angegebene Richtung. Am Horizont tauchte auf einem Hügelkamm eine Gruppe Reiter auf und verschwand sofort wieder in der Senke dahinter.

»Wie viele?«, fragte Tipperton.

»Zwanzig oder mehr«, erklärte Loric.

»Gehen wir.« Beau stand auf, und dann rannten sie nach Nordosten auf die gewaltige Flanke des Hohen Abbruchs zu.

Diesmal wechselten sie das Tempo nicht, sondern liefen die ganze Zeit, und der Atem der Wurrlinge kam schon bald keuchend und stoßweise aus ihren Mündern.

Während die Reiter unablässig aufholten.

Die vier bogen um einen langen Ausläufer des Hohen Abbruchs und sahen in der Ferne einen gewaltigen Strom vor sich, der über den Rand der Klippe stürzte. Hier ergoss sich der gewaltige Argon auf seinem Weg nach Süden in ein kochendes Bassin in der Tiefe. Das Donnern der Bellon-Fälle drang bis zu ihnen und schien die Luft und den Boden selbst zu erschüttern.

»Wie weit noch?«, fragte Beau.

»Zwei Werst, vielleicht drei«, erwiderte Loric, der ebenfalls etwas mühsamer atmete.

»Nach links!«, befahl Phais.

Etwa sieben Meilen links von den Bellon-Fällen sahen die beiden Wurrlinge einen weiteren Wasserfall, eine silbrige Kaskade, die über die Klippe des Hohen Abbruchs in die Tiefe stürzte. Es waren die Vanil-Fälle, wo sich der Nith, der aus Darda Galion hierherfloss, über eine Kurve in der Klippe in den westlichen Teil des Kessels ergoss.

Tipperton sah zurück. Die hyrianischen Reiter flogen in vollem Galopp über das Steppengras und schwangen ihre blitzenden Krummsäbel über den Köpfen. Vermutlich schrien sie auch, aber Tipperton konnte auf die Entfernung ihre Gesichter nicht erkennen, und er hätte auch beim Donnern der Bellon-Fälle ihre Schreie nicht hören können.

»Wir schaffen es nicht«, keuchte Tipperton. »Nehmt die Münze und lauft ohne uns weiter. Wir versuchen, sie hier aufzuhalten.«

»Lauf einfach!«, stieß Beau hervor.

Und sie rannten, was das Zeug hielt, aber ...

... die Pferde waren schneller.

Sie rannten noch eine Meile auf eine kleine Anhöhe hinauf.

Dort blieb Loric stehen.

Die anderen scharten sich um ihn.

Keuchend zog der Elf sein Schwert. »Wir werden uns ihnen hier auf der Anhöhe stellen.«

Tipperton legte keuchend und mit zitternden Fingern einen Pfeil auf die Sehne.

Beau lud seine Schleuder, und Phais zückte ihr Schwert.

Im nächsten Moment donnerten vierundzwanzig Hyrianer mit ihren Pferden die Anhöhe hinauf.

Tipperton holt tief Luft. Die Reiter heulten triumphierend, als sie angriffen, aber der Wurrling zielte konzentriert.

Die Hyrianer lehnten sich nach vorne und holten mit ihren Krummsäbeln aus ...

Tipperton ließ den Pfeil los ...

... und eine ganze Salve von Pfeilen zischte hügelabwärts und fegte Reiter aus dem Sattel.

»Oh ... seht doch!«, rief Tipperton, als Dutzende von Pfeilen die Kehlen und Augen und Herzen der hyrianischen Angreifer durchbohrten. Reiter stürzten zu Boden oder wurden, im Steigbügel verhakt, von ihren Pferden weitergezogen, als diese panisch flüchteten. Reiterlose Pferde donnerten an Tipperton und Beau und Loric und Phais vorbei, die ihnen behände auswichen, damit sie nicht niedergetrampelt wurden. Im nächsten Augenblick pfiff eine weitere Salve durch die Luft und tötete die restlichen Feinde.

Als die reiterlosen Pferde vorbeigerast waren, starrte Tipperton erstaunt auf die niedergestreckten Hyrianer und dann ehrfürchtig auf seinen offenbar mit magischen Fähigkeiten ausgestatteten Elfenbogen. Dann hob er den Blick und sah die anderen an ...

... hinter denen schwer atmende Elfen mit ihren Bögen in der Hand auf dem Kamm der Anhöhe auftauchten. »Wohlan, Loric«, rief einer. »Es scheint, als wären wir gerade rechtzeitig vorbeigekommen.«

2. Kapitel

»Alor Galarun!« Loric schob sein Schwert in die Scheide.

Während einige Lian die flüchtigen Pferde einfingen, und andere sich überzeugten, dass die gefallenen Hyrianer tatsächlich tot waren, grinste Galarun Loric an und umklammerte seinen Unterarm im Kriegergruß. Dann drehte er sich zu Phais um, umarmte sie, trat zurück und hielt sie auf Armeslänge von sich. »Dara Phais, zu viele Jahreszeiten sind verstrichen, seit Eure Schönheit zuletzt meine Augen erfreut hat.«

»Alor Galarun«, erwiderte Phais schlicht.

Der Elf trug ein unauffälliges, graugrünes Gewand. Er war fast eins achtzig groß, hatte dunkelbraunes, fast schwarzes Haar, dunkelgraue, klare Augen und einen Mund, dessen Lippen fast immer zu lächeln schienen.

Jetzt ließ Galarun Phais los und sah die beiden Wurrlinge an.

»Alor Galarun«, Phais wendete sich zu den beiden um. »Darf ich Euch die Herren Tipperton Thistledown und Beau Darby vorstellen, Wurrlinge aus Wilderland.«

Tipperton war immer noch erschüttert, sah zu Galarun hinauf, holte tief Luft, stieß sie wieder aus und nickte kurz, weil er seine Sprache noch nicht wiedergefunden hatte.

»Meiner Treu«, meinte Beau, »ich bin froh, dass Ihr und Eure Begleiter rechtzeitig hergekommen seid. Dieser Angriff wäre sonst sicher unser Tod gewesen, auch wenn wir zweifellos einige von ihnen mitgenommen hätten.«

Galarun deutete auf den Hohen Abbruch. »Wir sahen Euch seit der Morgendämmerung und haben auch Eure berittenen Verfolger beobachtet, die Eurer Spur im hellen Mondlicht gefolgt waren. Ich sammelte meine Gefährten von der Marschwache, und wir beeilten uns, hier hinunterzukommen, in der Hoffnung, noch rechtzeitig einzutreffen. Was wir ja auch knapp geschafft haben.«

»Wahrlich recht knapp«, bestätigte Phais.

»Viel zu knapp«, meinte Tipperton nachdrücklich, während er mit zitternden Fingern über seinen Bogen strich. »Oh, missversteht mich bitte nicht. Wir brauchten Eure Hilfe dringlich, und ich danke Euch sehr dafür, dass Ihr uns gerettet habt.«

»Wo wir von Dringlichkeit und Rettung sprechen«, mischte sich Beau ein. »Habt Ihr zufällig etwas zu essen dabei? Irgendwie stehe ich jedes Mal, wenn ich Elfen begegne, kurz vor dem Verhungern, und diesmal knurrt mein Magen lauter als die Bellon-Fälle.«

Sie ritten die letzten fünf Meilen auf den Pferden der Hyrianer bis zu der Stelle, wo die Vanil-Fälle sich in den Kessel ergossen. Das Wasser kochte förmlich, während in der Gischt die schönsten Regenbögen schillerten. Am Ufer des rauschenden Beckens stand ein Weidengehölz. Galarun bedeutete ihnen mit einem Handzeichen abzusteigen, weil bei dem Tosen des Wassers eine andere Verständigung nicht möglich war.

Dann wies er acht Lian an, mit den Pferden weiterzureiten. Sie sollten sie zum Abfluss des Kessels bringen, wo sie mit ihnen auf Flößen über den Argon setzen und sie in den Großen Wald bringen würden. Tipperton, Beau, Loric, Phais und sieben andere Lian der Marschwacht blieben bei Galarun.

Dann machten sie sich daran, den Hohen Abbruch zu erklimmen. Tipperton fragte sich, warum seine Gefährten und er nicht einfach mit den Pferden ebenfalls über den Fluss setzen und ihrem Weg zum Sitz von König Agron nach Aven folgen konnten.

Doch dann begriff er. Sie hatten bei Weitem nicht genug Vorräte für einen so langen Ritt, waren außerdem erschöpft und mussten ausgiebig ausruhen. Und wo kann man sich, sagte er sich, besser erholen als im Herz des Waldes, dem Elfenstützpunkt im Lerchenwald hoch oben auf dem Abbruch?

Also klommen sie den langen, steilen und verschlungenen Pfad hinauf zur Spitze des Hohen Abbruchs. Es war ein gefährlicher Anstieg, mehr als dreihundert Meter in die Höhe, und sie legten häufig Pausen ein. Auf der einen Seite fiel die Flanke steil ab. Tipperton und Beau hielten sich so weit wie möglich vom Abgrund fern, obwohl sie an manchen Stellen nur einen Schritt davon entfernt waren, wenn der Pfad schmaler wurde. Dies war die Lange Treppe, die den Hohen Abbruch hinauf direkt nach Darda Galion führte. Obwohl sich Tipperton mit einem Seil sicherer gefühlt hätte, brauchten sie dennoch keine Ausrüstung für den Aufstieg.

Je höher sie kletterten, desto langsamer kamen sie voran, denn die Wurrlinge waren vollkommen erschöpft, nachdem sie fast die ganze Nacht bis in den frühen Morgen ständig gelaufen waren. Schließlich trugen die Lian sie trotz ihrer vehementen Proteste die letzten dreißig Meter auf dem Rücken und brachten sie schließlich in das Lager der Marschwache. Dort war es noch hell, trotz der riesigen Greisenbäume. Dennoch schliefen Tipperton und Beau auf der Stelle ein und schafften es nicht einmal, ihr Mian, das Honignussbrot der Elfen, aufzuessen oder ihre Teebecher zu leeren.

Sie schliefen den ganzen restlichen Tag und die folgende Nacht hindurch, fühlten sich jedoch am nächsten Morgen trotzdem müde. Aber sie wurden vom Gesang der Silberlerchen geweckt, und der Geruch von Eiern mit Schinken trieb sie aus ihrem Lager. Die Lian-Wächter bereiteten ihnen ein fürstliches Frühstück zu, zu dem geröstetes Mian, Tee, und sogar Kirschmarmelade gehörten.

Es war die erste warme Mahlzeit, welche die Wurrlinge seit Wochen zu sich nahmen, und Beaus Augen füllten sich allein bei dem Anblick der Speisen mit Tränen. Sie griffen reichlich zu.

»Ich bin pappsatt«, stöhnte Beau schließlich, während er ein weiteres Honignussbrot mit Marmelade bestrich. »Vielleicht sind unsere Mägen ja geschrumpft.«

»Ich schwöre dir, Beau«, nuschelte Tipperton, während er sich den letzten Bissen in den Mund stopfte, »dass du noch nie so schlank ausgesehen hast. Du bist praktisch zu einem Skelett abgemagert.«

Beau schüttelte sich. »Sag nicht so was, Tipperton. Ich möchte nicht vorher wissen, wann ich ein Skelett werde.« Er strich die Marmelade auf das Brot. »Ich weiß natürlich, dass eines Tages nur noch Knochen von mir übrig bleiben, aber ich hoffe, dass dies noch viele Jahre in der

Ferne liegt und erst nach einem langen und ereignislosen Leben passiert.«

Tipperton verschluckte sich an seinem Tee. »Lang und ereignislos? Es wird viele Jahre dauern, bis diese Tage in unserer Erinnerung verblassen, mein Junge.«

Beau nickte grinsend. »Das kann man wohl sagen, Wurro. Das kann man wirklich sagen.«

Nach dem Frühstück dösten sie wieder und erhoben sich nur für weitere Mahlzeiten. Dabei bewunderten sie die gewaltigen Bäume ringsum.

Sie ähnelten dem Einsamen Greisenbaum, waren hier jedoch weit zahlreicher. Unter ihren hohen Ästen und Zweigen herrschte am Fuß ihrer mächtigen Stämme ein mildes Zwielicht, und sie ragten wie ihr einsamer Verwandter mehr als hundert Meter in den Himmel hinauf.

In den oberen Zweigen flogen silberfarbene Vögel umher, die Silberlerchen oder *Vani-lerihha*, wie die Elfen sie nannten. Sie lebten am Tag in Mithgar und des Nachts in Adonar. Ihr Gesang und ihr Flug erlaubten ihnen auf wundersame Weise den Übergang in die Zwischenwelt. Von diesen silbernen Vögel hatte dieser Wald seinen Namen: Lerchenwald.

»Ja, dieser Wald wurde von Vanidar Silberblatt vor langer Zeit gepflanzt«, beantwortete Galarun Beaus Frage beim Abendessen. Er betrachtete die dunklen Baumgiganten. »Sie erinnern uns an die Heimat«, fuhr er schließlich fort.

»Sie wurden als Setzlinge gepflanzt?« Beau sah sich staunend um. »Es muss ja ewig gedauert haben, bis sie so groß wurden, wenigstens Jahrhunderte!«

»Jahrtausende«, verbesserte ihn Galarun.

»Meiner Treu!«

Der Elf lächelte. »Wir hatten Zeit, Kleiner. Wir hatten genug Zeit.«

Tipperton sah den Elf von der Seite an. »Ihr sagt, der Wald erinnert Euch an zu Hause?«

Galarun nickte, und Tipperton sprach weiter. »Vermisst Ihr die Hohe Welt?«

Der Alor strich sich über das Kinn. »Manchmal. Aber wir können einfach zurückkehren und alte Verbindungen neu knüpfen.« Er sah Phais an, die auf der anderen Seite des Feuers saß und bestätigend nickte. »Seht Ihr, Herr Tipperton ...«, fuhr der Elf dann fort.

»Nennt mich nicht Herr«, unterbrach ihn Tipperton. »Tip oder Tipperton genügt vollkommen. Dasselbe gilt für Beau.«

Galarun nickte lächelnd. »Wohlan, Tip.«

»Ich habe Euch unterbrochen, verzeiht.«

Galarun hob die Hand. »Was ich sagen wollte, ist, dass hier in Darda Galion ein Übergang nach Adonar existiert, wo wir im Zwielicht hinübergehen und im Morgengrauen zurückkehren.«

Beau runzelte nachdenklich die Stirn.

»Habt Ihr eine Frage, Beau?«, fragte der Elf ihn.

Beau holte tief Luft. »Ich habe mich gerade gefragt, was Ihr hier tut. Ich meine, weshalb seid Ihr überhaupt nach Mithgar gekommen?«

Galarun lachte. »Ich versichere Euch, dass wir keine ungebetenen Eindringlinge sind, obwohl so mancher uns als das bezeichnet. Einigen von ihnen seid Ihr gestern begegnet.«

Beau errötete verlegen. »Das habe ich auch nicht sagen wollen. Natürlich seid Ihr keine Eindringlinge. Ich bin einfach nur neugierig, warum jemand seine Welt verlassen und in einer anderen leben will. Ich habe die Waldsenken nur verlassen, weil ich besondere Kräuter und andere Dinge brauchte, Ihr jedoch ...«

»Ah, Beau, warum sonst würde jemand sein Heim verlassen, außer, weil er etwas anderes sucht? Vielleicht das Verlangen des Herzens, Abenteuer, Frieden, Liebe, Aufregung, Wissen oder Ähnliches.«

»Aber warum hier? Warum in Mithgar, nicht in Adonar?«

Diesmal lachte Galarun schallend. Er warf den Kopf zurück und sein langes Haar glänzte im Schein des Feuers. »Mein Freund, Adonar ist gezähmt, friedvoll, kultiviert, schlicht ... etwas langweilig.« Er breitete die Arme aus, als wollte er die ganze Welt darin einschließen. »Mithgar dagegen ... Mithgar ist noch wild, ungestüm, turbulent, aufregend. Wir kommen her, um uns ... lebendig zu fühlen.«

Beau schüttelte den Kopf. »Puh! Im Moment würde ich das langweilige Leben immer vorziehen, angesichts von Modrus Kriegshorden und seinem Gezücht, sowie den Kistani und Hyrianern und Chabbanern, die Amok laufen.«

Galaruns Lächeln erlosch. »In dem Punkt, Beau, habt Ihr recht, und ich würde Euch sofort in dieser Idylle Gesellschaft leisten.«

Als der Morgen anbrach, kehrten auch die Silberlerchen zurück. »Hm«, meinte Tipperton. »Selbst diese Vögel wissen, wie man in die Zwischenwelt gelangt. So schwer kann das doch wirklich nicht sein!«

»Weißt du, Wurro«, gab Beau zurück, »wenn das alles hier vorbei ist, ich meine der Krieg, dann sollten wir lernen, wie es geht. Nur um es selbst einmal auszuprobieren.«

Tipperton schüttelte den Kopf. »Nein, nein, Beau. Ich glaube, mein Vater hatte ganz recht. Wurrlinge sollten da bleiben, wo sie sind, und damit basta.« Er kratzte sich unter seinem Wams. »Außerdem brauche ich dringend ein Bad.«

Tipperton fragte Hadron, einen der Lian, wo sie vielleicht etwas Seife herbekommen könnten. »Wir wollen im Nith baden«, erklärte er. »Es ist schon eine Weile her, seit wir sauber waren.«

»Allerdings war unser letztes Bad eher unfreiwillig«, sprang ihm Beau hilfreich zur Seite. »Damals hat es drei Tage lang auf der Ebene geregnet.«

Hadron wühlte in seinem Beutel und zog schließlich ein Stück Seife hervor, die wunderbar nach Wildblumen duftete. »Doch passt auf, Wurrlinge. Die Wasser des Nith sind stark, und wenn Ihr in eine Strömung geratet, werdet ihr schnell über den Rand des Vanil gespült und landet in dem kochenden Kessel tief unten.«

»Oh.« Tipperton stellte sich den Sturz vor und schüttelte sich.

»Vielleicht sollten wir uns mit einem Seil an einem Baum festbinden«, schlug Beau vor.

Hadron lachte. »Nein, ich zeige Euch stattdessen eine sichere Stelle.«

Er führte sie zu einem flachen Becken, das von großen Felsbrocken vor der reißenden Strömung des Nith geschützt wurde.

»Ich habe mich schon immer gefragt, warum die Elfen nach Mithgar gekommen sind«, meinte Beau. »Und jetzt wissen wir es. Jedenfalls wissen wir, warum Galarun gekommen ist.«

»Aufregung«, meinte Tipperton, während er sich einseifte. »Pah. Ich finde diesen Grund eher leichtsinnig.« Er reichte Beau die Seife.

»Ich weiß nicht«, widersprach sein Freund. »Angesichts der endlosen Lebensspanne von Elfen wird doch die Idylle irgendwann unerträglich langweilig, meinst du nicht?«

»Hm.« Tipperton dachte nach. »Vielleicht hast du recht, Beau.« Er griff wieder nach der Seife. »Möglicherweise leben wir nicht lange genug, um zu erleben, dass Frieden und Fülle nach einer Weile schal werden.«

»Ich finde eigentlich eher, dass man nach einer langen Zeit der Langweile eine Kunst oder ein Handwerk erlernen sollte, oder sonstige Pläne machen, um wieder Farbe in sein Leben zu bringen.«

Tipperton lächelte, doch dann riss er plötzlich die Augen auf. »Du hast vielleicht genau den Punkt getroffen, Beau.«

»Welchen Punkt?«

»Vielleicht ist Mithgar kein Spiel für die Elfen. Vielleicht steckt ein bestimmter Plan hinter ihrer Anwesenheit.«

»Ein Plan? Was für ein Plan?«

Tipperton schüttelte den Kopf. »Ich weiß es nicht, Beau. Aber sie nennen sich doch selbst die Wächter. Vor was bewachen sie uns, frage ich mich.«

»Vielleicht vor Modru?«

»Oder auch vor Gyphon selbst.«

»Vielleicht auch vor der gewaltsamen Ausbeutung der Welt, ganz gleich, von wem sie betrieben wird«, meinte Beau. »Seien es Götter oder Akolyten oder sonst etwas.«

Tipperton sah Beau an. »Und selbst vor den Menschen?«

Beau nickte. »Selbst vor den Menschen. Alles hängt miteinander zusammen, weißt du.«

Sie traten vom Rand des Hohen Abbruchs zurück und ließen ihre Blicke über die weiten Steppen von Valon schweifen, die mehr als dreihundert Meter unter ihnen lagen. Ihr Blick reichte bis zum Horizont, und sie sahen überall schwache Rauchsäulen in den Himmel aufsteigen.

»Himmel«, stieß Beau hervor. »Ist es erst zwei Tage her, seid wir vor den Hyrianern gerettet worden sind?«

Tipperton nickte, sagte aber nichts.

»Es sieht aus, als wäre der Krieg noch in vollem Gange«, fuhr Beau fort.

»Ich glaube, er wird noch lange toben, Beau.« Tipperton drehte sich zur Seite, wo die gewaltigen Bellon-Fälle in die Tiefe donnerten. Am Ausgang des Kessels strömte der Argon in einem weiten Bogen nach Süden, an die östliche Grenze von Valon. Hinter dem Fluss erhob sich ein mächtiger Wald. Nicht wie der Lerchenwald, der aus den mächtigen Greisenbäumen bestand, nein, aber ein ausgedehnter Wald aus Eichen und Pinien, Ahornbäumen und Birken und anderen Bäumen. Dieser Wald war riesig. Es war der Große Wald, und in ihm lebten die Baeron, riesige, starke Männer, von denen die Sage ging, dass sich einige von ihnen in Bären und Wölfe verwandeln konnten.

Aber Tipperton dachte nicht an diese alten Legenden, als er den Wald betrachtete. Stattdessen gingen ihm Raels Worte durch den Kopf, die sie über Elfen, Götter, Akolythen und Menschen gesprochen hatte.

Sucht die Hilfe derer, die keine Menschen sind, um die Feuer des Krieges zu ersticken, hatte sie gesagt. Sicherlich sind die Elfen keine Menschen, und sie haben uns gerettet, dachte er. Aber ihre Vision kann doch unmöglich uns gemeint haben, Beau und mich. Wir sind nur zwei unbedeutende Wurrlinge, die mitten in einen fürchterlichen Krieg geraten sind.

»Einen Silberheller für deine Gedanken«, meinte Beau.

»Was? Oh, ach, nichts, Beau. Sie sind nicht wichtig. Und auf keinen Fall sind sie einen Silberheller wert.«

Galarun umklammerte Lorics Unterarm. »Grüßt meinen Athir«, bat er ihn.

Loric nickte. »Das werde ich tun!«, versicherte er ihm.

Dann umarmte der Elf Phais.

»Gibt es noch etwas, was wir ausrichten sollen?«, fragte sie.

Galarun trat einen Schritt zurück und runzelte die Stirn. »Nichts, was Ihr nicht schon berichtet habt.« Er sah auf die Wurrlinge herab und schüttelte feierlich jedem von ihnen die Hand. »Obwohl ich mir vorstellen könnte, dass er stolz wäre, von unserem rechtzeitigen Eingreifen zu erfahren.«

»Aber ja«, versicherte Tipperton. »Wir werden Eurem Vater gern erzählen, wie Ihr unseren Allerwertesten gerettet habt.«

»Und auch«, fuhr Beau grinsend fort, »wie wir am nächsten Tag faul auf diesem gelegen haben.«

Galarun lachte herzlich, wurde jedoch rasch wieder ernst. »Gehabt Euch wohl, meine Freunde, und möge Euch Fortuna stets ihr lächelndes Gesicht zuwenden, damit Eure Mission nach Aven rasch vonstatten geht. Ihr findet Boote am Schrägen Stein, und Hadron wird Euch über den Fluss bringen.«

Die vier verabschiedeten sich von den Elfen der Marschwacht und marschierten kurz darauf mit Hadron am Ufer des Nith stromaufwärts.

Nach einer Meile erreichten sie einen gewaltigen Felsbrocken, der wie ein Monolith am Ufer des Nith lehnte. In der Senke unter seiner Schräge waren drei Elfenfähren angebunden, und eine der Fähren setzte sie zum anderen Ufer über. Hadron, Loric und Phais bedienten die Ruder und die Pinne.

Hadron bereitete sich anschließend darauf vor, allein zurückzurudern, aber vorher zogen sie das Boot noch ein Stück stromaufwärts, damit die Strömung des Flusses seine Überfahrt eher unterstützte, statt ihn zu behindern.

Bevor er jedoch ablegte, reichte Hadron Beau einen kleinen Block, der in Pergament eingewickelt war und nach Wildblumen duftete. »Das ist Seife, meine kleinen Freunde, aber badet damit nur an sicheren Stellen. Ich möchte nicht, dass sie einfach weggespült wird.«

Tipperton lachte, während Beau den Elf umarmte. Dann stieg Hadron in das Boot, stieß sich ab und wurde im Nu von der Strömung des Nith davongetragen.

Sie marschierten durch den Greisenwald, durch das Land der Silberlerchen, während die riesigen Bäume von Darda Galion sich um sie herum erhoben. Der Waldboden war von weichem, moosigen Lehm bedeckt, und kleine Blumen blühten in dem silbrigen Zwielicht am Fuß der Bäume.

»Wie im Märchenland«, flüsterte Beau. »Aber ein besonderes Märchenland, in dem es durch die Schatten der Bäume stets dämmrig ist. Das Licht hier unten verändert sich nicht, obwohl die Sonne mittlerweile hoch am Himmel steht. Hier könnte man jedes Gefühl für die Zeit verlieren, Monate könnten verstreichen, ohne dass man es merkt. Die Zeit scheint hier unten keinerlei Macht zu haben.«

Tipperton nickte zwar, antwortete jedoch nicht. Sie marschierten weiter nach Nordwesten, während der Nith zu ihrer Linken rauschte. Sie hörten den Fluss manchmal ganz in der Nähe, dann wiederum leiser und etwas weiter entfernt. Ab und zu scheuchten sie einen Rehbock oder eine Hirschkuh auf, deren Hufe auf dem moosbedeckten Boden jedoch kaum Geräusche machten. Anderes Wild bekamen sie nicht zu Gesicht, obwohl sowohl Loric als auch Phais ihnen versicherten, dass der Wald voller Leben sei, überall, hoch oben in den Bäumen, am Boden und selbst in den Flüssen. Wie sie jedoch dieses Wild erjagen könnten, verrieten die Elfen ihnen nicht.

Gegen Mittag legten sie eine Rast ein.

»Wie weit ist es bis zum Herz des Waldes?«, erkundigte sich Beau.

»Soweit die Lerchen fliegen, etwas mehr als dreißig Werst«, erwiderte Loric. »Vielleicht auch fünfunddreißig.«

»Hundertfünfzig Meilen.« Beau kratzte sich unglücklich den Kopf.

»Wenn wir das Tempo halten, benötigen wir fünf bis sechs Tage«, meinte Tipperton, der an ihren Marsch durch Valon zurückdachte.

»Aye«, stimmte Phais ihnen zu. »Aber wenn Galarun die Pferde hätte erübrigen können, wären wir schneller vorangekommen.«

»Warum haben wir denn keine von diesen hyrianischen Pferden ...?«, begann Beau, unterbrach sich jedoch sofort. »Ach, bei allen Scheunenratten, ich bin ein Dummkopf! Der Pfad war viel zu steil für die Pferde.«

»Und an vielen Stellen auch zu schmal«, bestätigte Phais.

Tipperton schlug einen Akkord auf seiner Laute an. »Wahrscheinlich hätten nicht einmal Durgans fabelhafte Rösser diesen Aufstieg bewerkstelligt.«

»Pah! Hätten die Elfen uns nicht Huckepack getragen, hätten wir es auch nicht geschafft«, erklärte Beau.

Phais lächelte. »Wärt Ihr nicht vierzig Meilen durch die Nacht gerannt, hätten wir Euch nicht helfen müssen.«

»Wären wir nicht gerannt«, erklärte Tipperton, während er einen anderen Ton anschlug, »wären wir heute nicht hier.« Mit einem tiefen Seufzer packte er seine Laute wieder ein. »Gehen wir los, die Zeit verfliegt. Obwohl, hier im Lerchenwald, wer kann das schon sagen?«

Fünf Tage und einen Vormittag später, am zweiten Tag des Julimondes, passierten sie einen Ring von Wächtern und gelangten eine Meile später zu den ersten reetgedeckten Häusern. Sie hatten das Herz des Waldes erreicht, den Stützpunkt der Elfen in Darda Galion. Und wohin sie auch blickten, schienen sich die Elfen auf einen Krieg vorzubereiten.

3. Kapitel

»Und genau dann haben Galarun und seine Marschwache uns gerettet!«, rief Beau, schlug sich jedoch sofort die Hand vor den Mund und murmelte zwischen den Fingern hindurch: »Verzeiht, Loric, ich wollte Euch nicht unterbrechen!«

Coron Eiron sah den Wurrling erstaunt an. Dann lächelte er erfreut. »Mein Arran war einer von jenen, die Euch gerettet haben?«

»Euer Sohn? Galarun ist Euer Sohn?«, brach es aus Beau hervor. Dann schlug er sich auch noch die andere Hand vor den Mund.

Der Elfenkönig nickte. »Aye, Galarun ist mein Sohn.«

Im Licht der Abendlaternen betrachtete Tipperton den Coron genauer. Jetzt erkannte er auch die Ähnlichkeiten zwischen den beiden Männern. Eirons Haar war braun wie das Galaruns, wenn auch nicht so dunkel, und seine schrägen Augen waren ebenfalls grau, wenn auch etwas heller. Eiron war groß gewachsen, fast einsachtzig, also nur ein paar Zentimeter kleiner als sein Sohn.

»Das heißt, er ist ein Prinz.« Beau konnte einfach den Mund nicht halten.

Eiron schüttelte den Kopf. »Nur weil ich Coron bin, macht ihn das nicht zum Prinzen, Herr Beau. Wir Elfen nehmen oft Pflichten an, die wir nach einigen Jahreszeiten wieder abstreifen. Ich bin erst kürzlich zum Coron bestimmt worden, und ich werde diese Bürde in einigen Jahreszeiten weitergeben, wann genau, weiß ich noch nicht. Jemand anders wird dann dieses Amt übernehmen.«

Beau wollte eine weitere Frage stellen, aber er klappte den Mund zu, als Tipperton, der neben ihm saß, ihn unter dem Tisch gegen das Schienbein trat. »Später«, flüsterte sein Freund ihm zu.

Eiron wendete sich wieder Loric und Phais zu und schüttelte langsam den Kopf. »Ihr bringt schlimme Kunde. Von Draedani und Drachen und finsteren Horden, die das Land durchstreifen, vom Fall der Feste Challerain und dem Verschwinden des Hochkönigs Blaine. Wir wissen von Schwärmen der Brut, die im Norden und Osten wüten, und Menschen im Süden, den Lakh von Hyree, den Kistani, und auch den Askars von Chabba, aber die anderen, die Drachen und Draedani, das sind schlimme Nachrichten, wahrhaftig. Aber wir können nicht einfach zulassen, dass Modru Mithgar mit seiner eisernen Faust erobert, sonst beherrscht Gyphon alle Welten, und unser Leid wird ewiglich andauern.«

»Norden und Osten?«, brach es aus Tipperton heraus. »Ihr sagt, Norden und Osten? Im Osten treibt der Feind auch sein Unwesen?«

Eiron nickte. »Aye, Kleiner. Im Norden hat eine Horde nicht nur den Crestan-Pass besetzt, sondern belagert auch Drimmenheim.« Der Coron deutete auf einige Lian, die sich im Schein der Laternen zum Aufbruch rüsteten. »Wir bereiten uns gerade vor, den Drimma, den Zwergen, zu Hilfe zu eilen. In zwei Tagen werden wir aufbrechen, um den Griff der Rûpt um das Morgentor zu brechen.«

»Aber was ist mit dem Osten?«, hakte Tipperton nach. »Aven liegt nordöstlich. Was geschieht dort?«

»Auf dem Weg nach Aven? Das kann ich nicht sagen.« Eiron schob die Zinnmünze an ihrem Band wieder über den Tisch. »Es gibt Kunde, dass die Rûpt über die Marschen von Riamon im Osten von Darda Erynian ausgeschwärmt sind.«

Tipperton schüttelte den Kopf, nahm jedoch schweigend die Münze von der Tischplatte.

Eiron sah sie der Reihe nach an. »Ich zweifle nicht daran, dass der Weg nach Dendor vom Gezücht verseucht ist. Aber das Land ist groß, und wenn Ihr Acht gebt, können sie Euch auf Eurer Reise nur wenig hindern.«

»Haben sie Darda Erynian betreten?«, erkundigte sich Phais.

Eiron runzelte die Stirn. »Das glaube ich nicht. Denn dort hausen die Verborgenen, und selbst ein Schwarm macht einen großen Bogen um sie ... Obwohl, wenn sie die Unterstützung der Draedani und Drachen haben, wer weiß, ob sie sich nicht doch in den Wald wagen? Doch bisher ist noch keine Nachricht davon hierher gelangt.«

»Wohlan.« Phais lächelte Beau und Tipperton an. »Dann können wir wenigstens nach Norden durch den Wald gehen.«

»Aber sagt mal«, wandte Beau ein, »dieser Darda Erynian, das ist doch der Schwarze Wald, nicht wahr? Ist dieser Forst nicht verwunschen? Für Außenstehende, meine ich. Wie auch Teile des Weitimholz-Waldes? Ich meine, da wir Außenstehende sind, werden sie da nicht ...?«

Phais schüttelte den Kopf. »Nein, Beau, denn auch wenn die Verborgenen sich von den Elfen fernhalten, sind wir ihnen dennoch zu Hilfe gekommen, und, dass möchte ich hinzufügen, sie haben auch uns geholfen.«

»Den Dylvana noch mehr als den Lian«, gab Loric zu. »Aber sie gehören ebenfalls zu den Elfen.«

Eiron hob eine Braue. »Aravan scheint sogar ein ganz besonderes Band zu den Verborgenen geknüpft zu haben.«

Beau runzelte die Stirn. »Ähm, dieser Aravan ...«

»Der Elf mit dem zauberischen Schiff«, erklärte Tipperton.

»Das er jetzt nicht mehr besitzt«, führte Phais aus.

Beaus Miene hellte sich auf. »Ah, jetzt erinnere ich mich wieder.«

»Ungeachtet dessen«, meinte Tipperton, »werden sie uns den Durchgang durch den Darda Erynian erlauben?«

Als Phais nickte, lächelte er. »Das ist zumindest ein Anfang.«

»Ein Anfang!«, rief Beau. »Wie nennst du denn das, was wir bisher geschafft haben? Ich war der Meinung, wir hätten in Gabelhain angefangen.«

Jetzt grinste Tipperton Beau an. »Eigentlich hat unser Abenteuer damit begonnen, dass mir der Reiter des Königs die Münze gab.«

Beau schüttelte den Kopf. »Oh nein. Angefangen hat das alles mit dem Streit zwischen Adon und Gy...«

Tipperton hob einlenkend die Hände. »Ich weiß, Beau, ich weiß. Alles hängt miteinander zusammen. Als Nächstes erzählst du mir noch, dass die ganze Geschichte mit einem Schneuzen in den Waldsenken begonnen hat.«

Beau streckte streitlustig das Kinn vor. »Und wer will behaupten, dass es nicht so war?« Dann kicherte er plötzlich, und Tipperton stimmte darin ein, während Coron Eiron die prustenden Wurrlinge befremdet betrachtete. Derweil wurden von den Lian Ausrüstung eingepackt, Schwerter geschärft und Rüstungen poliert.

Sie standen am Rand eines breiten Weihers in einem kleinen Gehölz im Herzen des Lerchenwaldes. Frühnebel hing über dem Wasser, und die Greisenbäume tauchten das Ufer in dämmriges Zwielicht.

»Das ist also der Übergang«, erklärte Tipperton. Seine Worte waren mehr eine Feststellung denn eine Frage.

»Aye«, bestätigte Phais. »Die Zwischenwelt, die Mithgar und Adonar miteinander verbindet. Die Greisenbäume und das Gehölz und der Weiher sind dafür verantwortlich. Seht den Nebel: Er ist weder Wasser noch Luft, sondern etwas dazwischen, und er steigt immer im Morgengrauen und in der Abenddämmerung auf. Seht das Gehölz: Es ist weder ein Wald noch ein Baum. Und jetzt seht die Morgendämmerung: Auch diese ist weder Nacht noch Tag, sondern etwas dazwischen, so wie auch die Abenddämmerung beschaffen ist. Und der Übergang in die Zwischenwelt wird von dem Schatten der Greisenbäume noch einfacher gemacht, hier als auch in Adonar.«

»Auf der anderen Seite, in Adonar, stehen auch Greisenbäume?«, fragte Beau.

»Ja, wie es für einen Übergang benötigt wird. Es bedarf einer sehr ähnlichen Stelle auf jeder Seite, und zwischen hier und dort herrscht fast eine genaue Übereinstimmung. Einige behaupten, Vanidar Silberblatt habe es so angelegt.«

»Der Elf, der diesen Wald gepflanzt hat?«, erkundigte sich Tipperton.

Phais nickte. »Man sagt, dass drei Übergänge mit Absicht so angelegt wären, dieser hier, derjenige in Atala, und der Steinkreis in Lianion. Letzteren soll sogar Elwydd selbst geschaffen haben. Alle anderen Übergänge sollen dagegen natürlich sein, wie zum Beispiel der Eichenring im Weitimholz.«

Beau seufzte. »Wenn wir den Ritus kennen würden, hätten wir am Steinkreis hinübergehen und hier wieder herauskommen und so alle Verzögerungen und Gefahren umgehen können.«

Phais nickte erneut. »Aye. Wenn Ihr das Ritual beherrschen würdet, hättet Ihr sogar zu einem Übergang nahe Dendor gehen können, den wir kennen. Aber das ist nicht so. Also müssen wir den gefährlicheren Weg nehmen.«

Am nächsten Tag stiegen bewaffnete und gerüstete Elfen, Daras und Alors, auf feurige Hengste und verließen das Herz des Waldes. Coron Eiron ritt an ihrer Spitze. Sie nahmen Kurs nach Norden, Richtung Drimmenheim, um den Belagerungsring der Horde zu durchbrechen. Obwohl Phais und Loric sich danach sehnten, mit ihresgleichen zu reiten, hinderte eine kleine Zinnmünze sie daran, die einem König in einem weit entfernten Land übergeben werden musste.

Trotz Tippertons Protesten wollte Phais nicht bei Neumond aufbrechen, sondern bestand darauf, dass sie warteten, bis der Mond aufgegangen war. Denn die Anstrengungen der letzten acht Wochen waren an den Wurrlingen nicht spurlos vorübergegangen. Wenn sie ein wenig länger ausruhten, konnten sie ihren Lebensmut wieder aufbauen, den sie bei ihren Abenteuern verbraucht hatten.

Neun Tage, nachdem die Lian aufgebrochen waren, trafen erste Meldungen von den Kämpfen um Drimmenheim ein. Die Schlacht zwischen den Elfen und ihren Gegnern wurden immer blutiger.

Todesbotschaften erreichten ahnungslose Liebende, die zu Hause geblieben waren, letzte Worte, die übermittelt wurden, obwohl kein Bote sie überbrachte. Trauer legte sich wie ein Leichentuch über den ganzen Wald, als würden die Bäume selbst von den vielen Toten weit entfernt Kunde haben.

»Himmel, oh, Himmel«, sagte Beau leise zu Tipperton. »Endlose Leben erlöschen, Leben, die gerade erst begonnen hatten, ungeachtet ihres Alters.«

Tipperton antwortete nicht, sondern spielte seine Laute, während ihm die Tränen über die Wangen liefen und auf die silbernen Saiten tropften, wo sie wie Perlen schimmerten.

Am Morgen des zweiundzwanzigsten Tages des Julimondes, als die Silberlerchen über ihren Köpfen zu trillern begannen, brachen Loric, Phais, Tipperton und Beau vom Herz des Waldes aus auf. Sie waren beritten. Die Elfen übernahmen die Spitze, während Tipperton und Beau auf Packpferden hinterdrein zockelten.

Sie ritten nach Norden unter den mächtigen Zweigen der gewaltigen Bäume hindurch, zu einer flachen Furt über den mächtigen Strom Quadrill, die etwa acht oder neun Werst entfernt lag. Eingehüllt von dem dämmrigen Licht unter den Bäumen döste Beau ein, während Tipperton musizierte.

Sie ritten durch den Darda Galion, einen Wald mit vielen Flüssen, überquerten den Rothro, und passierten den

Cellener, den Nith, und alle ihre Nebenarme, deren funkelnde Fluten von den nördlichen Gebieten oder aus dem nahe gelegenen Grimmwall-Massiv strömten, und ostwärts durch den Wald flossen, bis sie sich in den mächtigen Argon ergossen.

Wie zuvor ritten und gingen sie abwechselnd, um die Pferde zu schonen. Sie legten Pausen ein, in denen sie die Tiere tränkten oder fütterten. Sie sprachen nur wenig auf dieser Reise, denn die Greisenbäume flößten ihnen Ehrfurcht und Respekt ein, und sie wirkten zu erhaben, um die Stille des Waldes stören zu wollen. Daher döste Beau, während Tipperton seine Laute spielte und sie immer besser zu beherrschen lernte.

An einem späten Nachmittag erreichten sie endlich den Quadrill. Sie ritten direkt gegenüber einer kleinen Insel mitten im Fluss in sein kristallklares Wasser und ließen die Pferde saufen. Silberlerchen trillerten ihre Abendlieder und verschwanden plötzlich mitten im Flug in die Hohe Welt. Der Wald wirkte seltsam verlassen ohne ihr fröhliches Lied.

»Wir schlagen direkt hinter am gegenüberliegenden Ufer unser Lager auf«, erklärte Loric.

Nachdem die Pferde getrunken hatten, ritten sie über die Furt ans andere Ufer in das Zwielicht.

Am nächsten Tag hielten sie sich weiter nach Nordosten, in Richtung der Insel Olorin.

»Zehn Werst«, beantwortete Loric Beaus Frage nach der Entfernung. »Aber so weit werden wir nicht reiten. Wir werden die Nacht bei der Marschwache verbringen und den Argon morgen Mittag überqueren.«

Am Abend erreichten sie das nächste Elfenlager. Die Wächter warteten bereits begierig auf die Kunde über den

Verlauf des Krieges. Noch während Loric und Phais ihnen erzählten, was sie wussten, schrie eine der Zuhörerinnen auf und sank bestürzt auf die Knie.

Eine Todesbotschaft hatte eine Liebende erreicht.

Am nächsten Morgen kündigte das helle Frohlocken der Silberlerchen den Tagesanbruch an. Sie tauchten unvermittelt von überallher aus der Zwischenwelt auf.

Nach dem Frühstück sattelten und beluden Loric und Phais die Pferde, während Tipperton und Beau ihre Decken einrollten.

Sie verabschiedeten sich von den Wächtern, doch bevor sie aufbrachen, ging Beau zu der leidgeprüften Dara, die bleich und traurig dastand, nahm sie in den Arm und flüsterte ihr etwas ins Ohr. Dann ließ er sich von Loric auf das Packpferd heben.

Tipperton fragte ihn nicht, was er ihr gesagt hatte, und Beau schwieg ebenfalls dazu.

»Himmel«, stieß Beau andächtig hervor. »Was für ein Strom!«

Vor ihnen erstreckte sich der mächtige Argon, dessen breite Wasser in der Mittagssonne silbern glitzerten. Etwa in der Mitte des Flussbettes lag die Insel Olorin. Die Gefährten sahen am nördlichen Ende einige Rauchsäulen aus den Kaminen in den Himmel aufsteigen, dort, wo die Flussleute wohnten. Vor ihnen ragte ein Anlegesteg für die Fähren in den Strom hinaus, und von dem Steg aus führte ein überwucherter Pfad am Ufer entlang. Sie stiegen ab und führten ihre Pferde auf den Steg.

»Der Fluss muss mehr als eine Meile breit sein«, meinte Beau, der immer noch staunte. Loric zog derweil an dem

Strick, der die Glocke läutete, mit dem die Fährleute gerufen wurden.

Nach einer Weile sahen sie, wie die Fähre von einem Steg an der Insel ablegte. Sie wurde von vier Männern gerudert. Die Strömung trieb das Boot ab, sodass es vermutlich ein wenig stromabwärts vom Steg landen würde.

»Das sind also die Flussleute?« Tipperton starrte über den Fluss hinweg die Männer in dem Boot an. Sie kehrten ihm den Rücken zu, wendeten sich jedoch gelegentlich um, weil sie ihre Richtung bestimmen wollten. »Diejenigen, deren Sippe auf der Insel stromaufwärts als Piraten gelebt hat?«

Phais nickte. »Von ihrer Feste auf der Großen Insel aus haben sie ihre Raubzüge begangen. Soweit ich weiß, nannten sie die Burg *Vrana*.«

»Von hier aus«, meinte Beau nachdenklich, »sehen sie gar nicht wie Plünderer aus.«

»Das Böse gibt sich oft nicht an der Oberfläche zu erkennen«, gab Phais zu bedenken. »Aber vergesst nicht, die Bewohner der Insel Olorin behaupten, dass sie unschuldig seien, und man konnte ihnen nie etwas Gegenteiliges beweisen.«

»Außerdem«, meinte Tipperton, »ist das schon lange her, fast zweitausendfünfhundert Jahre.«

»Vielleicht sind sie ja wie die Chabbaner«, entgegnete Beau, »und hegen ihren Groll über die Jahrhunderte weiter.«

Die Fähre wurde immer noch nach Süden abgetrieben.

»Sollten wir ihnen nicht über den Pfad entgegenreiten?«, fragte Tipperton.

Loric schüttelte den Kopf. »Das Maultier zieht sie her. Sonst würden wir auf dem Weg zurück die Insel ganz verfehlen.«

»Warum setzen wir auf die Insel über, wenn wir doch ans andere Ufer wollen?«, erkundigte sich Beau.

»So halten es die Flussleute. Eine Fähre bringt uns zur Insel, eine zweite ans andere Ufer.«

»Um doppelten Fährzoll zu erheben?«, fragte Beau skeptisch.

»Verübelt ihnen den doppelten Zoll nicht«, meinte Phais. »Die Flussleute sind nur wenige, und sie sind auf jeden Heller angewiesen. Ohne den doppelten Zoll gäbe es gar keine Fähre.«

»Na gut, dann ...«, lenkte Beau ein, war jedoch nicht gänzlich besänftigt, was an seiner Miene deutlich abzulesen war.

Eine Weile später tauchte das Maultier auf dem Pfad auf, das mit einem Geschirr die Fähre zog. Ein Mann führte das Tier, während die drei anderen mit Stöcken die Fähre vom Ufer fernhielten. Als die Flussleute die Wurrlinge sahen, tuschelten sie aufgeregt untereinander über die »Kinder der Elfen«.

Die Fähre landete fast fünf Meilen stromabwärts an den langen Stränden Olorins, wo die Gefährten sie verließen, aufstiegen, und über den Treidelpfad zum nördlichen Punkt der Insel ritten, wo eine zweite Fähre wartete.

Die Sonne stand bereits zwei Handbreit höher am Himmel, als sie das Nordende erreichten und in eine Siedlung einritten, in der nur noch wenige Gebäude nicht verfallen und bewohnt waren. Zerlumpte Frauen und Männer und einige Kinder sahen den vieren nach, als sie vorüberritten. Ausnahmslos betrachteten sie die Wurrlinge mit staunenden Blicken. Als sie vorbeiritten, tuschelten sie miteinander, bevor sie die Beschäftigungen, die sie unterbrochen hatten, wieder aufnahmen.

Als die vier die östliche Fähre erreichten und abstiegen, wurden sie bereits von vier weiteren Männern und einem Maultier erwartet. Loric zahlte den Fährpreis, und führte dann mit Phais die Pferde auf die Barke. Tipperton und Beau folgten ihnen. Die Männer und das Maultier waren bereits an Bord gegangen.

Diesmal dauerte die Überfahrt nicht so lange, denn die östliche Seite der Insel war nur eine Viertelmeile vom Ufer des Argons entfernt. Aber die Barke wurde dennoch fast drei Meilen stromabwärts abgetrieben, bevor sie den Strand erreichte.

Schon bald danach ritten die Gefährten in die südlichste Grenze des Darda Erynians ein. Diesen Wald kannte man auch unter dem Namen *Großer Grünsaal*, aber die meisten nannten ihn den *Schwarzen Wald*, wegen seines düsteren Rufes. Beau sah sich furchtsam nach den Verborgenen um, aber all seine angestrengten Blicke brachten nichts zum Vorschein. Er fragte sich, ob auch dieser Wald »verwunschen« war. Als sich der Tag dem Ende neigte, schlugen sie am Ufer des Rissanin ein Lager auf.

In dieser Nacht nieselte es leicht während Lorics Wache, aber am nächsten Morgen schien die Sonne hell und strahlend. Tipperton und Beau vermissten jedoch den Weckruf der Silberlerchen.

Sie folgten dem westlichen Ufer des Rissanin, und gegen Mittag sahen sie in der Mitte des Flusses die grauen Steintürme von Caer Lindor, die in der Sonne glitzerten.

Diese Festungsinsel war ein Vermächtnis der Elfen aus den Nachfolge-Kriegen, ein Relikt der alten Zeiten, als weder Menschen noch Zwerge noch Magier Mithgar besiedelt hatten, sondern es nur Elfen gab, die jedoch dem

Kriegswahn verfallen waren. Doch diese Tage waren längst vergangen, und die Elfen waren zu höherer Einsicht gelangt. Die gewaltige Festung jedoch hatte überdauert. Sie war als Außenposten stehen geblieben, falls eine ungewisse Zukunft sie noch einmal benötigen würde, und bis zu diesen schwierigen Zeiten hatte Caer Lindor als eine Art Herberge für schutzsuchende Wanderer gedient. Doch durch ihre Lage an der Grenze zwischen dem bewachten Schwarzen Wald im Norden und dem Großen Wald im Süden kamen nur wenige Reisende hier entlang. Meistens waren es Elfen oder Baeron, obwohl gelegentlich auch ein Abenteurer vorbeizog. Jetzt jedoch herrschte Krieg, und die Festung war erneut zur Bastion geworden.

Phais führte sie zu diesem Stützpunkt, zu dessen westlichem Ende eine schwimmende Brücke führte.

Am ersten Brückenpfeiler stand ein Soldat Wache. Er war der größte Mensch, den Tipperton oder Beau jemals gesehen hatten. Er maß gut über zwei Meter und trug Lederhäute. Haare und Bart waren von rostbrauner Farbe. An seinem Gürtel hing ein gewaltiger Morgenstern, den ein gewöhnlicher Mann mit zwei Händen hätte führen müssen. Doch dieser Hüne, dachte Tipperton, kann die Waffe sicherlich mit einer Faust schwingen. Vermutlich kann er sogar diese schmale Brücke ganz allein gegen eine ganze Horde halten, jedenfalls solange sie keine Pfeile oder Armbrüste gegen ihn einsetzen.

»Hál, Baeran!«, rief Phais.

Das ist also ein Baeron, dachte Tipperton aufgeregt.

»Lady.« Die Stimme des Mannes klang tief und dunkel, und er betrachtete die vier Gefährten aufmerksam.

Er hat die Augen eines Wolfes, oder eines Bären, dachte Beau.

»Wer ist hier der Kommandeur?«

»Lord Silberblatt, und Aravan ist sein Vertreter.«

Tipperton riss die Augen auf. Silberblatt und Aravan? Meiner Treu, wir stehen Legenden gegenüber!

Phais und Loric lächelten sich an. »Vanidar ist hier, und auch Aravan.« Sie drehte sich zu dem Baeron herum und deutete auf die Festung. »Dann seid Ihr alle in sicheren Händen.«

Offenbar war der Baeron zu dem Schluss gekommen, dass die vier Reiter keine Bedrohung darstellten, und trat zur Seite. Phais ritt auf die Brücke und zog Tippertons Pferd hinterher. Loric und Beau folgten ihr.

Sie ritten auf einen hohen, schattigen Torgang zu, dessen schmiedeeiserne Gatter weit offen standen. Auf den mit Zinnen bewehrten Bastionen sah Tipperton Krieger wachen, die von ihrer luftigen Höhe aus die Gefährten beobachteten. Dann jedoch wurde Tippertons Blick von dem Torbogen angezogen. Er sah in dem Gang die Spitzen eines hochgezogenen Fallgitters, als sie in den schattigen Gang ritten. Die Hufe ihrer Pferde klapperten auf den Steinen, und über ihnen gähnten in der Steindecke des Ganges dunkle Löcher, Mörderlöcher, durch welche brennendes Öl auf jeden Eindringling geschüttet werden konnte, der die Tore durchbrochen hatte. Hoch oben an jeder Seite der Passage befanden sich schmale Schlitze, durch die der gefiederte Tod auf jeden Feind regnen würde.

Der Gang machte eine scharfe Kurve und dann noch eine, wodurch man verhindern wollte, dass irgendwelche Belagerer schwere Rammböcke oder Mauerbrecher einsetzen konnten. Hinter der zweiten Biegung folgte ein weiterer Korridor, an dessen Ende Tageslicht zu sehen war.

Sie ritten unter einem weiteren Fallgitter hindurch und vorbei an einem zweiten schweren, schmiedeeisernen Tor, dessen Flügel offen standen. Dahinter lag der Burghof.

Vor ihnen ragte ein massives, sechsstöckiges Steingebäude empor, dessen Türme und Türmchen sich noch höher in den Himmel erhoben.

Auf dem Burghof herrschte geschäftiges Treiben. Baeron und Elfen gingen ihren Aufgaben nach. Einige beschlugen Pferde, flickten Zaumzeug und Sättel oder säuberten die Ställe. Andere wiederum luden Säcke und Kisten von wartenden Karren ab und schleppten sie in den Burgfried oder in Lagerschuppen. Wieder andere übten mit Schwertern, Speeren und anderen Waffen.

Doch für Tipperton versank all dies in Bedeutungslosigkeit, als sein Blick an den Elfen und Baeron vorbeiglitt und auf eine in Leder gekleidete Gruppe von Bogenschützen fiel, die mit ihren Bögen auf dunkle Stoffsilhouetten schossen, die an Heuballen befestigt waren.

Die Bogenschützen waren klein und flink. Und es waren ausnahmslos Wurrlinge.

4. Kapitel

»Beau, sieh doch!«

Beau Darby schaute in die Richtung, in welche Tipperton deutete. »Wurrlinge!«, rief er. »Begrüßen wir sie.« Er sprang von dem Packpferd zu Boden und forderte Tipperton auf, ihm zu folgen.

Tipperton sah Phais an, die lächelte und mit einem Nicken auf die Bogenschützen deutete. »Ich weiß nicht, warum Wurrlinge hier in Caer Lindor sind, Tipperton, aber es ist dein Volk, und du solltest dich unter sie mischen.«

Tipperton kletterte mit dem Bogen und dem Köcher in der Hand von dem Pferd und folgte seinem Freund über den betriebsamen Burghof.

Außer seinem Vater und seiner Mutter, an die er nur noch schwache Erinnerungen hegte, hatte Tipperton niemals einen anderen Wurrling gesehen, bis Beau Darby in Gabelhain aufgetaucht war. Und als er jetzt über den Hof blickte, sah er eine ganze Schar kleiner Leute, oder, wie sein Vater gesagt hätte, Wuschelaffen. Sein Herz pochte vor Aufregung, als er Beau folgte und dabei zusah, wie zwei Wurrlinge auf die dunklen Formen feuerten. Als er sie erreichte, jubelten die Schützen gerade, denn ein Pfeil hatte direkt das von einem Blatt markierte Herz der dunklen Silhouette getroffen.

Einer der Wurrlinge drehte sich zu Beau herum, dem Tipperton auf dem Fuß folgte. »Hallo«, sagte er. Er war ein dunkelhaariger, blauäugiger Bokker, der etwa so alt war wie Tipperton und Beau, also höchstens dreiundzwanzig. »Ich habe Euch hier noch nicht gesehen. Seid ihr neu angekommen?«

Beau grinste. »Aye. Wir sind gerade hereingeritten. Ich bin Beau Darby, und mein Freund hier heißt Tipperton Thistledown. Wir kommen aus ...« Ein weiterer lauter Jubel übertönte Beaus Worte.

»Von wo?«

»Gabelhain«, wiederholte Beau. »Obwohl die Waldsenken meine eigentliche Heimat sind.«

»Die Waldsenken? Davon habe ich schon gehört«, antwortete der Wurrling. »Aber Gabelhain?« Er schüttelte den Kopf. »Übrigens«, er tippte an den Rand des weichen Filzhutes auf seinem Kopf. »Ich bin Winkton Bruk, aber Wink genügt.«

In dem Moment brandete erneut Jubel auf, und einige Wurrlinge klatschten Beifall. Jemand hatte offenbar das Wettschießen gewonnen.

Winks Augen blitzten, als er Tippertons Bogen sah. »Wie ist's, wollt Ihr bei unserem Wettbewerb mitmachen? Messt Eure Künste an unserem Champion.«

Bevor Tipperton antworten konnte, schüttelte Beau bereits bedauernd den Kopf. »Ich nicht. Meine Waffe ist die Schleuder. Aber mein Freund Tip hier ist ein Bogenschütze, und dazu ein richtig guter.«

Wink lächelte Tipperton an. »Willst du es denn versuchen?«

Tipperton spürte, wie er errötete, und senkte den Kopf. »Ich bin nur ...«, murmelte er, aber weiter kam er nicht.

Wink hob beide Arme in die Luft. »Eine Herausforderung! Eine Herausforderung!«

»Aber ich ...«, versuchte Tipperton es erneut, als sich einige Wurrlinge zu ihm herumdrehten.

»Ein Champions aus Gabelhain ist gekommen!«, rief Wink mit lauter Stimme.

Noch mehr Wurrlinge drehten sich herum und musterten die beiden Neuankömmlinge mit ihren glitzernden Augen. Gabelhain?

»Warte, ich ...« Tipperton kam wieder nicht dazu, seinen Satz zu beenden, denn Wink packte ihn einfach am Handgelenk und zog ihn durch die Schar.

Einer der Bogenschützen trat von den Heuballen zurück und deutete auf den Sieger des Wettbewerbs, der seine Pfeile eben aus den Zielen zog. Zwei weitere Wurrlinge befestigten zwei frische Blätter auf den Silhouetten.

»Los geht's!«, meinte Wink und zog den widerstrebenden Tipperton zur Schusslinie. Dort ließ er ihn einfach stehen. Tipperton wollte weggehen, sah sich jedoch plötzlich dreißig neugierigen Wurrlingen gegenüber.

Beau stand unter ihnen und hob aufmunternd die Daumen. »Für Gabelhain und die Waldsenken!«, rief er.

Gutmütiger Beifall begrüßte diese Worte.

Tipperton seufzte und hob grüßend den Bogen. Beim Anblick der Elfenwaffe lief ein bewunderndes Murmeln durch die Reihen der Zuschauer.

Tipperton nahm einen Pfeil aus dem Köcher und wollte ihn gerade auf die Sehne legen, als eine melodische Stimme hinter ihm ertönte. »Bist du fertig?«

Tipperton drehte sich herum.

Und ließ vor Schreck den Pfeil fallen, als er in die bernsteinfarbenen Augen ihres Champions schaute.

Sein Herz machte einen heftigen Satz, denn sie war eine junge Dammen, ein Wurrling-Mädchen, und dazu das erste, das Tipperton in seinem ganzen Leben sah.

Sie trug braune Lederkleidung und war etwa fünf Zentimeter kleiner als Tipperton. Ihr rostbraunes Haar hatte sie mit einem Lederband zurückgebunden. Sie lächelte ihn an und ihre bernsteinfarbenen Augen funkelten.

»Ich ... ehm ...« Tipperton hatte es die Sprache verschlagen, und er bückte sich rasch, um seinen Pfeil aufzuheben.

Die Dammen legte mit einem silberhellen Lachen einen Pfeil auf die Sehne und schoss. Der Pfeil schlug mitten in dem Blatt ein, welches das Herz markierte.

»Du bist dran«, sagte sie und trat von der Linie zurück.

»Ich bin ...? Oh.« Seine Finger zitterten, und sein Herz klopfte wie verrückt, als er den Pfeil auf die Sehne legte. Dann holte er tief Luft und atmete aus, zog die Sehne straff und zielte. Aber seine Hände zitterten zu sehr, sodass er den Bogen wieder sinken ließ. Reiß dich zusammen, Wurro!, ermahnte er sich. Wenn jetzt ein echter Rukh vor dir stehen würde, was dann? Er zielte erneut und dachte an den Kampf in Annory. Er ließ den Pfeil fliegen, und das gefiederte Geschoss schlug kaum eine Haaresbreite neben ihrem in das Blatt ein.

Die Menge johlte vor Lachen.

Tipperton runzelte die Stirn. Was?

»Ehm ...« Die Dammen trat neben ihn. »Guter Schuss«, meinte sie, »aber dein Ziel ist da drüben.«

Die Zuschauer schlugen sich vor Vergnügen auf die Schenkel.

Tipperton sah auf den anderen Heuballen, dessen Blattherz noch unversehrt war.

Die beiden schossen vier weitere Pfeile ab, die allesamt das Blattherz trafen. Die vier letzten bohrten sich in Tippertons Ziel, während sein erster neben dem der Dammen steckte.

Als sie vortraten, um die Pfeile einzusammeln, gesellte sich Wink zu Tipperton. »Tut mir leid, alter Freund. Du hättest unentschieden schießen oder vielleicht sogar gewinnen können, wenn du nicht auf das falsche Herz gezielt hättest.«

Beau sah Tipperton an, dessen Blick der Dammen folgte. »Hm«, meinte er. »Ich glaube, hier sind mehr als nur angeheftete Blattherzen durchbohrt worden.«

»Was?«, fragte Tipperton. »Entschuldige, ich war gerade mit meinen Gedanken woanders. Was hast du gesagt?«

»Nichts, nichts.« Beau drehte sich herum, sah Wink an und legte einen Finger an die Nase. Der andere Wurrling antwortete mit einem Lupfen seiner Augenbrauen.

Tipperton zog die Pfeile aus dem weichen, korkartigen Holz, aus dem die Ziele geschnitten waren, und trat zu dem anderen Heuhaufen. Sein Herz hämmerte, und seine Handflächen waren schweißnass. »Ich bin Tipperton Thistledown«, sagte er.

Sie sah ihn mit ihren bernsteinfarbenen Augen an und lächelte strahlend, während sie ihm den fünften Pfeil reichte. »Rynna Fenrush. Aber die meisten nennen mich Ryn.«

»Wie diesen Vogel, den Wren oder Zaunkönig?«

Rynna lachte perlend, und Tipperton hielt bei dem wundervollen Geräusch unwillkürlich den Atem an. »Nein,

nein, Tipperton. Ryn, obwohl einige etwas anderes behaupten ...«

»Wie ich zum Beispiel.« Tipperton drehte sich herum und sah einen goldblonden Elfen vor sich stehen. »Behände ist sie, und klein, und ihr Gefieder ist rotbraun und ihre Augen golden. Und sie zwitschert scharf, wenn sie wütend ist. Wenn das nicht den Zaunkönig beschreibt ...«

»Ach, Silberblatt, Ihr seid einfach nur eine große Spottdrossel!«, erklärte Ryn lachend, obwohl Tip das drohende Funkeln in ihren perfekten, wunderschönen Augen bemerkte.

Bis ihm plötzlich etwas auffiel. »Sie hat Euch Silberblatt genannt!«

»Aye, in der Gemeinsprache werde ich so genannt, auf Sylvana Vanidar, und in Darda Erynian haben einige noch andere Namen in ihren wohlklingenden Sprachen für mich.«

Aufgrund der Unsterblichkeit der Elfenrasse wirkte Vanidar wie ein schlanker Jüngling, obwohl er mehrere Jahrtausende alt sein musste. Er war Coron gewesen, als die Baumgiganten des Greisenwaldes noch Schösslinge gewesen waren. Sein goldblondes Haar reichte bis zu seinen Schultern und war mit einem einfachen Lederband zurückgebunden, wie es die meisten Lian trugen. Er war in ein dunkelblaues Wams gekleidet, und trug einen silbernen Gürtel, an dem ein Langmesser hing. Seine Füße steckten in weichen Lederschuhen, die ebenfalls blau gefärbt waren, und er war über einen Meter achtzig groß. Obwohl er vollkommen entspannt dastand, strahlte er die Geschmeidigkeit einer Raubkatze aus.

»Ich bin Tipperton Thistledown«, erklärte Tipperton und verbeugte sich. »Müller aus Gabelhain. Wenn auch in letzter Zeit eher mit anderen Aufgaben betraut.«

Silberblatt lächelte. »Ich weiß. Deswegen habe ich Euch gesucht, weil ich Eure Geschichte gern hören würde. Aber zunächst ...« Er drehte sich zu Rynna herum. »Würdet Ihr vielleicht dafür sorgen, dass Herr Tipperton und Herr Beau ordentlich untergebracht werden? Und könntet Ihr sie danach zum Kriegsraum bringen?«

»Gern.« Rynna lächelte Tipperton an, dessen Herz einen Purzelbaum schlug.

Der Elf senkte den Kopf. »In einem Kerzenstrich.« Dann drehte er sich herum und ging zum Burgfried.

»Wo sind deine Sachen?«, erkundigte sich Rynna.

Tipperton sah Beau an, der mit den Schultern zuckte. »Vermutlich noch im Stall«, erklärte er dann und sah sich suchend um. »Jedenfalls glaube ich, dass Loric und Phais die Pferde dorthin gebracht haben. Sie haben unsere Sachen getragen.«

Rynna nickte und hakte Tipperton unter. »Dann gehen wir nachsehen.« Sie marschierte los über den Burghof und zog den Bokker mit. Der schaute staunend auf ihren Arm in seinem und ... stolperte.

Als sie kurz danach durch die verschlungenen Korridore des Burgfrieds marschierten, fragte Tipperton, der seine Bettrolle und seine anderen Habseligkeiten auf den Armen trug: »Warum sind so viele Wurrlinge in Caer Lindor?«

Rynna knurrte leise. »Die Rukhs und die Hlöks und ihresgleichen haben uns hierhergetrieben.«

»Meiner Treu!«, stieß Beau hervor.

»Ja, wirklich, meiner Treu!«, antwortete Rynna bitter.

Sie führte die beiden Freunde in einen großen Korridor, sah Tipperton an und seufzte. »Wir haben in Quellwasser gelebt, einem Dorf am Rissanin, hinter der Erynfurt, in der Nähe der Quellen am Rand des Rimmengebirges.«

»Dem großen Bergmassiv.« Tipperton erinnerte sich an die Karte, die er studiert hatte.

»Ja. Nordöstlich von hier.«

Tipperton stöhnte.

»Nordöstlich?«, fragte Beau. »Das ist doch der Weg nach Aven, stimmt's?«

»Aven? Ja. Jedenfalls wäre es der Weg, wenn nicht eine bösartige Horde ihn versperren würde. Aven selbst liegt jedoch weit weg von Quellwasser. Noch hinter Riamon.«

»Entschuldige, Ryn«, meinte Beau. »Ich habe dich unterbrochen.«

»Macht nichts.« Sie zuckte mit den Schultern. »Es gibt ohnehin nicht viel zu erzählen, Beau. Wie gesagt, unser Dorf liegt etwa fünfzig Werst stromaufwärts, am Rissanin, oder vielmehr, es lag dort. Denn es existiert nicht mehr. Die Horde hat es vollkommen vernichtet. Wir sind vor ihrem Eintreffen gewarnt worden, und nur die Hälfte von uns hat den ersten Angriff überlebt.« Rynna bog nach links in einen weiteren Quergang ein. Dann ballte sie eine Hand zur Faust. »Diejenigen von uns, die im Umgang mit Waffen geübt waren, blieben zurück und kämpften. Wir haben den Vormarsch des Gezüchts aufgehalten und sie in die Irre geführt, während die Alten, Bokker und Dammen, manche mit Säuglingen auf den Armen, sich nach Darda Erynian in Sicherheit gebracht haben. Dorthin, wo die Elfen und die Verborgenen leben.«

Beau schluckte, sagte aber nichts.

»Nachdem wir die Flucht der anderen gesichert hatten, haben wir uns immer wieder aus dem Hinterhalt auf den

Feind gestürzt, und vor allem Patrouillen angegriffen. Aber es waren zu viele, obwohl wir uns gut geschlagen haben.«

Rynna seufzte. »Doch ganz gleich, wie gut wir unsere Hinterhalte planten, wir hatten immer Verluste. Schließlich ...« Sie blieb unvermittelt vor einer Tür stehen. »Oh, wir sind da.«

Rynna löste die Schlinge von einem Türschloss. »Ihr könnt euch hier einrichten«, meinte sie und stieß die Tür auf. Der Raum war klein, aber nur an dem Maßstab eines Menschen oder Elfen gemessen. Für einen Wurrling war er völlig ausreichend.

»Das waren angeblich Gebetszellen der Elfen«, erklärte Rynna. »Jedenfalls hat man mir das gesagt.« Sie ging hinein, und Tipperton und Beau folgten ihr. »Sie haben jemanden verehrt, den sie den Großen Schöpfer nannten.«

»Wir haben von dem Großen Schöpfer gehört«, erklärte Tipperton. »Aber ... erzähl deine Geschichte weiter.«

»Es gibt nicht mehr viel zu erzählen. Als wir in die Wälder getrieben wurden, war uns klar, dass wir Hilfe brauchten, um die Horde besiegen zu können. Also sind wir hierhergekommen. Sag mal, ist das eine Laute?«

Tipperton nickte, als er das Instrument in seinen Hüllen auf die schmale Pritsche legte.

Rynna lächelte ihn an. »Ich spiele Flöte und kenne viele Lieder. Meinst du, dass wir vielleicht zusammen musizieren könnten?«

Beau lachte, und warf seine Bettrolle auf einen Schrank neben seiner Pritsche.

»Oh ... aber ... ja«, erwiderte Tipperton. »Aber ich kenne nicht viele Lieder.«

»Das macht nichts. Ich bringe sie dir bei. Aber das hat

Zeit. Jetzt müssen wir zuerst zum Kriegsrat. Silberblatt wartet auf uns.«

Silberblatt schüttelte den Kopf, und reichte die Münze dann an einen großen Lian, der sein rabenschwarzes Haar lang und offen trug. »Was denkt Ihr, Aravan? Spürt Ihr eine Gefahr?«

Aravan stellte seinen Speer zur Seite, der eine Spitze aus Kristall hatte, nahm die Münze und untersuchte sie. Seine saphirblauen Augen funkelten vor Neugier. »Nein, Silberblatt, eine Gefahr kann ich nicht erkennen.« Er runzelte die Stirn. »Mir kommt diese Münze wie eine einfache Zinnmünze mit einem Loch in der Mitte vor, wie viele andere, auf die ich überall in der Welt gestoßen bin. Obwohl diese hier keinen Stempel von dem Reich hat, in welchem sie geprägt wurde. Warum Blaine sie nach Aven schicken sollte ...« Aravan zuckte mit den Schultern und reichte sie einem Hünen von Mann, der Aravan noch um mehr als zwanzig Zentimeter überragte. »Was haltet Ihr davon, Urel?«

Bevor der Mann nach der Münze griff, sah er Aravan fragend an. »Was sagt Euer Stein?«

Aravan berührte einen kleinen blauen Stein, der an einem Band um seinen Hals hing. »Wie gesagt, Urel, ich spüre keine Gefahr. Aber Tarquins Geschenk warnt mich nicht vor jeder Drangsal, deshalb kann ich nichts über diese Münze sagen.«

Der braunhaarige und braunäugige Baeron nahm die Münze vom Tisch. »Ich glaube nicht, dass Blaine etwas Gefährliches zu König Agron senden würde. Immerhin waren sie gute Freunde, als mein Vater sie die Wege des Waldes gelehrt hat.«

»Die Wege des Waldes?«, erkundigte sich Beau vorsichtig.

»Aye. Könige senden häufig ihre Kinder zu den Baeron, damit sie die Eigenheiten des Landes kennenlernen und mit ihren Schätzen vernünftig haushalten. Das ist eine Weise, junge Herrscher darin zu unterrichten, wie wir die Welt erhalten können.«

Urel betrachtete die kleine Zinnmünze mit gerunzelter Stirn. »Kommandantin«, sagte er und schob sie Rynna zu, die sie entgegennahm. Ihre Hände wirkten winzig neben denen des Baerons.

»Kommandantin?«, fragte Beau und sah Rynna an.

»Aye«, antwortete Silberblatt für sie. »Ryn führt die Waerlinga bei unseren Überfällen an.«

»Und bessere Kundschafter könnten wir uns nicht wünschen«, fügte Aravan hinzu.

Beau riss erstaunt die Augen auf, aber Rynna blickte von der Münze hoch zu Tipperton und zwinkerte ihm zu.

Er errötete heftig und senkte hastig den Blick, als Urel brummte: »Wenn ich Ihr wäre, Kleiner, würde ich diese Münze bei erster Gelegenheit von einem Magier untersuchen lassen.«

Jetzt war Tipperton erstaunt und blickte von dem Baeron auf die Münze. »Von einem Magier?«

Urel nickte. Er sah von Aravans Amulett zu dessen Speer mit der dunklen Kristallspitze und dem langen schwarzen Schaft. Insgesamt maß die Waffe fast zwei Meter fünfzig. »Ihr könnte ein Zauber anhaften.«

»Amulett? Magier? Oh, Rynna, vielleicht solltest du sie besser nicht anfassen«, meinte Tipperton und streckte die Hand aus.

Sie lachte silberhell, warf die Münze an der Schnur in die Luft und fing sie wieder auf. Doch sie wurde rasch wieder ernst, als sie Tippertons besorgten Gesichtsausdruck sah. »Ach, ich glaube nicht, dass sie gefährlich ist. Du hast uns eure Geschichte erzählt, und offenbar hast du sie lange getragen, ohne dass dir etwas passiert ist.«

Tipperton zog die Stirn kraus. »Ich weiß nicht, Ryn. Immerhin sind Beau und ich mehrmals fast ums Leben gekommen, seit wir die Münze bei uns tragen.«

»Sagt«, mischte sich Beau ein. »Glaubt Ihr vielleicht, dass sie ihrem Träger Gefahr bringt?«

Rynna betrachtete die Münze forschend und schüttelte dann den Kopf. »Das glaube ich auch nicht. Denn schließlich seid ihr auch guten Freunden begegnet, im Ardental und Darda Galion und woanders, Loric und Phais zum Beispiel, oder Silberblatt und Urel, den Zwergen in Annory, und vielen anderen ...« Sie sah Tipperton mit ihren bernsteinfarbenen Augen an. »Mir ...«

Tippertons Herz hämmerte zum Zerspringen, als er ihren Blick auf sich fühlte.

»Himmel, Beau, sie ist die schönste Dammen, die ich je gesehen habe.«

»Bei allen Scheunenratten, sie ist die einzige Dammen, die du je gesehen hast, Wurro.«

Tipperton runzelte die Stirn, doch dann lächelte er strahlend. »Du vergisst meine Dam.«

»Hast du mir nicht erzählt, dass du dich kaum noch an sie erinnern kannst?«

»Hab ich!«, fuhr Tipperton ihn an. »Ich meine, du hast recht. Aber ich wollte einfach nur ...«

»Du wolltest mir beweisen, dass meine Worte falsch sind, stimmt's?« Beau grinste. »Gut, ich gebe zu, sie ist eine von zwei weiblichen Wurrlingen, die du gesehen hast. Aber trotz deiner ungeheuren Erfahrung, mein lieber Wurro, kann ich dir eines zu Rynna sagen: Ich habe in der ganzen Waldsenke noch nie eine hübschere Dammen gesehen, und das will was heißen. Außerdem kann sie recht gut mit Pfeil und Bogen umgehen.«

»Das ist nicht alles, Beau. Sie ist witzig, und klug und hat Temperament und ...«

Jemand klopfte leise an die Tür.

Als Tipperton sie öffnete, stand Rynna davor. Sie hatte eine kleine Flöte in der Hand und ihre bernsteinfarbenen Augen funkelten. »Nimm deine Laute, Tipperton. Wir gehen nach dem Essen auf die Zinnen und spielen ein paar Lieder.«

Eines der Lieder, das Rynna ihn in dieser Nacht lehrte, war ein einfaches, trauriges Stück: »Die wartende Jungfrau.«

Nachdem sie die Weise mehrmals gespielt hatten, wobei Tipperton immer geschickter wurde, räusperte sich Rynna. »Tipperton, wartet zu Hause jemand auf dich?«

Tipperton betrachtete angestrengt das Griffbrett und übte den schwierigsten Akkord des Stücks. »Nein«, murmelte er, vollkommen darauf konzentriert, wie er seine Finger setzen musste. »Keiner.« Dann schlug er den Akkord an und silberhelle Töne erhoben sich in die Nacht, während Rynna fröhlich lachte. Als die letzten Töne verklangen, sah Tipperton hoch und blickte in Rynnas ebenfalls lächelndes Gesicht.

»Jetzt zeige ich dir eine lebhaftere Melodie«, meinte sie und setzte ihre Flöte an die Lippen. »Und die Worte bringe ich dir auch bei.«

Sie spielten und sangen, während der Sichelmond zwischen den Wolken an einem sternenübersäten Himmel leuchtete, und die Wächter auf den Zinnen ihre Runden drehten und lächelten.

Während der sieben nächsten Tage warteten sie auf Berichte vom genauen Standort der Horde. Obwohl Beau die restlichen Wurrlinge von Quellwasser kennenlernte, alles Bokker bis auf Rynna, und viele Baeron und Elfen, sah er wenig von Loric und Phais, die für sich blieben. Und auch Tipperton sah er so gut wie nie, und wenn doch, dann war Rynna an seiner Seite. Sie gingen umher, als wären sie allein auf der Welt. Tipperton sprach zwar auch mit anderen Wurrlingen und Elfen und Menschen, aber er schien nur Augen für die Dammen zu haben. Und die hatte nur Blicke für ihn übrig.

»Donnerschlag!«, murmelte Beau und lächelte, als er sie vorbeigehen sah, ohne auf ihre Umgebung zu achten. Er benutzte dieses Wort, das ihm seine Großmutter beigebracht hatte. »Donnerschlag, aber wirklich!« Beau hatte miterlebt, wie hingerissen Tipperton war, und offenbar ging es Rynna nicht anders. Trotzdem hatten die beiden einen Auftrag zu erfüllen. Tipperton musste eine kleine Zinnmünze abliefern, und Rynna musste die Wurrlinge bei ihren häufigen Ausfällen anführen, was schon bald wieder der Fall sein würde.

Denn noch am Abend dieses siebten Tages in Caer Lindor kam die Kunde, dass sich Gezücht diesseits des Argon herumtrieb, irgendwo stromaufwärts der Insel Olorin. Hastig stellte Silberblatt einen Trupp aus Elfen, Menschen und Wurrlingen zusammen. Die Kundschafter wurden von Rynna befehligt.

Die Gruppe ritt in die Nacht hinaus, nach Westen Richtung Darda Erynian, die Wurrlinge auf Ponys, Elfen und Menschen auf Pferden, mit Silberblatt an der Spitze.

Seinen Bogen aus weißem Horn in der Hand, stand Tipperton auf den Zinnen. Er beobachtete, wie Rynna im silbernen Licht der Sterne aus dem Burgfried, dann über die Brücke und schließlich in den Wald ritt. Sie sah über ihre Schulter zurück hinauf zu ihm, und ließ ihr Pony selbst den Weg suchen.

Am nächsten Tag wanderte Tipperton rastlos auf den Zinnen umher, stellte sich auf den Waffenständer und spähte hinaus nach Westen. Er suchte verzweifelt nach einem Anzeichen ihrer Rückkehr und hoffte darauf, dass Rynna und die anderen gesund und unversehrt waren.

»Sie werden mehrere Tage unterwegs sein«, sagte Beau, der sich zu Tip gesellt hatte. »Das haben sie gesagt, bevor sie aufgebrochen sind.«

»Weiß ich!«, fuhr Tipperton ihn an. »Ich weiß«, wiederholte er dann freundlicher.

»Und wir müssen an unseren eigenen Auftrag denken, Wurro!«, fuhr Beau fort. »Immerhin sind wir schon seit einer Woche hier.«

Tipperton drehte sich herum und sah seinen Freund an. Sein Gesicht war blass. »Ach, Beau, ich kann nicht weiterziehen, bevor ich nicht weiß, dass es ihr gut geht.«

»Aber Loric und Phais haben den besten Weg für uns ausgearbeitet. Sie wollen die Horde östlich umgehen. Das heißt, wir brechen bald auf.«

Tipperton ließ die Schultern hängen. »Ich weiß«, flüsterte er.

Er wischte sich mit dem Ärmel über die Augen, drehte sich herum und spähte weiter in Richtung des Waldes, in dem Rynna verschwunden war. Beau trat zu ihm, legte seinem Freund den Arm um die Schultern, und dann blickten sie zusammen nach Westen, in den Wald und auf den Horizont dahinter. Sie suchten nach einer Bewegung, aber sahen nichts.

Drei Tage verstrichen, ohne dass Kunde von dem Trupp kam, und am Abend des dritten Tages erklärte Phais: »Wir müssen spätestens morgen oder übermorgen aufbrechen. Die Kunde, die wir über den Aufenthaltsort der Horde erhalten haben, wird immer weniger verlässlich, je länger wir verweilen. Selbst jetzt könnten sie bereits weiterziehen. Oder auch nicht.«

Tipperton hatte das Gefühl, als hätte ihm jemand eine Faust in den Magen gerammt. »Aber, Dara, Rynna ist noch nicht zurückgekehrt.«

»Vielleicht tut sie das auch nicht«, brummte ein trauriger Baeron, der an ihrem Tisch saß. Sein bandagierter Arm steckte in einer Schlinge. Die Wunde hatte er sich bei einem Scharmützel vor einigen Tagen zugezogen. »Meine Frau ist nicht zurückgekehrt.«

Tipperton starrte den Mann entsetzt an. »Ach, tut mir leid, Waldan!« Der Baeron schüttelte den Kopf. »Ich habe nicht nachgedacht, bevor ich gesprochen habe.«

Tipperton verschwamm alles vor den Augen, als er zu einer Tür am anderen Ende des großen Gemeinschaftssaales blickte.

Phais legte ihre Hand über die des Wurrlings.

»So ist es nun einmal im Krieg. Freunde und Liebende werden getrennt. Aber Ihr habt eine Mission zu erfüllen, genau wie sie.«

»Ich weiß.« Tippertons Stimme brach, und er konnte seine Tränen kaum zurückhalten. »Aber ich ... ich wollte sie nur ein letztes Mal sehen. Ich wollte ihr sagen ... ich wollte ihr erzählen ...« Er konnte den Satz nicht beenden.

»Sie weiß es, kleiner Freund«, flüsterte Phais. »Sie weiß es.«

In dieser Nacht beschlossen Phais und Loric um Tippertons willen noch einen Tag in Caer Lindor zu warten. Aber am übernächsten Morgen würden sie aufbrechen, komme, was da wolle. Deshalb verbrachte Tipperton die Nacht auf den Zinnen und spähte in die von Sternen erhellte Nacht, bis ihn die Wächter am nächsten Morgen schlafend auf den nach Westen liegenden Mauern fanden.

Müde und trübselig stocherte Tipperton in seinem Frühstück herum, während Beau ihn sanft schalt. Er brauchte Essen und Ruhe. Doch obwohl sich Beau um seinen Freund sorgte, mangelte es ihm selbst nicht an Appetit. »Man weiß nie, wann wir wieder ohne Nahrung auskommen müssen, Wurro«, meinte er. »Außerdem werden wir ab morgen wieder auf karge Rationen gesetzt. Heute ist der letzte Tag, an dem es reichlich zu essen gibt.«

Tipperton nickte und knabberte weiterhin lustlos an seinem Essen herum.

Er bekam einfach keinen Bissen herunter und hatte gerade die Gabel zur Seite gelegt, als er ein weit entferntes Hornsignal hörte, dem ein Signal von den Zinnen antwortete.

»Sie sind da«, sagte Beau, aber Tipperton war längst zur Tür des Gemeinschaftsraumes hinaus.

Er rannte aus dem Burgfried und über den Hof. Beau folgte ihm, mit einer Scheibe Schinken in der einen und einem Kanten Brot in der anderen Hand. Tipperton rannte die Rampe hinauf, wo er erneut auf den Waffenständer sprang und durch eine Öffnung in der Mauer spähte.

Die aufgehende Sonne stand in seinem Rücken, aber er konnte keine Reiter am Rissanin erkennen, und auch nicht in dem Dickicht dahinter. Er wartete mit hämmernden Herzen.

Beau kletterte neben ihn, und im selben Moment tauchte eine Reiterkavalkade aus dem Wald auf. Die beiden Wurrlinge beobachteten, wie immer mehr Pferde zwischen den Bäumen herauskamen, und jeder der Berittenen führte ein reiterloses Pferd am Zügel, das eine Bahre zog.

»Ich gehe besser hinunter, Tipperton«, meinte Beau. »Sie haben Verwundete zurückgebracht.«

Tipperton nickte stumm. Als Beau herunterkletterte und die Rampe zum Burghof erreichte, drehte sich Tipperton um. »Beau, schick jemanden, der mich holt, falls ...«

Beau nickte. »Schon klar.« Dann war er verschwunden.

Tipperton sah wieder nach Westen. Immer noch kamen Pferde zwischen den Bäumen hervor.

Ponys, dachte er. Wo bleiben die Ponys? Es sind keine Ponys dabei? Wo sind die Wurrlinge? Und wo bleibt meine Rynna?

Als die ersten Reiter die Brücke erreichten, kamen auch keine Reiter mit Verwundeten mehr zwischen den Bäumen hervor.

Tipperton Herz schlug ihm bis zum Hals. Er wartete, bis die letzten Pferde über die Brücke polterten, dann rannte er die Rampe hinab und stürmte in den Burghof.

»... waren da«, hörte Tipperton jemanden sagen, als er zu den Verwundeten lief. »Wir haben sie zurückgetrieben bis zu ihren Booten und Flößen«, fuhr der Sprecher fort, ein Baeron, der eine blutige Bandage am Arm und um die Stirn hatte. »Aber sie haben gekämpft wie die Teufel, wie Ihr sehen könnt«, er deutete auf die Heiler, die sich der Verwundeten annahmen, ihre Verletzungen untersuchten und bereits begannen, Salben und Tinkturen zu verabreichen. Beau verband einen verwundeten Lian. »Und einige von unserem Trupp sind gefallen.«

Tippertons Herz setzte einen Schlag aus, und er glaubte, ersticken zu müssen.

»Was ist mit Vanidar und den anderen?« Aravan war als Kommandeur von Caer Lindor zurückgeblieben.

»Ich habe Silberblatt und die Waldana gesehen, als sie am Flussufer entlangritten und den Feind mit einem Pfeilhagel eindeckten. Aber sie selbst wurden mit vielen schwarz gefiederten Pfeilen beschossen. Die Leute von unserem Trupp, die keine Bögen oder Schleudern hatten, haben unsere Flanke gedeckt.«

»Und die Toten?«

Der Baeron deutete auf einige Bahren, die zur Seite gestellt worden waren. Die Gestalten darauf waren mit Decken verhüllt. »Wir haben so viele zurückgebracht, wie wir konnten, aber wenn auch Silberblatt und die anderen Verluste erlitten haben, wird es gewiss noch mehr Tote geben.«

Tippertons Herz setzte wieder einen Schlag aus, und er trat hastig zu den Toten.

Nur eine der Gestalten auf den Bahren hatte die Größe eines Wurrlings. Tipperton atmete angestrengt, als er die Decke anhob. Dann fiel er auf die Knie, und Tränen der Erleichterung strömten ihm über das Gesicht. Es war nicht Rynna, sondern Winkton Bruk.

Sie ist in Sicherheit, bei Adon!, dachte er. Sie lebt.

Im nächsten Moment jedoch überkam ihn sein schlechtes Gewissen.

Meiner Treu! Wie kann ich mich freuen, wenn Wink tot hier liegt? Wie kann ich darüber jubeln, dass es Wink ist und nicht sie?

Tipperton streckte mit tränennassem Gesicht die Hand aus und strich Winks dunkles Haar glatt.

Es tut mir so leid, Wink, dachte er. So unendlich leid.

Er zog die Decke über Winks Gesicht und stand auf. Als er sich umsah, hatte er nicht nur Gewissensbisse, sondern kam sich auch vollkommen nutzlos vor, weil er kaum Kenntnisse in der Heilkunde hatte. Hier wurde jedoch weit mehr als das benötigt. Und er suchte weiter nach Rynna.

Sie ist nicht hier, dachte er. Sie ist noch irgendwo da draußen, während schwarz gefiederte Pfeile ihr Herz suchen. Ach, meine Rynna, pass auf dich auf!

Dann trottete Tipperton die Rampe wieder hinauf und hielt erneut Ausschau.

Die Sonne stand hoch am Himmel, als erneut ein Hornsignal im Wald ertönte. Wieder kamen Elfen und Menschen auf Pferden und Wurrlinge auf Ponys aus dem Wald. Auch sie führten reiterlose Pferde mit sich, und die Gestalten auf einigen der Bahren waren von Decken verhüllt.

Tipperton suchte furchtsam nach dem Gesicht seiner Geliebten, als die Ponys und die Pferde eines nach dem anderen unter den Bäumen hervorkamen. Aber sie tauchte einfach nicht auf, und ihm traten erneut die Tränen in die Augen. Aber er wischte sie weg, damit er besser sehen konnte.

Als Letzter kam Silberblatt auf seinem Rappen aus dem Wald. Ihm folgte niemand mehr. Tipperton schrie vor Verzweiflung auf, aber in diesem Moment erschien eine bedrückte Rynna neben dem Elfen. Ihr Pony und sie waren von dem großen Rappen und Vanidar verdeckt worden.

»Rynna!«, schrie Tipperton. »Rynna, hier oben!«

Sie blickte hoch und sah den wie verrückt winkenden Tipperton.

Mit einem wilden Schrei gab Rynna ihrem Pony die Sporen. Der kleine Hengst galoppierte über die Brücke, während Tipperton die Rampe hinabstürmte.

Er erreichte den Hof zur gleichen Zeit wie Rynna. Sie zügelte ihr Reittier, das rutschend zum Stehen kam, und sprang aus dem Sattel, noch bevor das Pony stand.

Tipperton fing sie auf, wirbelte sie herum und küsste sie einfach. Rynna erwiderte seinen Kuss genauso leidenschaftlich.

»Ach, mein lieber Bokkerer!«, keuchte sie, während ihr die Tränen die Wangen hinunterliefen. »Ich dachte, du wärst schon fort.«

»Und ich dachte, du wärst verwundet oder Schlimmeres.« Tipperton hatte Freudentränen in den Augen. Dann sah er sie freudestrahlend an. »Bokkerer! Du hast mich dein Bokkerer genannt! Oh, meine Dammnia, woher wusstest du, dass ich dich liebe?«

Sie sah ihn fast erstaunt an. »Ich wusste es vom ersten Moment an, als ich dich sah. Wusstest du es nicht auch?«

Während die Baeron ihre vier gefallenen Gefährten im Großen Wald unter dem belaubten Baldachin bestatteten, errichteten die Elfen und Wurrlinge einen großen Scheiterhaufen am Rand des Darda Erynians, um die restlichen fünf Toten zu bestatten. Drei Wurrlinge und zwei Elfen, einen Lian und eine Dylvana.

Dabei drehte sich Beau zu Tipperton herum. »Himmel, Tip, Wurrlinge. In diesem Krieg sind Wurrlinge gestorben.« Er brach in Tränen aus, und auch Tipperton weinte. Rynna umarmte beide, und so standen die drei beisammen und trauerten.

Während die Flammen loderten und die Toten verzehrten, und die Wurrlinge sie beweinten, sangen Silberblatt und Aravan mit ihren glockenreinen Stimmen ihre Seelen in den Himmel. Während tief im Wald die Baeron in grimmigem Schweigen die Gräber ihrer Gefährten umringten.

Als es dunkel wurde, standen Rynna und Tipperton auf den Zinnen, spähten hinaus in den Wald und betrachteten den Fluss unter ihnen. Sie beobachteten, wie die Sterne allmählich am Firmament auftauchten und die mondlose Nacht erhellten.

»Ist das nicht merkwürdig?«, fragte Rynna, während sie in das glitzernde Wasser unter ihnen schaute.

»Was?«

»Dieser Fluss.«

»Wieso?«

»Das Wasser fließt und fließt, und doch ist es immer da. Es ist immer dasselbe, und dennoch ist es immer neu.«

»Wie unsere Liebe, mein Herz, wie unsere Liebe.«

Müde bis auf die Knochen, Tipperton wegen seines Schlafmangels und seiner Sorge, und Rynna wegen der kräftezehrenden Kämpfe, gingen sie nach einem späten Abendmahl in ihre Quartiere.

»Wir brechen morgen früh auf«, erklärte Tipperton.

»Ich weiß«, gab Rynna zurück.

Sie kamen zur Tür ihrer Kammer.

»Bleib ein bisschen bei mir«, bat sie ihn.

Eine Weile später machte sich Beau auf Wunsch von Silberblatt auf die Suche nach Tipperton, damit er sich ein Pony auswählte.

Er ging sofort zu Rynnas Kammer und klopfte leise.

Niemand antwortete.

Er klopfte noch einmal.

Es blieb still.

Vielleicht sind sie ja nicht da drinnen, Wurro, dachte er. Andererseits, wahrscheinlich schon. Sie könnten natürlich auch auf den Zinnen stehen und die Sterne beobachten, denn wenn sie hier wären, würde entweder Rynna oder Tipperton antworten.

Leise öffnete Beau die Tür. Tipperton und Rynna lagen vollständig angekleidet auf ihrem Bett und schliefen, eng aneinandergeschmiegt, Rynna mit dem Rücken an Tipperton Brust. Er hatte den Arm um ihre Taille geschlungen.

Leise schloss Beau die Tür wieder. Ich suche ihm einfach selbst ein Pony aus, dachte er.

Irgendwann, mitten in der Nacht, wachte Tipperton auf. Rynna lag neben ihm und musterte sein Gesicht im Licht der Sterne, die durch das hohe Fenster schienen.

Sie war unbekleidet.

Tipperton setzte sich auf, und ohne ein Wort zu sagen, kniete sie sich neben ihn auf und schnürte sein Hemd auf.

Obwohl keiner von ihnen Erfahrung hatte, liebten sie sich innig und zärtlich und schliefen danach erneut in den Armen des anderen ein.

Bleib.

Das geht nicht. Ich muss ein Versprechen einlösen, das ich einem gefallenen Reiter des Königs gegeben habe. Komm mit mir.

Das geht nicht. Ich muss meinen Treueschwur erfüllen, einen Eid, den ich geleistet habe, als Quellwasser vernichtet wurde.

Warte auf mich.

Warte du auch auf mich.

Das werde ich, mein Bokkerer.

Das werde ich auch, meine Dammnia.

Und sie liebten sich erneut.

Der Morgen brach an.

Pferde und Ponys wurden gesattelt, Ausrüstung und Nahrung wurden auf Maultiere gepackt, Hafer für die Tiere und Lebensmittelrationen für die Lian und Wurrlinge.

Rynna schenkte Tipperton drei rot gefiederte Pfeile, deren Spitze mit roter Borke umflochten war.

»Was ist das?«, fragte Tipperton sie.

»Signalpfeile«, erklärte Rynna. »Zünde sie an und schieße sie in die Luft. Sie brennen hellrot und hinterlassen eine leuchtendrote Spur. Man weiß nie, wann man so etwas gebrauchen kann.«

»Aber Ryn, ich habe nichts, was ich dir dafür geben kann.«

»Du hast mir dich selbst geschenkt, und das genügt vollkommen. Versprich mir nur, dass du zurückkehrst.«

»Ich werde kommen, sobald ich die Münze abgegeben habe«, erklärte Tipperton feierlich und schob die Pfeile in seinen Köcher.

Rynna nickte und versuchte tapfer, zu lächeln.

Tipperton band seine Laute an den Sattel, trat von dem Pony zurück und betrachtete es prüfend. Alles war bereit. Dann drehte er sich herum und umarmte Rynna. »Pass auf dich auf, meine Damnia«, flüsterte er heiser.

»Sei vorsichtig, mein Bokkerer«, erwiderte sie.

Tipperton sah Loric an, und als der nickte, führten sie ihre Hengste über den Burghof zum Tor. Phais ging voran, ihr folgte Loric, die beiden Wurrlinge kamen danach. Rynna begleitete sie.

Die Hufe ihrer Pferde klapperten hohl in dem dunklen Torweg, während Tipperton mit Furcht an das dachte, was vor ihnen liegen mochte.

»Sie hatte ganz recht«, meinte Tipperton in dem lauten, hallenden Hufgeklapper.

»Wer hatte recht?«, erkundigte sich Rynna.

»Phais. Sie sagte, dass der Krieg Freunde von Freunden trennt und Liebende auseinanderreißt. Obwohl ich das schon immer gewusst habe, hätte ich nie gedacht, dass mir das auch einmal passieren würde.«

Rynna nickte seufzend, antwortete aber nichts.

Irgendwo hallte ein Horn, dessen Schall hohl durch die Mörderlöcher des Torwegs klang.

Die Dammen hob eine Braue und sah Tipperton an. Dabei zog sie einen Pfeil aus dem Köcher, den sie an ihrer Seite trug. »Das war ein Alarm, aber kein Kriegsruf.«

Hastig nahm Tipperton seinen Bogen vom Sattelknauf und nockte ebenfalls einen Pfeil ein, während Beau seine Schleuder lud.

Schließlich erreichten sie die Brücke. Tipperton und Rynna musterten den Waldrand am anderen Ufer. »Oh, seht nur!«, sagte Beau und streckte die Hand aus.

Stromabwärts ruderten einige Boote heran.

»Wer ist das?«, fragte Tipperton und drehte sich zur Rynna herum.

»Ich weiß es nicht. Aber wir sollten uns auf alles gefasst machen.«

Loric und Phais trieben ihre Pferde zur Mauer zurück. Die Maultiere protestierten zwar, folgten ihnen jedoch. »Zurück!«, rief Phais. »Sucht Deckung, denn wir wissen nicht, wer das ist.«

In dem Moment stand ein Mann in den Booten auf und streckte seine leeren Hände in den Himmel. »Sicherer Hafen!«, schrie er. »Wir suchen einen sicheren Hafen!«

»Das gefällt mir gar nicht, Ryn. Es sind Flussleute.«

Rynna sah Tipperton an und erwiderte flüsternd: »Sollen wir ihnen wegen etwas Schutz verwehren, was ihre Vorfahren vor langer Zeit getan haben?«

»Aber die Flussleute waren einst Anhänger Gyphons, und wer kann sagen, ob sie nicht erneut seinem Bann verfallen sind?«

»Meinst du, dass man die Sünden der Vorfahren auf die Nachkommen übertragen kann?«

»Ach, Ryn, ich will nur nicht, dass du in Gefahr gerätst.«

»Tipperton, mein Tip, in solchen Zeiten wie diesen gibt es keinen sicheren Ort.«

Noch während Tipperton und Rynna miteinander tuschelten, verhandelten Silberblatt und Aravan mit den Anführern der Flussleute, während der größte Teil der Menschen am Tor wartete. Die Wurrlinge hatten ihre Pfeile noch eingenockt, die Bögen aber nicht gespannt.

Schließlich bedeutete Silberblatt ihnen, dass alles in

Ordnung sei, und alle schoben ihre Pfeile in die Köcher zurück.

Phais und Loric traten zu den Wurrlingen. »Vanidar hat ihnen befristeten Unterschlupf gewährt. Aravan wird mit einem Trupp nach Olorin reiten, um sich zu überzeugen, dass ihre Geschichte stimmt. Wenn nötig, wird er den Fluss überqueren und die Marschwacht im Darda Galion danach befragen, was sie gesehen hat. Auch bei dieser Mission wird er Kundschafter benötigen, Rynna.«

Rynna nickte. »Was für eine Geschichte erzählen die Flussleute denn?«, erkundigte sie sich.

»Angeblich sind Rûpt stromabwärts gekommen und haben alles geplündert und niedergebrannt. Diese Flussleute hier haben nur knapp ihr Leben retten können.«

Rynna seufzte. »Die Rûpt, hm? Vielleicht waren es ja die, welche wir den Argon hinab gejagt haben.«

»Ich dachte, ihr hättet sie alle getötet«, meinte Tipperton.

»Das dachte ich auch. Aber möglicherweise sind einige entkommen oder bereits flussabwärts marschiert, bevor wir die anderen angegriffen haben.«

»Trotzdem«, Phais blickte zur Sonne hinauf, »ist es Zeit, dass wir aufbrechen.«

»Obwohl die Flussleute hier sind?«, protestierte Tipperton.

Phais sah Rynna an und nickte grimmig. »Diese Festung ist in sicheren Händen.«

»Mir gefällt das überhaupt nicht«, meinte Tipperton. »Dennoch ...«

Rynna drehte sich zu Tipperton herum. »Wir schaffen das schon, Liebster. Außerdem hast du selbst gesagt, dass der Krieg die Freunde und Liebenden trennt. Und genau das passiert uns. Je eher ihr jedoch aufbrecht, desto früher kannst du zu mir zurückkehren.« Sie holte tief Luft, als müsste sie sich wappnen, und sagte: »Jetzt reitet los.«

Tipperton sah sie mit einem besorgten und beunruhigten Blick an, aber schließlich nickte er.

Erneut führten die vier Gefährten, begleitet von Rynna, ihre Pferde und Ponys zur Brücke und bis ans andere Ufer.

Rynna umarmte Beau, küsste ihn auf die Wangen und flüsterte ihm zu, dass er ja auf ihren Tipperton aufpassen sollte. Er versprach es ebenfalls flüsternd.

Dann umarmte sie Tipperton und küsste ihn.

Während sie sich ein letztes Mal umschlungen hielten, stiegen Phais, Loric und Beau auf ihre Pferde und ritten zum Waldrand, wo sie anhielten und auf Tipperton warteten.

»Ich liebe dich, Rynna Fenrush.«

»Und ich liebe dich, mein Bokkerer.«

Tipperton seufzte und ließ seine Dammnia los. Zögernd löste auch Rynna ihre Arme von seinem Hals. Er stieg auf sein Pony, beugte sich hinunter und küsste Rynna ein letztes Mal. »Pass auf dich auf, Geliebte.«

Sie trat zurück, Tränen in den Augen, und mit einem erstickten Lebewohl spornte er sein Pony an und folgte den anderen in den Wald. Als Rynna ihn nicht mehr sehen konnte, drehte sie sich weinend herum, trottete über die hölzerne Brücke und in die Feste Caer Lindor, wo die Flussleute soeben ihre Barke entluden und ihre Habseligkeiten ins Innere der Mauern trugen.

5. Kapitel

Von Caer Lindor aus ritten sie nach Norden. Tipperton war mürrisch, während Loric und Phais den Anblick des wunderschönen grünen Darda Erynian genossen. Beau dagegen sah sich furchtsam um. Denn dieser Wald wurde nicht nur der »Große Grünsaal« genannt, sondern auch der »Schwarze Wald«, in dem angeblich die Verborgenen hausten. Und wenn man durch deren Gebiete ritt, dann würde man nie wieder lebend herauskommen. Jedenfalls hatte das Tante Rosie immer behauptet, wenn sie von ähnlichen Gebieten im Weitimholz sprach.

»Vögel und Wildtiere«, sagte sie, »Rotwild, Hasen, Füchse, Wölfe und alle, die fliegen, rennen, kriechen und gleiten, können dort leben oder diese Gebiete durchqueren. Aber wenn Menschen dort eindringen ...« An dieser Stelle schüttelte Tante Rosie sich immer, und Beau starrte sie gebannt an, während er sich das schreckliche Schicksal eines jeden auszumalen suchte, der so dumm wäre, es zu versuchen.

Und jetzt ritt er selbst mitten durch das Reich der Verborgenen. Er zuckte bei jedem Geräusch zusammen und sah sich suchend um. Er wusste nicht, nach was genau er Ausschau hielt, aber er versuchte es trotzdem.

Aber wie schon bei ihrem Ritt durch den südlichsten Ausläufer des Schwarzen Waldes, als sie von der Fähre nach Caer Lindor geritten waren, sah Beau nichts außer einigen Bewegungen aus den Augenwinkeln. Wenn er jedoch direkt hinsah, erkannte er nur Schatten an den Wurzeln der mächtigen Bäume.

»Ich finde diesen Wald wirklich gruselig.«

Tipperton richtete sich etwas auf. »Was? Was hast du gesagt?«

»Ich habe gesagt, Tip, dass mir hier Angst und Bange wird.« Beau deutete um sich.

»Wegen des Waldes?«

»Ja.«

Tipperton seufzte und nickte, sagte jedoch nichts. Sie ritten weiter durch das von den Blättern gefilterte Sonnenlicht. In den Zweigen der Bäume hüpften und flatterten Vögel, und Hasen sprangen hastig davon, als sich die Pferde und Maultiere ihnen näherten.

Sie ritten den ganzen Tag nach Norden. Ihr Weg verlief parallel zu den Ufern des Rissanin. Tipperton sah ab und zu auf die Wasser des Flusses, die in die andere Richtung strömten, nach Süden. *Zu meiner Rynna.*

Ab und zu bogen Phais und Loric scharf ab, manchmal nach links, ein anderes Mal nach rechts, um einen Teil des Waldes zu meiden, ein Gehölz aus Eichen oder anderen Bäumen, oder sie umgingen eine offene Lichtung oder einen Weiher.

Tipperton achtete nicht darauf, aber Beau glaubte zu wissen, dass sie diesen Plätzen absichtlich auswichen.

»Wir reiten nach Birkenhöh«, verkündete Phais während einer ihrer Pausen.

»Birkenhöh?«, erkundigte sich Beau.

»Aye. Dort hält sich Coron Ruar auf, oder das glaube ich zumindest.«

»Noch ein Coron?«

»Ja, der Coron der Dylvana.«

»Die man auch die *Waldelfen* nennt«, fügte Loric hinzu. »Sie leben zurückgezogener als wir, und kommen nur selten aus ihren Dardas heraus.«

»Aber Lady Arin ist trotzdem aus ihrer Heimat ausgezogen«, meinte Tipperton, der für einen Moment seine traurigen Gedanken vergaß.

Beau runzelte die Stirn, als er versuchte, sich zu erinnern.

»Der Drachenstein«, half Tipperton ihm auf die Sprünge.

»Ach ja.« Jetzt fiel es Beau wieder ein. »Sie war eine Dylvana, nicht wahr?«

»Allerdings.« Phais sah in den Futtersack ihres Pferdes. »Der Hafer ist alle.«

Seufzend trat Tipperton zu seinem Pony, das ebenfalls seine Ration aufgefressen hatte. Er hakte den Futtersack ab und schob ihn in seine Ausrüstung zurück. Lorics und Beaus Tiere waren ebenfalls fertig.

Nach einem weiteren Werst schlugen sie ein Nachtlager auf. Während seiner Wache am Feuer spielte Tipperton leise auf seiner Laute und hing seinen Erinnerungen nach.

Während er spielte, schien es ihm, als würden die wilden Tiere zum Feuer kommen und lauschen. Denn er sah zwischen den Bäumen ihre Augen glühen.

»Ich hatte einen merkwürdigen Traum, Tip.«

»Ach?«

»Ja. Ich habe geträumt, dass ich in der Nacht wach wurde, weil ich jemanden in einer mir völlig fremden

Zunge sprechen hörte. Ich sah, wie sich Phais mit einem kleinen Schatten unterhielt, während neben ihr ein Fuchs stand.«

»Das ist wirklich merkwürdig. Hast du noch mehr geträumt?«

»Nein.« Beau schnalzte mit der Zunge, und sein Pony beschleunigte seinen Schritt etwas, weil sie ein Stück hinter den beiden Elfen zurückgeblieben waren. »Ich muss geträumt haben, dass ich wieder eingeschlafen bin«, rief Beau über die Schulter zurück.

Tipperton zuckte die Achseln und trieb sein Pony ebenfalls mit einem Zungenschnalzen an.

Vor ihnen sahen sich Phais und Loric lächelnd an.

In dieser Nacht hörten sie irgendwo im Wald Füchse bellen. Ihre hohen Rufe schienen von überallher zu kommen.

Sie kamen nur langsam voran, denn im Gegensatz zum Darda Galion, mit seinem moosigen Untergrund und den weiter voneinander entfernt stehenden Bäumen, war das Unterholz hier im Darda Erynian deutlich dichter. Die Bäume standen so eng zusammen, dass es fast den Anschein machte, als wollten sie ihnen den Weg versperren. Ab und zu jedoch gelangten sie auf eine Lichtung oder ein freies Feld, und sie ritten im raschen Trab hindurch. Die Mulis protestierten zwar wegen dieser ungewohnten Hast, aber sie konnten nichts anderes tun, als zu folgen, weil sie an Phais' und Lorics Sättel angebunden waren.

Eines dieser offenen Felder jedoch war vollkommen von großen Erdhügeln bedeckt. Sie waren mehr als drei Meter hoch, und am Fuß doppelt so breit wie an ihrer Spitze. Jeder dieser Hügel war von gelbem Gras bedeckt, oder einer Pflanze, die wie Gras aussah. Phais ermahnte die Wurrlinge, ihnen genau zu folgen. Die beiden Elfen schlängelten sich sorgsam zwischen den Hügeln hindurch.

»Meiner Treu!«, zischte Beau plötzlich. »Einer von ihnen hat sich bewegt, Tipperton!«, rief er. »Ich schwöre, einer hat sich bewegt!«

»Einer dieser Hügel?«

»Ja, einer dieser Hügel. Der da vorn!«

Tipperton sah auf den Hügel, auf den Beau deutete. Für ihn sah er genauso aus wie all die anderen. Er konnte nichts Auffälliges an ihm entdecken.

»Er hat sich ein bisschen gedreht, ich schwöre es dir.«

Tipperton wollte schon etwas erwidern, aber Beau kam ihm zuvor. »Sag mir bloß nicht, dass ich mir das nur einbilde!«

Tipperton schloss den Mund und achtete darauf, dass er genau Beaus Spuren folgte, der wiederum sehr sorgsam Phais und ihrem Packtier hinterherritt. Dabei drehte sich der Wurrling nervös im Sattel hierhin und dorthin, als wollte er möglichst alle Richtungen gleichzeitig im Auge behalten.

In dieser Nacht hörten sie die Füchse ganz in der Nähe bellen, und als Tipperton seine Laute spielte, glänzten viele Augen im Unterholz.

Als Tipperton am nächsten Tag aufwachte, hatte sich seine Laune gebessert, obwohl es regnete. Vielleicht hatte er sich damit abgefunden, dass es eine Weile dauern würde, bis er seine Rynna wiedersah.

»Hauptsache, sie ist in Sicherheit«, sagte er beim Frühstück zu Beau. »Mehr will ich ja gar nicht. Und ich wüsste keinen sichereren Ort als Caer Lindor.«

Als sie ihre Reise fortsetzten, regnete es stärker. Obwohl das Laubdach der Bäume den Regen abfing, tropfte es jedoch von den Blättern. Zwar nahm die trockene Erde die Feuchtigkeit durstig auf, aber dennoch rannen viele kleine Bäche und Rinnsale unter ihren Füßen und Hufen entlang. Sie schwollen im Lauf des Tages immer weiter an, während der Regen zunahm. Die Flüsse führten mehr Wasser, und einige traten bald über ihre baumbestandenen Ufer. Die Vögel hockten mürrisch unter schützenden Blättern und schüttelten sich vergeblich immer wieder das Wasser aus dem Gefieder.

Fest in ihre Umhänge gehüllt, ritten die Gefährten unbeirrt nach Norden. Die Kleidung hielt zwar den Regen ab, aber ihr Haar und ihre Gesichter waren klatschnass.

Trotz des Wetters bewegten sich an ihren Flanken dunkle Schatten durch den Wald.

In dieser Nacht regnete es weiter, und sie konnten kein Feuer entzünden, das die Nässe ein wenig vertrieben hätte, weil sie kein trockenes Holz fanden. Trotzdem errichtete Loric einen Unterstand, der wenigstens den schlimmsten Regen abhielt.

Am nächsten Morgen hatte es aufgehört zu regnen, aber von den Blättern tropfte es immer noch, und als sie sich durch das Dickicht drängten, wurden Ross und Reiter erneut durchnässt.

Bäche kreuzten ihren Weg. Sie waren jedoch größtenteils flach, und die Tiere hatten keine Schwierigkeiten, sie zu durchqueren. Schließlich kamen sie an einen breiten Nebenarm des Rissanin, und mussten einige Meilen stromaufwärts reiten, um eine geeignete Furt zu finden.

Auch in dieser Nacht konnten sie kein Lagerfeuer entfachen, und als Tipperton seine Laute spielte, suchte er vergeblich nach den glänzenden Augen seiner wilden Zuhörer.

Am Nachmittag des achten Tages nach ihrem Aufbruch aus Caer Lindor erreichten die vier ein scheinbar endloses Gehölz aus Silberbirken. Die dicht zusammenstehenden, weißen Stämme erstreckten sich vor ihnen, so weit sie sehen konnten.

»Das ist der Wald im Wald«, erklärte Phais. »Hier leben die Dylvana.«

»Ach«, meinte Tipperton. »Das ist Birkenhöh? Wo wir Coron ... Coron ...«

»Ruar«, kam Loric ihm zu Hilfe. »Coron Ruar. Wir werden ihn sehen, falls er am Hofe ist. Aber Birkenhöh selbst liegt etwa zwei Werst weiter entfernt.«

Sie ritten in den Birkenwald hinein. Die gezackten Blätter über ihren Köpfen raschelten leise, und am Boden murmelten Bäche. Die Stämme der Bäume glänzten im Licht der Sonne, und ihre Rinde schien fast zu leuchten.

»Himmel«, sagte Beau. »Ich habe schon das Zwielicht im Darda Galion für etwas ganz Besonderes gehalten, aber dies hier ist einfach magisch.«

Tipperton nickte. »Man fühlt sich hier sicher, stimmt's?«

Beau sah ihn verblüfft an. »Ja, du hast recht. Nicht so wie im ...« Er sah über die Schulter zurück, »Schwarzen Wald.«

»Ich glaube, es liegt am Licht«, meinte Tipperton. »Immerhin sind wir nach wie vor im Schwarzen Wald.«

»Nein, sind wir nicht. Phais hat es selbst gesagt: Dies ist ein Wald im Wald, und ich wäre dir dankbar, wenn du nicht versuchen würdest, mir etwas anderes zu sagen.«

Tipperton lachte, drehte sich herum und holte seine

Laute hervor. Kurz darauf ertönte eine fröhliche Melodie unter den Silberbirken.

Der Tag neigte sich dem Ende zu, während sie ritten, und vor ihnen stieg das Gelände sanft an. »Birkenhöh«, erklärte Loric und deutete auf einen Hang. Als die Sonne unterging und das Zwielicht sich über das Land legte, gelangten sie in eine Siedlung aus weißgekalkten, mit Reet gedeckten Häusern, die denen im Ardental und im Herz des Waldes glichen. Die einbrechende Nacht wurde vom gelblichen Schein zahlreicher Laternen erhellt. Viele Dylvana hielten mit ihren Arbeiten inne und blickten den vier Gefährten nach, als sie in die Siedlung ritten. Die vier sahen, dass sich die Elfen auch hier – wie schon in Darda Galion und im Ardental – auf einen Feldzug vorbereiteten. Sie polierten Rüstungen, schärften ihre schwarzen Schwerter und überprüften ihre Sättel und ihr Zaumzeug.

»Wie kommt es eigentlich«, erkundigte sich Beau, »dass überall, wo wir hinkommen, die Elfen offenbar dabei sind, in den Krieg zu ziehen? Sind wir dafür verantwortlich? Wenn ja, sollten wir einen großen Bogen um die nächste Elfensiedlung schlagen.«

Loric lächelte. »Der Krieg zieht große Kreise, mein Freund. Sehr große Kreise.«

Als sie ihren Weg fortsetzten, sah Tipperton, dass auf der Hügelkuppe keine Gebäude standen, und auch die Birken wuchsen dort in weit größeren Abständen.

Loric ritt jedoch nicht über den Hügel, sondern darum herum.

An der Nordseite des Hügels stand die Coron-Halle, ein niedriges, lang gestrecktes und ebenfalls mit Reet gedecktes Gebäude.

Coron Ruar war ein gutes Stück kleiner als Phais. Er hatte dunkelbraunes Haar und ebensolche Augen, und auch seine Kleidung war von derselben Farbe.

Nachdem er sie eingehend betrachtet hatte, gab er Tipperton die Münze über den Tisch zurück. »Das ist wahrlich eine Geschichte, die Ihr zu berichten wisst, aber ich weiß dennoch nicht, was diese Münze zu bedeuten hat.« Während Tipperton sie wieder an sich nahm, drehte sich der Coron zu Phais um. »Aye, wir wissen, dass Draedani mit den Horden ziehen, aber wir wussten nicht, dass Skail von der Ödnis und möglicherweise noch weitere abtrünnige Drachen sich auf Modrus Seite geschlagen haben. Das ist wahrlich eine schlechte Nachricht. Dennoch, eines weiß ich: Die Chancen, dass Ihr bis nach Aven gelangt, sind größer, wenn Ihr mit uns reitet.«

»Wir sollen mit Euren Kriegern reiten?«

»Aye. Denn wir werden uns nach Norden wenden, wo die Baeron Truppen ausheben, und von dort nach Riamon, um zu helfen, die Belagerung von Minenburg-Nord zu brechen.«

»Minenburg-Nord?«, erkundigte sich Beau.

Loric sah den Wurrling an. »Das ist eine Zwergenfeste im Rimmengebirge, in der Nähe von Dael.«

»Noch eine Zwergenfeste, die belagert wird?«, fragte Tipperton. »Wie Drimmenheim?«

»Aye«, bestätigte Ruar.

»Und warum belagert Modru diese Zwergenfesten?«, fragte Tipperton nachdenklich.

»Die Drimma sind mächtige Kämpfer«, erklärte Ruar. »Sollten sie die Belagerungen aufbrechen können, werden sie Modrus Horden große Verluste zufügen. Aus diesem Grund belagern seine Truppen sie, denn es ist einfacher, jemanden zu bekämpfen, der in der Falle sitzt, als ihn in einer offenen Schlacht zu bezwingen.«

Beau riss die Augen auf. »Vielleicht wollen sie ja gar nicht nur die Zwerge in ihren Bergfesten gefangen halten, sondern andere Leute daran hindern, sich dorthin zu flüchten. Angeblich sind diese Zwergenfesten ja die einzigen sicheren Orte, wenn ein Drache angreift.«

Tipperton sah seinen Freund überrascht an. »Meine Güte, Beau, das wäre möglich. Wenn Modru von Drachen unterstützt wird, will er sicher nicht, dass man vor ihren Flammen Unterschlupf finden kann.«

Die beiden Wurrlinge drehten sich zu Ruar herum. Der Coron der Dylvana hob eine Hand. »Ihr habt vielleicht recht, meine Freunde, aber dennoch benötigen die Drimma unsere Hilfe.«

Phais räusperte sich. »Wann wollt Ihr aufbrechen?«

»Innerhalb von vierzehn Tagen.«

Tipperton schüttelte den Kopf. »Zwei Wochen? Damit würden wir erneut vierzehn Tage verlieren.«

»Aye«, stimmte Ruar ihm zu. »Aber wenn ihr zwei Wochen wartet, und dann mit uns reitet, erhöht das die Chance, dass Ihr Dendor sicher erreicht, um ein Vielfaches.«

Tipperton und Beau tauschten einen Blick aus. »Es hat uns ein halbes Jahr gekostet, bis hierher zu gelangen, Tip«, meinte Beau dann. »Was auch immer diese Münze bedeutet, und welche Nachricht Blaine auch immer zu König Agron geschickt hat ... Ich glaube nicht, dass weitere vierzehn Tage noch einen Unterschied machen. Außerdem stehen unsere Chancen besser, wenn wir mit dem Coron reiten, wie Ruar gesagt hat. Vielleicht sparen wir sogar Zeit, wenn wir das tun.«

Tipperton sah Phais fragend an. Die Elfin zuckte mit den Schultern. »Wir werden erst in der Rückschau erkennen, ob es weise ist, zu warten. Wie Ihr wisst, bedeutet jede Entscheidung einen Wendepunkt, ob sie nun verspätet getroffen wird oder übereilt. All dies sind Steine, die ins Wasser geworfen werden. Wie die Wellen sich kräuseln oder überschneiden, kann nur die Zeit zeigen.«

»Genau.« Beau nickte eifrig. »Alles ist miteinander verbunden.« Er wandte sich an Tipperton. »Noch eines, Wurro: Angesichts dessen, was uns im Ödwald widerfahren ist, würde ich einer neuen Gefahr lieber ins Auge sehen, während ich von einer Armee umgeben bin.«

Tipperton seufzte und lenkte widerwillig ein.

Also warteten die Wurrlinge, während die Dylvana von Birkenhöh sich nicht nur auf den Feldzug zur Befreiung von Minenburg vorbereiteten, sondern auf einen längeren Krieg.

Am Morgen des dritten Tages in dem Elfenstützpunkt saßen die beiden Wurrlinge beim Frühstück. »Ich frage mich, woher sie ihre Vorräte bekommen. Die Armee, meine ich.«

»Vermutlich nehmen sie ihn auf Karren mit.« Tipperton tunkte sein Spiegelei mit einem Stück Brot auf.

Beau sah sich im Gemeinschaftssaal um, wo die Dylvana aßen, und blickte dann auf seinen Teller. »Damals im Ardental hat mir Aris erzählt, dass sie ihre Schafe im Sommer auf die Almen treiben, während das Hornvieh weiter unten bleibt. Und die Hühner und Schweine werden nie weggetrieben. Obwohl man ihre Stallungen des Gestanks wegen ein wenig entfernt von der Siedlung errichtet hat. Wir haben Felder gesehen, wo die Elfen ihr Getreide anbauen, und auch ihre Obstgärten. Aber hier sind wir im Wald. Ich frage mich, wo sie hier oder auch in Darda Galion ihren Weizen und ihre Früchte ziehen. Wo weiden sie ihre Herden? Falls sie überhaupt Herden haben. Und wo mahlen sie ihr Getreide? Wo sind ihre Mühlen? Haben sie Räuchereien? Und …«

Tipperton hob die Hand. »Holla, Wurro! Hör zu, ich habe keine Ahnung, wo sie ihre Obstplantagen haben und ihre Herden weiden und dergleichen. Aber irgendwo muss das alles ja geschehen, stimmt's? Sonst würden sie verhungern.«

Wieder blickte Beau auf seinen Teller. »Richtig, und wir würden auch Hunger leiden.« Nachdenklich schob er sich eine saftige Scheibe Speck in den Mund.

Ein Elfenkrieger erhob sich vom Nachbartisch der Wurrlinge. Als er mit dem Tablett an den beiden vorbeiging, blieb er kurz stehen. »In den vielen Senken in unserem Darda.«

»Mmh?«, murmelte Beau mit vollem Mund.

»Dort befinden sich die Herden und die Getreidefelder. Und was das Obst angeht: Überall hier im Wald wachsen Obstbäume.«

Tipperton sah den Krieger erstaunt an. »Und die Mühlen?«

»Wo wohl?« Der Elf lächelte.

»An den vereinzelten Bächen.« Tipperton erwiderte das Grinsen.

Der Dylvana nickte und ging weiter.

Tipperton drehte sich zu Beau herum. »Und? Zufrieden?«

Die Hügelkuppe war deshalb nicht bebaut, weil die Dylvana sich dort zur Meditation versammelten, so hatte man es jedenfalls den Wurrlingen erklärt.

Nachdem sie gefrühstückt hatten, schlenderten die zwei an der Coron-Halle vorbei auf den Hügel und spazierten unter den Silberbirken herum, die auf dem grasigen Kamm standen. Es war kühl, und über den Himmel zogen dichte Wolken.

Beau ließ sich ins Gras fallen, legte sich auf den Rücken und sah nach oben. Tipperton setzte sich neben ihn und lehnte den Rücken an einen Baumstamm.

»Ich habe schon immer gern den Zug der Wolken beobachtet«, meinte Beau. »Und versucht, Formen in ihnen zu entdecken: Gesichter, Bäume, Vögel. Sogar Drachen und dergleichen.«

Tipperton nickte stumm.

»Meine Tante Rosie hat immer gesagt, dass die Wolken am Tage sich von denen in der Nacht unterschieden. Als ich noch ganz klein war, hat sie mich oft auf den Arm genommen und ist mit mir nach draußen gegangen, damit ich es selbst sehen konnte. Im Herbst und Winter, wenn der Wind heulte und die mondbeschienenen Wolken über den Himmel zogen, hat sie mir erzählt, dass sie von Windwölfen gejagt würden.

Und selbst heute noch denke ich an meine Tante Rosie und die wilde Jagd dort oben, wenn der Wind pfeift.«

Beau schwieg, und sie blieben eine Weile still nebeneinandersitzen. »Die da sieht aus wie ein Ponykopf«, sagte Beau und deutete auf eine besonders auffällige Wolkenformation. Tipperton sah hoch, aber eine Birke versperrte ihm die Sicht.

»Da drüben ... Heda, was ist das denn?« Beau richtete sich auf und sah sich verwirrt um.

»Was denn?« Tipperton blickte ebenfalls um sich, konnte jedoch nichts Ungewöhnliches entdecken.

Beau schüttelte den Kopf. »Ich dachte, ich hätte etwas gehört.« Er legte sich wieder hin, schnellte jedoch augenblicklich wieder hoch. »Da ist es wieder ... nein, warte, es ist vorbei.«

Er drehte sich herum und legte sein Ohr auf das Gras. »Meiner Treu, Tip, hör doch. Es klingt wie deine Mühle.«

Tipperton kroch stirnrunzelnd zu Beau und presste ebenfalls sein Ohr auf den Boden.

Die Erde stöhnte, aber nicht so, als würden große Mahlsteine arbeiten. Es war eher so, als hätten gewaltige Felsbrocken plötzlich eine Stimme bekommen, oder als würde die Erde selbst klagen.

Tipperton sah Beau erstaunt an. »Was um alles in der Welt ist das?«

Irgendwo in der Ferne kläfften Füchse.

Tipperton sah sich aufs Neue um, konnte aber immer noch nichts Ungewöhnliches bemerken, und lauschte weiter.

Die Erde stöhnte immer noch.

Und wieder schlugen die Füchse an.

Die beiden Wurrlinge richteten sich auf.

»Findest du nicht auch, Tip, dass diese Wälder voller Füchse sind? Wir haben sie die ganze Zeit gehört, als wir gen Norden geritten sind und ...«

»Sieh!« Tipperton streckte die Hand aus. Ruar stürmte aus der Coron-Halle und sprang auf ein Pferd. Dann galoppierte er davon.

»Was hat das alles zu bedeuten?« Beau sah Tipperton fragend an.

»Ich weiß es nicht, Beau. Aber vielleicht sollten wir lieber wieder hinuntergehen und nachsehen.«

Tipperton stand auf, aber Beau hielt ihn zurück. »Einen

Augenblick noch«, meinte er und legte noch einmal sein Ohr auf die Erde. »Sie stöhnt immer noch«, sagte er und erhob sich schließlich ebenfalls.

Sie warteten eine halbe Ewigkeit in der Coron-Halle, bis Ruar mit Phais und Loric im Gefolge hereinkam.

»Hört«, begann Beau, hielt jedoch sofort inne, als er sah, dass Phais weinte. Die Gesichter der Männer waren ernst.

Tipperton sog scharf die Luft ein, als er aufstand und zu den dreien trat. Beau folgte ihm.

»Was ist los?«, fragte er, während Beau Phais' Hand nahm. »Was ist geschehen?«

Ruar sah ihn einen Moment schweigend an. »Caer Lindor ist gefallen«, sagte er dann.

»Meiner Treu!«, stieß Beau hervor.

»Gefallen?«, keuchte Tipperton. »Woher wisst Ihr das?«

Nach einem kurzen Seitenblick auf Loric, der nickte, fuhr Ruar fort: »Die *Eio Wa Suk* haben die Nachricht den *Pyska* übermittelt.«

»Die Eio ...?«

»Die Wispernden Steine und die Fuchsreiter«, erklärte Loric. »Sie gehören zum Volk der Verborgenen.«

»Wispernde Steine?« Beau warf Tipperton einen vielsagenden Blick zu. »Der Boden. Das haben wir also gehört. Und das Kläffen der Füchse ...«

Tipperton unterbrach Beau mit einer ausgestreckten Hand. »Und Caer Lindor, was ist dort geschehen?«

»Sie wurden in der Nacht verraten und ...«

»Die Flussleute!«, stieß Tipperton hervor.

»Aye. Sie haben die Tore geöffnet und ...«

»Wartet!«, rief Tipperton. »Wichtig ist ... es ist ...« Tipperton konnte den Satz nicht zu Ende bringen.

»Nur wenige haben überlebt«, erklärte Ruar. »Eine Handvoll Baeron und Lian, unter ihnen Silberblatt. Obwohl er grauenvolle Wunden davongetragen hat.«

»Und die Wurrlinge? Was ist mit den ...?« Wieder versagte Tippertons Stimme, und er konnte seine Frage nicht beenden, als er sah, wie Ruar die Tränen die Wangen hinunterliefen.

Der Dylvana schüttelte den Kopf. »Es tut mir so leid, mein Freund. Aber das Kleine Volk in Caer Lindor ist in tapferem Kampf gefallen.«

Tipperton hatte das Gefühl, als hätte ihn selbst ebenfalls ein tödlicher Hieb getroffen. »Nein ... nicht alle Wurrlinge ... Nicht Rynna.«

Ruar legte Tipperton eine Hand auf die Schulter. »Alle, Tipperton. Sie wurden alle abgeschlachtet.«

Der Coron fing Tipperton auf, als er zusammenbrach.

6. Kapitel

»Wir müssen sie alle töten!« Tipperton stieß die Worte erstickt hervor, während Wut und Trauer seine Züge verzerrten, und ihm Tränen über die Wangen liefen. »Wir müssen sie alle umbringen!«

»Was?« Beau weinte selbst vor Trauer. »Wen umbringen?«

»Die Rukh, die Hlök, die Flussleute, die Hyrianer, Chabbaner, Kistani, Modru, Gyphon, das ganze Pack!«

»Aber Tip ...«

»Nein, Beau.« Tipperton schluchzte und wischte sich die Nase an seinem Ärmel ab. »Kein Aber. Wir bringen sie um, alle ohne Ausnahme.«

Phais kniete neben dem weinenden Wurrling und umarmte ihn. Er wollte sie wegschieben, aber sie hielt ihn trotz seines Widerstrebens fest. Plötzlich brach sein Widerstand zusammen. Er klammerte sich an sie und schluchzte, als wäre seine ganze Welt untergegangen. »Weint, mein Freund, weint nur«, flüsterte sie und strich ihm über das Haar.

Beau riss sich zusammen und wischte sich mit den Händen die Tränen aus den Augen. Er sah Ruar an. »Wie ... Wann ist das geschehen?«

»Die Horde hat sich den Rissanin entlanggeschlichen,

an der Grenze zwischen dem Großen Wald und dem Darda Erynian, um diesen Dorn aus ihrer Seite herauszureißen. Letzte Nacht wurde Caer Lindor verraten. Die Wachtposten wurden von den Flussleuten ermordet, und dann öffneten die Verräter das Westtor. Die Horde wartete schon zwischen den Bäumen. Sie stürmten in den Burghof und schwärmten hinauf zu den Zinnen. Sie haben fast alle abgeschlachtet, die in Caer Lindor weilten, noch bevor die Verteidiger zu den Waffen greifen konnten. Unsere Freunde fochten tapfer, aber sie wurden überwältigt. Also führte Silberblatt die Schlacht am Osttor weiter, weil die Horde durch das Westtor eingedrungen war. Mit einer Handvoll Getreuer hielt er es, bis alle, die nicht gefallen waren, entkommen konnten. Es waren nicht viele, und Silberblatt war einer der letzten. Seine Wunden beweisen es, das behaupten die Wispernden Steine. Die Horde hat sie nicht verfolgt, sondern sie von den Zinnen herunter verspottet. Im Augenblick reißen Trolle mit Hämmern und Rammböcken die Befestigungen von innen nieder. Caer Lindor wird schon morgen nur noch eine Ruine sein.«

»Und die Wurrlinge?«

Ruar schüttelte den Kopf. »Sie sind alle bei dem Versuch gefallen, das Osttor zu halten.«

Sie schwiegen, und man hörte nur noch Tippertons leises Weinen. Schließlich holte Beau bebend Luft. »Heißt das, unsere Pläne haben sich geändert? Marschieren wir jetzt nach Süden, statt nach Norden? Greifen wir die Horde in Caer Lindor an, statt zu versuchen, die Belagerung um Minenburg-Nord zu brechen?«

»Nein, Beau«, erwiderte Ruar. »Unsere Mission führt uns nach Nordosten und ...«

»Nein«, knirschte Tipperton. Er schluckte seine Tränen herunter und befreite sich aus Phais' Umarmung. »Wir sollten nach Süden gehen, nicht nach Norden, und diese widerlichen Verräter vernichten!«

Ruar schüttelte den Kopf. »Nein, Tipperton. Denn die Horde ist zu weit gegangen. Die Verborgenen sind sehr zornig, dass die Rûpt sich durch den Großen Wald herangeschlichen und sich an den Grenzen von Darda Erynian gesammelt haben. Sie stellen bereits eine Armee auf, aus Fuchsreitern, Lebenden Hügeln, Wispernden Steinen, Vred Tres, Sprygt, Tomté, Ände und Peri aller Art. Modru wird den Tag bereuen, an dem er seine Rûpt in ihr Reich geschickt hat.«

Tipperton sah den Coron mit funkelnden Augen an. »Dann gehe ich mit ihnen, um unsere Freunde zu rächen.«

Ruar schüttelte den Kopf. »Ihr habt ein Versprechen zu erfüllen.«

»Soll die Neddra doch diese wertlose Münze holen!«, schrie Tipperton, riss sich das Band vom Hals und schleuderte die Münze durch die Kammer. Sie prallte von der Wand ab und landete mit einem hellen Klang auf dem Boden. »Ich werde meine Rynna rächen!«

Beau hob die Münze auf, während Phais sagte: »Ihr dürft Euch nicht den Hass der Rûpt zu eigen machen, Tipperton, und wie einer von ihnen werden, mit einem Herzen voller Grimm.«

»Aber ich will ihren Tod«, knirschte Tipperton.

Loric kniete sich hin und sah Tipperton in die Augen. »Die Verborgenen werden dafür sorgen, dass die Mordtaten nicht ungesühnt bleiben.«

Als Beau Tipperton die Münze mit dem zerrissenen Band hinhielt, starrte Tipperton Loric schweigend an.

Der Elf legte ihm die Hände auf die Schultern. »Das möchte ich Euch sagen: Nur selten haben sich die Verborgenen vereint zum Kampf erhoben, doch wenn sie es tun, kann ihnen in den Grenzen ihres Reiches niemand widerstehen.«

»Warum marschieren sie dann nicht gegen Modru?«

Loric schüttelte den Kopf und ließ den Wurrling los. »Angesichts ihrer Geschichte und dem Unrecht, das man ihnen in der Vergangenheit angetan hat, vermeiden sie jeden Kontakt mit Außenstehenden. Sie reagieren auf nichts, was nicht direkt innerhalb der Grenzen geschieht, die sie gezogen haben.«

Beau verknotete das Lederband und hielt es dann mitsamt der Münze Tipperton hin.

Tipperton schlug danach, verfehlte die Münze jedoch, weil Beau sie weggezogen hatte, und sie ihm jetzt erneut hinhielt.

Tipperton schob seine Hand zur Seite. »Ach, Beau«, sagte er. »Begreifst du denn nicht, dass diese unglückselige Nacht alles verändert hat?«

Beau schüttelte den Kopf. »Nein, hat sie nicht, Tip, kein bisschen.« Tipperton sah ihn gequält an, und hob fragend die Hände.

Beau warf einen Blick auf die Münze, bevor er Tipperton wieder ansah. »Ich möchte dich etwas fragen, Tip. Wenn du gefallen wärst, statt Rynna, würdest du dann erwarten, dass sie ihr Kommando verlässt, und ihren Schwur bricht, um deinen Tod zu rächen?«

»Nein, aber ich bin nicht gefallen!«, schrie Tipperton.

»Nein, das bist du nicht, Tip, aber sie ist gefallen. Und das ist grausam. Aber trotzdem hätte sie von dir nicht weniger erwartet als du von ihr. Sie hatte eine Aufgabe zu erfüllen, und das hat sie bis zuletzt versucht. Was würde sie wohl wollen, was du nun tust?«

Wieder hielt Beau ihm die Münze hin.

Tipperton sah zu Boden und blickte dann in Beaus Augen.

»Was würde sie von dir erwarten, was meinst du?«, fragte Beau.

Tipperton schluchzte einmal auf und nahm dann die Münze entgegen. Er sah sie lange an, holte dann tief Luft und drehte sich zu Ruar herum. »Ich werde das Versprechen halten, das ich dem toten Reiter des Königs gegeben habe, Coron Ruar. Aber hört mich an. Auf dieser Reise nach Minenburg-Nord werde ich als Kundschafter gehen. Und wenn es zum Kampf kommt, werde ich unter den Kriegern sein und so viel Rache an dem Gezücht nehmen, wie ich kann.«

Ruar hob eine Braue. »Ich habe gehört, dass Waerlinga die besten Kundschafter sind.«

Tipperton kniete sich hin und hielt Coron Ruar die Münze entgegen. »Dann akzeptiert meine Dienste, Coron der Dylvana.«

Der Coron nahm ihm die Münze ab und streifte das Band über Tippertons Kopf. »Erhebt Euch, Herr Tipperton, denn ich akzeptiere Eure Bedingungen und zähle auf Euch als Kundschafter und Krieger in meiner Schar.«

Bald nach diesem Gespräch begann Tipperton Pfeile zu schnitzen, die genau zu seinem Bogen passten. Er drängte Beau, zu den Elfen zu gehen und sie zu bitten, Bleikugeln für seine Schleuder zu gießen. Aber Beau hatte Ruar bereits darum ersucht, seine Fähigkeiten als Heiler bei dem Feldzug nach Minenburg in die Dienste seiner Kriegsschar stellen zu dürfen. Deshalb verbrachte der Wurrling seine Tage damit, Kräuter, Wurzeln und Blätter zu sammeln, alles, was er an Heilpflanzen finden konnte, um sie zu pflücken, zu trocknen und damit seine Vorräte aufzufüllen.

Wann immer Beau losging, wurde er von Alor Melor begleitet, einem schlanken, etwa eins fünfundfünfzig großen Dylvana, mit kupferfarbenem Haar und bernsteinfarbenen Augen. »Ich bin nicht sonderlich erpicht darauf«, hatte Beau Ruar gestanden, »allein in den Wäldern umherzustreifen, in denen es vor Verborgenen nur so wimmelt. Auch wenn Ihr behauptet, dass man ihnen trauen kann, genügt es, wenn einer von ihnen noch nicht weiß, dass Beau Darby ein Freund ist. Und dann könnte eben dieser Beau Darby einfach so verschwinden, als habe ihn der Erdboden verschluckt.«

Ruar hatte gelacht, ihm aber dennoch Melor zur Seite gestellt, damit er ihn bei seinen Ausflügen in den Wald begleitete.

Melor war zwar ebenfalls ein Heiler, aber er trug einen Speer und konnte auch recht geschickt damit umgehen, was er Beau bewiesen hatte, als der wissen wollte, wie eine solche Waffe eingesetzt wurde.

»Ein Speer ist eine vielseitige Waffe«, erklärte Melor und ließ ihn in der Hand herumwirbeln. »Ihr könnt damit zustechen, etwa so ... *Hai!* ... oder aber seine Spitze als Schneide benutzen, so ... *Uwah!*, wenn auch nicht wie ein Schwert. Außerdem hat er einen recht langen Schaft, damit Ihr ihn wie einen Langstock schwingen könnt, *an e da!*, oder ihn als Lanze auf einem Pferd einsetzen, *cha!* Als Letztes könnt Ihr ihn auch gegen einen Feind schleudern ...« Melor ließ die Waffe sausen, die mit einem lauten

Klatschen in einem Heuballen einschlug. »Aber ich würde Euch raten, keine Waffe zu werfen, es sei denn, Ihr habt keine andere Wahl.«

»Puh!«, rief Beau. »Und ich dachte die ganze Zeit, man könnte einen Speer nur schleudern!«

»Nein, mein Freund.« Melor zog die Waffe aus dem Heuballen und strich ein paar Halme von der Spitze. »Das ist lediglich die letzte Möglichkeit, die man hat.«

Zusammen streiften Melor und Beau durch den Wald und wagten sich auch in die Sümpfe vor. Schon bald hatte Beau seine medizinischen Vorräte reichlich aufgestockt, denn Melor verstand sich ausgezeichnet auf Kräuterkunde und war ein hervorragender Führer.

Tipperton dagegen verbrachte seine Zeit, wenn er nicht gerade Pfeile schnitzte und befiederte, meist auf dem Schießstand, wo er seine Schießkünste so verfeinerte, dass selbst die Elfen ihn ob seiner Treffsicherheit bewunderten.

Abends nahm er an den Versammlungen der Kundschafter teil. Dort brüteten sie über Landkarten und lauschten genauen Beschreibungen des Geländes zwischen der Elfensiedlung und Minenburg.

Im Lauf der Zeit richtete Tipperton seine Trauer immer mehr nach innen, und nur seine Augen zeigten einen gequälten Ausdruck. Aber es brannte auch eine glühende Wut in ihren Tiefen. Am Tag, wenn er sich auf die Schlacht vorbereitete, gelang es ihm oft, seinen Kummer von sich zu schieben. Doch des Nachts, allein in seinem Bett, schien sein Schmerz die ganze Welt auszufüllen.

Endlich, fünfzehn Tage, nachdem die vier Gefährten nach Birkenhöh gelangt waren, brachen Tipperton, Beau, Phais,

Loric zusammen mit der Kriegsschar der Elfen auf. Es war ein langer Zug aus Pferden, Packtieren und Ponys, der die Siedlung der Dylvana verließ.

Sie ritten zu einem Treffpunkt, der über hundert Meilen entfernt lag. Dort sollten in zehn Tagen die Baeron eintreffen. Es war eine Lichtung neben der Überlandstraße, dem Haupthandelsweg zwischen Osten und Westen, der am höchsten Punkt des Crestan-Passes im Grimmwall begann und sich nach Osten durch den Darda Erynian und den Riamon schlängelte, durch Garia und Aralan und danach in weit entfernte Länder führte.

Die Kavalkade zog durch das Herz des Darda Erynians, und kam wegen der dicht zusammenstehenden Bäume nur langsam voran.

»Ist dir eigentlich aufgefallen, Tip«, meinte Beau, als sie am Rand einer Lichtung entlangritten, »dass keine Schatten mehr an unserer Flanke entlanghuschen?«

»Schatten?«

»Ja. Als wir auf dem Weg nach Birkenhöh durch diesen Wald geritten sind, vermeinte ich oft aus den Augenwinkeln eine Bewegung wahrzunehmen, aber jedes Mal, wenn ich genauer hinsah, waren es nur einfache Schatten.«

»Hm. Vielleicht war es ja auch genau das, Schatten, nichts weiter.«

Beau schüttelte den Kopf. »Ich glaube, es waren die Verborgenen, die unseren Weg begleitet haben.«

»Und jetzt tun sie das nicht mehr?«

»Nein. Sie sind nach Süden gezogen, um sich der Horde entgegenzustellen.«

Bei diesen Worten traten Tipperton Tränen in die Augen. Sie ritten eine Weile schweigend weiter, doch als sie wieder unter freiem Himmel waren, spann Beau seine Gedanken weiter. »Oder die Verborgenen glauben, sie müssten uns nun nicht mehr beobachten, weil wir eine ganze Elfenarmee bei uns haben.«

»Willst du damit sagen, Beau, dass uns die Verborgenen vorher beschützt haben?«

»Nach dem, was Phais, Loric und Ruar gesagt haben, sind sie vielleicht ein wenig freundlicher, als ich angenommen habe.« Beau hob abwehrend die Hand. »Das soll nicht heißen, dass ich mich plötzlich nicht mehr vor Ihnen in Acht nehmen würde, oh nein. Ich halte sie nach wie vor für sehr gefährlich. Aber mit Phais und Loric an unserer Seite, die ja beide keine Bedenken haben, durch den Schwarzen Wald zu reiten ... Meine Güte, da fällt mir etwas ein!«

»Was denn?«

»Mein Traum. Der, in dem Phais mit einem Schatten geredet hat, während ein roter Fuchs zuhörte. Vielleicht war das ja gar kein Traum.«

Tipperton dachte lange über diese Worte nach, aber bevor er zu einem Schluss kommen konnte, erreichte sie die Nachricht, dass Ruar die restlichen Kundschafter nach vorne beorderte. Sie sollten von ihm ihre Aufträge erhalten. Jeder Gedanke an die Verborgenen war vergessen, als Tipperton sein Pony anspornte und zum Coron galoppierte.

Er wurde einer Kundschafterin namens Vail an die Seite gestellt. Sie ritten zusammen an der linken Flanke. Der Wurrling folgte der Dylvana, weil sie wusste, wie man die Behausungen der Verborgenen umgehen konnte.

»Wir wollen sie nicht stören«, meinte Vail, und Ihre blauen Augen funkelten bei diesen Worten.

Mit einem Meter fünfzig war Vail die kleinste Dara, die Tipperton jemals gesehen hatte, dennoch überragte sie ihn um vier Handbreit. Ihre Kleidung bestand aus verschiedenen Schattierungen von Grün, einschließlich des Lederbandes, das ihr schwarzes Haar zurückhielt. An den Füßen trug sie Stiefel aus weichem Leder, das ebenfalls dunkelgrün gefärbt war. Wie Tipperton war auch sie mit einem Bogen bewaffnet, allerdings trug sie zusätzlich noch ein Langmesser an ihrem Gürtel.

Außerhalb der Sichtweite der Kampfschar durchstreiften Tipperton auf seinem braunen Pony und Vail auf einer schwarzweißen Stute den Wald. Ab und zu blieb Vail stehen und untersuchte ein paar Spuren, manchmal stieg sie sogar ab. Bei diesen Gelegenheiten glitt Tipperton ebenfalls vom Pferd und musterte mit ihr zusammen die Fährte.

»Habt Ihr ein wenig gejagt?«, erkundigte sich Vail, als sie eine eher auffällige Spur untersuchten, die in dem weichen Waldboden gut zu erkennen war.

»Meistens Kaninchen und Murmeltiere, obwohl wir gelegentlich auch einen Fasan erwischt haben.«

Vail nickte und deutete auf die Fährte. »Das ist eine Bärenspur, vermutlich ein Schwarzbär, ein voll ausgewachsenes Weibchen. Wäre es jünger, wäre die Spur nicht so deutlich ausgeprägt. Sie ist noch frisch, von heute, das sieht man an den Rändern. Und seht Ihr den Abstand der einzelnen Abdrücke? Sie ist vorsichtig gegangen. Vielleicht war ein wilder Eber in der Nähe. Und seht Ihr dieses umgedrehte Blatt ...?«

So begann Tippertons Unterweisung im Fährtenlesen, und Vail nutzte in den folgenden Tagen jede Möglichkeit, ihm ihr Wissen zu vermitteln. Sie zeigte ihm sogar die

Spuren, welche die Kundschafter hinterlassen hatten, die vor ihnen auf der linken Flanke der Kriegsschar entlanggezogen waren.

Früh am Morgen des siebten Tages, nachdem die Schar Birkenhöh verlassen hatte, erreichten sie die Lichtung südlich der Überlandstraße. Die Schneise wurde hauptsächlich von Handelskarawanen zur Übernachtung genutzt, die den Darda Erynian durchquerten. Aber die Händler blieben nicht lange dort, denn in der Nähe befand sich Schwarzholz, ein Ort mit einem düsteren Ruf.

Doch als die Elfenschar dort eintraf, waren bereits mehr als hundert Wagen auf der Wiese aufgestellt. Daneben standen die Kutscher. Hünenhafte Männer und große, kräftige Frauen. Baeron. Die meisten Männer maßen deutlich über zwei Meter zehn, und die Frauen waren kaum eine Handbreit kleiner.

»Himmel, sieh dir diese Monster an!«, stieß Beau hervor.

»Monster?«, fragte Melor mit hochgezogenen Augenbrauen.

Beau streckte die Hand aus. »Habt Ihr jemals ein so großes Pferd gesehen?«

In einem Geviert aus Stricken standen die gewaltigen Zugpferde der Baeron, welche die schweren Karren zogen. Sie maßen bis zum Rist fast einen Meter siebzig, und über ihren Hufen hatten sie weißes, lockiges Haar.

Melor lachte. »Ah, Beau, einen Augenblick dachte ich, Ihr würdet die Baeron meinen.«

Beau grinste. »Na ja, die sind auch ganz schön groß.« Nach einer kurzen Pause fuhr er fort: »Lasst uns nachsehen, was sich in den Wagen befindet.« Der Wurrling lenkte sein Pony zwischen die Wagen und sah daher nicht, wie Tipperton und Vail von der anderen Seite auf die Lichtung ritten und abstiegen.

Nachdem er die Wachen der Dylvana eingeteilt und den Aufbau des Lagers überwacht hatte, ging Ruar zur Anführerin der Baeron. Sie war eine rothaarige Frau namens Bwen, die den Coron um Haupteslänge überragte. Gemeinsam beriefen sie einen kleinen Kriegsrat der Baeron und Dylvana ein.

Tipperton beobachtete die Gruppe aus gebührendem Abstand. Nach einer lebhaften, kurzen Diskussion sprach Ruar mit Eilor, dem Anführer der Dylvana-Kundschafter. Eilor verließ den Kreis, und sah sich kurz um. Im Nu hatte er vier Späher zusammengestellt: Tipperton, Vail, Elon und Lyra.

»Viele Baeron kämpfen derzeit am Grimmwall gegen den Feind, aber einige der Clans werden zu uns stoßen, um die Belagerung von Minenburg-Nord zu brechen. Doch sie werden erst in drei Tagen hier eintreffen. Das genügt, um mit Ersatzpferden die Überlandstraße nach Osten und Westen abzureiten und nach Feinden zu suchen. Vail, Tipperton, Ihr reitet nach Westen zur Überlandfurt. Da Tipperton so leicht ist, dürften Euch vier Pferde genügen. Elon und Lyra, Ihr reitet nach Osten zur Rimmen-Kluft am Rimmen-Ring. Das ist weiter entfernt, aber wir werden diesen Weg nehmen, sobald die restlichen Baeron eintreffen. Also werden wir Euch unterwegs begegnen. Dennoch nehmt ihr jeder drei Pferde mit, falls ihr rasch hierher zurückkehren müsst. Und seid vorsichtig, Ihr alle, wenn Ihr Euch Euren Zielen nähert. Denn sie liegen alle außerhalb der Grenzen des Dardas, und werden nicht von den Verborgenen beschützt. Gibt es noch etwas, was Ihr fragen wollt?«

Vail sah Tipperton an, der den Kopf schüttelte, und sowohl Elon als auch Lyra zuckten nur mit den Schultern. Also gingen sie zu der Herde mit Ersatzpferden, um sich neue frische Reittiere auszusuchen.

»Habe ich noch genug Zeit, um mit Beau zu sprechen?«, erkundigte sich Tipperton bei Vail.

»Etwa einen Kerzenstrich, ja.«

Tipperton sah sich um. »Ich glaube, ich habe ihn an einem der Karren dort drüben gesehen.«

»Dann geht, ich erwarte Euch auf der Straße.«

Tipperton drehte sich auf dem Absatz herum und ging zu den abgestellten Wagen. Es waren jedoch mehr als hundert, und obwohl Tipperton schnell durch die Reihen lief, konnte er Beau nicht finden. Er wollte schon aufgeben, als jemand »Heda, Tip!«, rief.

Beau stand neben Melor auf der Pritsche eines Krankenkarrens.

»Ist das nicht großartig, Tip?« Beau deutete auf das Innere des Wagens. »Sie haben Kräuter und Medizin, die ich noch nie gesehen habe.«

Tipperton ging zum Wagen und tastete dabei nach dem Lederband um seinen Hals. »Beau, ich reite als Kundschafter nach Westen, und es wäre mir lieber, wenn du die Münze nimmst ... nur für alle Fälle.«

Beau holte tief Luft, und nahm dann von seinem Freund die Münze entgegen. »Hör zu, Wurro«, meinte er, »ich glaube nicht, dass die Münze bei mir sicherer ist als bei dir. Ich würde mich besser fühlen, wenn du sie trägst. Weil sie dich daran erinnert, dass du eine Aufgabe zu erfüllen hast. Dann ist es wahrscheinlicher, dass du nichts Überstürztes tust.«

»Ach, Beau ...«

»Sieh mich nicht so an. Diesmal behalte ich sie, aber sobald wir hier aufbrechen und nach Minenburg-Nord reiten, nimmst du sie wieder an dich. Es obliegt dir, und dir allein, sie König Agron zu übergeben, und damit basta.«

Tipperton hob beide Hände. »Danke, Beau«, sagte er und trottete dann ohne ein weiteres Wort zur Straße zurück.

Beau sah ihm traurig nach und drehte sich schließlich zu Melor herum. »Glaubt Ihr, dass er besser auf sich achtgibt, wenn er annimmt, dass er derjenige ist, der die Münze überbringen muss?«

Als Tipperton die Straße erreichte, kamen die drei Elfenkundschafter mit ihren Pferden heran. Sie saßen auf und kurz darauf ritten Elon und Lyra nach Osten, während Vail und Tipperton nach Westen aufbrachen.

Am Nachmittag erreichten die Elfin und der Wurrling den Rand des Darda Erynians. Hier stieg die Dara ab, um das Pferd zu wechseln. Während sie und Tipperton sich kurz die Beine vertraten, meinte Vail: »Ab hier müssen wir besonders wachsam sein, denn wir verlassen jetzt den Schutz des Waldes.«

»Und was ist mit der Furt selbst?«, erkundigte sich Tipperton. »Ich habe gehört, dass sie möglicherweise vom Gezücht gehalten wird.«

Vail hob die Hand. »Das ist unwahrscheinlich, Tipperton. Sie haben versucht, den Übergang zu erobern, das gewiss, aber die Baeron haben sie zurückgeschlagen.« Vail deutete nach Westen. »Die Rûpt beherrschen allerdings den Crestan-Pass.«

Tipperton warf einen prüfenden Blick über das offene Land. Im Westen sah er am Horizont die schneebedeckten

Gipfel des Grimmwall-Gebirges, das von Norden nach Süden reichte. Die Überlandstraße selbst führte nach Westen auf diese Bergkette zu. »Dort befindet sich der Crestan-Pass«, erklärte der Wurrling, der die Landkarten sehr genau studiert hatte. Er suchte vergeblich die Stelle, wo die Straße auf die Berge traf, und seufzte. »Wenn man bedenkt, dass es nur ein Drei-Tages-Ritt vom Ardental über die Querlandstraße zum Pass ist, wo die Überlandstraße beginnt.« Er seufzte erneut. »Ich bin so weit geritten, um zu einer Stelle zu gelangen, die dem Ort, an dem ich die Reise begonnen habe, so nah ist.«

Vail zuckte mit den Schultern.

Tipperton lachte bitter, und als Vail fragend die Brauen hob, sagte er: »Geschieht es nicht oft, dass man sein Leben damit verbringt, in großen Kreisen zu laufen?«

Vail lächelte mitfühlend. »Das geschieht immerzu, Tipperton, immerzu.«

Sie betrachteten die Landschaft noch einen Augenblick, stiegen dann auf und ritten in das offene Gelände.

Am späten Nachmittag kamen die Bäume in Sicht, die den Argon säumten. Die Überlandstraße senkte sich sanft zu den Böschungen herab, die den Fluss noch vor ihrem Blick verbargen.

Vail zügelte die Pferde. »Seid wachsam, mein Freund, und gebt gut acht«, sagte sie zu Tipperton. Als der einen Pfeil auf die Sehne legte, trieb Vail ihr Reittier weiter und zog die Ersatzpferde hinterher.

Die Sonne ging gerade hinter dem fernen Grimmwall unter, als sie sich den Bäumen näherten. Tippertons Herz schlug heftig, als eine hünenhafte Gestalt auf die Straße trat, aber er beruhigte sich rasch, als Vail sie grüßend anrief. *»Is bred an lá é!«* Im gleichen Moment erkannte der Wurrling die Gestalt. Es war ein Baeron.

»Das ist Bren!«, rief er, und Vail trieb die Pferde in einen leichten Trab.

Kurz darauf saßen sie am östlichen Ufer des Argons, dort wo die Straße über die Furt führte. Bren deutete auf das Grimmwall-Gebirge. »Wir haben versucht, den Crestan-Pass zu befreien«, brummte er mit seiner tiefen Stimme. »Baeron auf dieser Seite und die Elfen des Ardentals auf der anderen. Die Brut sitzt in der Falle, aber es geht nur langsam voran. Sie haben sich tief eingegraben und uns mehrere Male zurückgetrieben.«

»Ich habe gehört, dass das Gezücht auch versucht hat, diese Furt zu besetzen«, meinte Tipperton.

Bren schlug mit der Hand auf den Morgenstern an seinem Gürtel. »Das haben sie, aber wir haben den Übergang freigekämpft. Es war zwar eine Schande, das Wasser mit ihrem Blut zu verschmutzen, aber es war nicht schade, die Wrg zu töten.«

Tipperton sah ihn grimmig an. »Ich bemitleide sie wahrhaftig nicht.«

Vail sah den Wurrling lange an. Ihre Miene war undurchdringlich, und Tipperton fühlte sich unbehaglich unter ihrem prüfenden Blick. Schließlich wandte sie sich Bren zu. »Habt Ihr Kunde, die ich meinem Coron überbringen soll?«

Der große Mann holte tief Luft. »Nur dies: Von den Nachrichten, die Ihr überbracht habt, und dem, was ich weiß, scheint mir, dass wir den Krieg an zu vielen Orten gleichzeitig austragen. Modru kontrolliert alle wichtigen Punkte: Den Crestan-Pass, die Schwarze Zuflucht, den Gûnarschlitz, selbst die Straße von Kis...«

»Verzeiht«, unterbrach Tipperton ihn. »Was ist die Schwarze Zuflucht?«

»Er meint die Zwergenfeste, Tipperton.«

»Oh«, erwiderte Tipperton. »Drimmenheim.«

»Drimmenheim für die Elfen«, murmelte Bren, »Kraggen-cor für die Zwerge, aber die Baeron und die anderen Menschen nennen sie die Schwarze Zuflucht.«

»Verstehe«, erklärte der Wurrling. »Aber ich habe Euch unterbrochen.«

Bren zuckte mit den mächtigen Schultern. »Es gibt nicht viel mehr zu sagen. Nur dass wir alle uns zusammenschließen und überlegen sollten, welche von Modrus Horden wir vernichten wollen. Denn seine Streitkräfte sind ebenfalls recht weit verteilt und ausgedünnt. Und wenn wir alle zur gleichen Zeit an einem Ort kämpfen, könnten wir den Crestan-Pass befreien oder die Belagerung der Schwarzen Zuflucht aufheben und damit immer mehr Verbündete des Hochkönigs zusammenziehen. Wenn wir genug sind, können wir in Gron einfallen und Modru selbst angreifen.«

Vail nickte. »Das ist eine großartige Strategie, die Ihr da vorschlagt, Bren. Wenn wir morgen aufbrechen, werde ich Eure Worte meinem Coron vortragen.«

Bren knurrte zustimmend, und im selben Moment rief einer der Baeron nach ihnen. Eintopf und Tee waren fertig.

In der Nacht stand kein Mond am Himmel, aber Tipperton saß am Fluss, auf dessen Wasser sich die funkelnden Sterne spiegelten. Endlose Fluten zogen vorüber. Immer dasselbe, immer neu, immer dasselbe ... Bei der Erinnerung an diese Worte flossen dem Wurrling die Tränen über die Wangen.

7. Kapitel

Am späten Nachmittag kehrten Vail und Tipperton zu der Kriegsschar zurück. Sie suchten Alor Eilor auf und erstatteten ihm Bericht. Mit ihm zusammen überbrachten sie dann Coron Ruar Brens Vorschlag.

»Es ist schön und gut«, meinte Ruar »dass die Baeron die Furt kontrollieren. Und ich hoffe, dass der Crestan-Pass bald zurückerobert wird. Aber was Brens Pläne angeht: Selbst wenn seine Strategie richtig ist, verhält es sich so: Würde sich das Freie Volk sammeln und gen Gron marschieren, bliebe vieles ungeschützt zurück, und die Rûpt könnten dies alles vernichten. Trotzdem, wenn wir rasch vorgehen, könnten wir Modru von seinem Eisernen Turm stürzen, bevor er Gelegenheit hat, seine Horden zu sammeln und uns daran zu hindern.«

Ruar sah zu Boden. »Dennoch wäre das nicht leicht, denn der Eiserne Turm ist eine mächtige Festung, und Modru ist ein mächtiger Magier. Er befehligt nicht nur die Rûpt, sondern hat angeblich in der kalten Jahreszeit auch den Winter als Bundesgenossen. Wenn das stimmt, bräuchten wir ebenfalls mehrere mächtige Zauberer als Verbündete, um es mit diesem Feind aufnehmen zu können.

Dennoch hat der Plan sein Gutes. Ich werde darüber nachdenken.«

Eilor räusperte sich. »Aber zuerst, mein Coron, müssen wir die Belagerung von Minenburg-Nord durchbrechen.«

Ruar blickte hoch. »Aye, das müssen wir.«

Nach der Besprechung suchte Tipperton Beau auf und holte sich die Münze zurück. Danach schlenderten sie durch das Lager, bestaunten die riesigen Zugpferde der Baeron und halfen einem Kutscher, sie zu füttern. Sie waren beeindruckt, wie viel Hafer die Tiere fraßen.

»Ein großer Teil der Ladung, die wir transportieren, besteht aus Futter für die Pferde«, erklärte der Baeron, und klopfte einem der Tiere auf den mächtigen Hals. »Sonst müssten wir die Fracht selbst schleppen.«

Beau betrachtete den hünenhaften Mann und das gewaltige Ross, und sah dann zu einem der großen Wagen. Dann grinste er. »Na ja, ein Pony würde wohl kaum reichen.«

Der Hüne lachte, aber Tipperton drehte sich zu Beau herum. »Wo wir gerade von Ponys reden, Wurro. Es wird Zeit, dass wir unsere füttern und tränken.«

Sie gingen zu dem Pferch, in dem ihre Tiere standen, und schütteten eine Portion Hafer in die Futtersäcke. Beau betrachtete ihre kleinen Wallache. »Ich frage mich, wie sie sich fühlen, hier zwischen den großen Pferden der Elfen und den noch größeren Zugtieren der Baeron.«

Jetzt grinste Tipperton. »Nicht anders als wir, denke ich, Beau. Kein bisschen anders als wir.«

Später am Abend spielte Tipperton auf seiner Laute. Es war das erste Mal seit er vom Fall Caer Lindors gehört hatte.

Und in seinen Liedern schwang eine tiefe Melancholie mit.

Früh am nächsten Morgen kamen fünfhundert Baeron auf ihren gewaltigen Pferden auf die Lichtung geritten. Ihr Häuptling war Gara, ein rothaariger Mann, der für einen Baeron allerdings recht klein war. Aber er strahlte Autorität aus, und wirkte selbst neben seinen größeren Gefährten beeindruckend.

Erneut berief Ruar einen Kriegsrat ein. Beau und Tipperton sahen von fern zu, während Tipperton musizierte. Die Sonne wanderte über den Himmel, während der Kriegsrat andauerte. Die Wurrlinge fütterten ihre Ponys, tränkten sie und sahen dann weiter aus der Ferne dem Rat zu. Tipperton spielte weiter auf der Laute traurige Weisen. Schließlich kam Vail zu ihnen. »Wir brechen morgen auf. Tipperton, wir beide reiten auf der linken Flanke. Und Euer Platz, Beau, wird zwischen den Wagen der Heiler sein. Das sagte Melor.«

Beau seufzte und sah Tipperton an. »Wir sehen im Moment nur wenig voneinander, scheint's, vor allen in den letzten Wochen. Und es wird immer weniger.«

»Ach, Beau, es ist ja nicht so, als hätten wir uns getrennt. Ich meine, selbst unterwegs sehe ich dich jede Nacht im Lager.«

Vail schüttelte den Kopf. »Nein, Tipperton. Sobald wir unterwegs sind, bleiben wir Kundschafter oft tagelang draußen und suchen nach Spuren von Feinden. Wir treffen uns täglich mit einem Boten und berichten ihm, was wir gefunden haben. Er reitet mit der Kunde zu Eilor zurück, und der erstattet dem Kriegsrat dann Bericht. Wir kehren natürlich auch manchmal zur Schar zurück, und zwar schleunigst, nämlich wenn wir auf Feinde gestoßen sind. Aber meistens werden wir viel unterwegs und nur wenig im Lager sein.«

Tipperton sah Beau an und hob resigniert die Hände. Beau lächelte etwas gequält.

Tipperton blickte seinem Freund in die Augen, nahm dann die Laute und spielte eine lebhafte Melodie: »Der Fröhliche Mann von Waldeslust«, Beaus Lieblingslied.

Als der letzte Akkord des Liedes verklang, lachten die beiden Wurrlinge fröhlich. Vor allem Beau war glücklich, denn es war das erste Mal seit langer Zeit, dass sein Freund wieder Frohsinn gezeigt hatte.

Bei Tagesanbruch des nächsten Tages wurden die großen Zugpferde vor die Karren gespannt, während die Elfen und die Baeron ihre Pferde sattelten und die Packtiere beluden. Und zwischen den Pferden und Elfen und Baeron sattelten auch zwei Wurrlinge ihre Ponys, banden ihre Schlafrollen hinter die Sättel und befestigten die Satteltaschen.

Schließlich waren alle bereit. Die Karren zogen in einer langen Reihe auf die Straße, an beiden Seiten flankiert von Berittenen. Die Vorhut wurde von Elfen und Baeron gebildet, die Nachhut von elfischen Reitern.

Vail führte ein Packpferd mit sich und winkte Tipperton zu sich. Der drehte sich zu Beau herum. »Gut, Wurro, sieht aus, als würde es losgehen. Wir sehen uns, wann immer wir können.«

Beau nickte mürrisch, sagte aber nichts, und Tipperton stieg auf sein Pony. Als er das Tier wendete, meinte Beau: »Pass nur auf dich auf, Tip. Du hast eine Münze zu überbringen, und ich will dich nicht auf einem der Heilerkarren wiederfinden.« Plötzlich schrak er zusammen. »Meiner Treu, natürlich habe ich es nicht so gemeint. Natürlich musst du zu uns kommen, wenn du verletzt wirst.

Ich meinte nur, dass du besser aufpassen solltest, damit es erst gar nicht dazu kommt.«

»Mach dir keine Sorgen um mich, Beau. Immerhin behaupten Leute, die es wissen müssen, dass Wurrlinge die besten Kundschafter sind, die es gibt, stimmt's?« Dann gab er seinem Pony die Sporen und zog davon.

Beau stieg auf sein eigenes Pferd und ritt zu dem Krankenkarren, der ihm zugewiesen worden war.

Im selben Moment ertönte weiter vorn ein Hornsignal, und unter lautem Knallen der Zügel und anfeuernden Rufen setzte sich der Wagenkonvoi in Bewegung.

Zwei Tage lang fuhren sie ostwärts, und gegen Mittag des zweiten Tages lief plötzlich ein Gerücht durch die Wagenkolonne. Angeblich waren zwei Kundschafter der Kolonne aus westlicher Richtung entgegengeritten. Es waren Elon und Lyra, die von der Kluft der Überlandstraße im Rimmen-Ring gekommen sein sollten.

»Mir gefällt das gar nicht«, meinte Beau, der in der Mitte der Kolonne ritt. »Wir hören nur Gerüchte und Klatsch, und niemand kann uns sagen, ob es wirklich stimmt.«

Melor lachte. »Das ist immer so, kleiner Freund. Die Mutmaßungen wachsen und gedeihen am besten, wenn sie von vielen Mündern wiederholt werden. Aber fasst Mut, denn wenn wir in die Schlacht ziehen, wird die Wahrheit uns bald einholen.«

»Schlacht? Wer hat denn etwas von einer Schlacht gesagt?«

»Niemand, mein Freund, niemand. Jedenfalls haben wir bislang nichts davon gehört.«

»Jetzt wisst Ihr, was ich meine«, knurrte Beau.

»Das ist die Fährte einer Wildkatze, Tipperton«, erklärte Vail. »Sie wagen sich selten so weit in den Darda hinein.«

»Vielleicht wurde sie ja verfolgt«, vermutete Tipperton. Er sah sich um, bemerkte aber keine Anzeichen von Lebewesen außer den Vögeln, die in dem grünen Laub über ihnen umherflatterten.

Vail nickte. »Allerdings. Für gewöhnlich jagen sie in den Rimmen, die überrannt worden sind. Wenn Lerren kommt, werden wir Eilor und Ruar Kunde senden.«

Tipperton hockte sich hin und betrachtete die Eindrücke. Der Wurrling hatte sich schon gefragt, warum sie die nördlichen Gebiete des Darda Erynians auskundschafteten, wenn er doch nicht nur von den Verborgenen, sondern auch von den Baeron beschützt wurde. Eigentlich war es ihm überflüssig vorgekommen, in solch gut behütete Gebiete Späher auszusenden, aber vielleicht gaben diese Spuren ihm eine Antwort auf seine unausgesprochene Frage.

Er sah Vail an. »Wie alt schätzt Ihr diese Fährte? Fünf Tage, oder sechs?«

»Sie ist wenigstens eine Woche alt. Denn als das Tier sie hinterließ, war die Erde noch feucht vom Regen. Seht Ihr, wie jeder Abdruck sich ausbreitet? Und es hat das letzte Mal geregnet, als wir von Birkenhöh aufbrachen. Erst nachdem diese Spuren hinterlassen wurden, ist die Erde getrocknet.«

Tipperton nickte, stand auf und spähte durch das Blätterdach zur Sonne. »Sollten wir nicht weiterreiten? Immerhin ist es noch ein ganzes Stück bis zu unserem Treffpunkt mit Lerren.«

»Allerdings.« Vail stand ebenfalls auf. »Aber wir sehen ihn erst morgen früh.«

Sie stiegen auf und ritten zwischen den Bäumen hindurch weiter nach Osten.

Am späten Nachmittag erreichten Tipperton und Vail die Lichtung und ritten auf einen kleinen Hügel, auf dem sie zu ihrer Überraschung zwei angebundene Pferde vorfanden. Eines war gesattelt, das andere trug Ausrüstung auf seinem Rücken. Alor Lerren erhob sich bei ihrer Ankunft aus dem hohen Gras. *»Hai roi, vi didron velles!«*

»Kal oe iyr?«

»Iyr.«

»Was hat er gesagt?«, erkundigte sich Tipperton.

»Dass er Kunde bringt.«

»Gute oder schlechte?«

»Schlechte, sagte er.«

»Oh.« Tippertons Herz schlug schneller.

Als sie Lerren erreichten, stiegen sie ab.

»Was für Kunde bringt Ihr, Alor Lerren?«, fragte Vail.

»Gegen Mittag haben Lyra und Elon berichtet, dass die Rûpt Breaton vernichtet haben.«

Tipperton runzelte die Stirn. »Meiner Treu, so ist wieder eine Stadt gefallen. Das sind wahrlich schlechte Nachrichten. Braeton liegt doch direkt in der Rimmen-Kluft, stimmt's?«

»Aye«, bestätigte Lerren.

»Wie viele Rûpt?«, fragte Vail.

»Vielleicht tausend.«

»Ah«, meinte Vail, »eine Kohorte.«

»Eine Kohorte?« Tipperton sah sie fragend an.

»Das Zehnte einer Horde«, antwortete Lerren an ihrer statt.

»Oh.«

»Noch etwas?«, meinte Vail.

Lerren sah den Wurrling an. »Coron Ruar erinnert sich an das Versprechen, das er Herrn Tipperton gab. Er bittet Euch beide, zur Kriegsschar zurückzukehren und am Kriegsrat teilzunehmen.«

Vail hob die Brauen und deutete nach Osten. »Und wer kundschaftet dieses Gebiet aus?«

»Das ist jetzt meine Aufgabe«, erwiderte Lerren wenig begeistert.

»Und der Bote?«

»Arylin ... Obwohl jeder von uns lieber mit der Vorhut reiten würde.«

Vail lächelte. »Falls es zu einer Schlacht kommt, werdet Ihr gewiss von der Flanke abgezogen.«

Lerren zuckte mit den Schultern. »Dann möchte ich noch erfahren, was Ihr heute gesehen habt.«

Vail wechselte einen kurzen Blick mit Tipperton. »Wir fanden Spuren einer Wildkatze«, erklärte der Wurrling. »Und jetzt wissen wir möglicherweise auch, was sie aus dem Rimmen vertrieben hat. Nämlich die Brut, die sich in der Kluft herumtreibt.«

»Aye«, stimmte Lerren ihm zu. »Vielleicht haben sie sich durch dieses Gebiet an Braeton herangeschlichen, und die Wildkatze ist in die Sicherheit des Darda Erynians geflohen.« Er sah die beiden Kundschafter an. »Noch etwas?«

Tipperton schüttelte den Kopf, und Vail hob die Hand.

»Dann solltet Ihr besser aufbrechen, sonst kommt Ihr zu spät zum Kriegsrat.«

Tipperton und Vail stiegen auf, verabschiedeten sich von Lerren, ritten den Hügel hinab und nach Süden zur Überlandstraße, der Elfenschar und dem Krieg entgegen.

Als Tipperton wieder in den Wald ritt, schlug sein Herz fast schmerzhaft in seiner Brust.

Als sie am Abend das Lager erreichten, fanden Tipperton und Vail den Kriegsrat von Coron Ruar an der Spitze des lagernden Trosses. Sie hatten sich in einem Kreis auf einer Wiese unter den ausladenden Zweigen einer mächtigen Eiche versammelt. Überrascht sah Tipperton, dass Beau in diesem Kreis saß, Melor an seiner Seite. Häuptling Gara und die Karrenführerin Bwen von den Baeron sowie zwei andere Baeronmänner waren ebenfalls dabei, zusammen mit weiteren Dylvana, unter ihnen Eilor und Lyra. Phais und Loric nahmen ebenfalls an dem Kriegsrat teil.

Beau machte Tipperton sofort Platz. Auch Vail gesellte sich zu den Wurrlingen.

Ruar nickte den beiden grüßend zu und wendete sich dann wieder an einen der Baeron. »Ihr sagtet gerade, Durul ...?«

»Nur dies, Coron. So gern ich auch diese Wrg erledigen würde, unsere Aufgabe ist es, die Belagerung von Minenburg zu beenden. Wenn wir unterwegs gegen jede Bande des Gezüchts kämpfen, werden wir Monate brauchen, bis wir dort ankommen, und unsere Zahl wird stetig abnehmen.«

Bwen schnaubte. Als die anderen sie ansahen, erklärte sie: »Also, wie stellst du es dir vor, dieses Gezücht nicht zu bekämpfen?«

Durul sah sie fragend an.

Die Baeronfrau deutete nach Westen auf die Straße. »Ich habe die Aufsicht über hundert Karren mit Lebensmitteln, Waffen und Hafer. Wir können mit ihnen nicht über die Gipfel des Rimmen rollen, ganz gleich, wie wir es versuchen würden. Nein, wenn die Wagenkolonne die Kriegsschar nach Minenburg-Nord begleiten soll, dann führt der Weg durch die Rimmen-Kluft. Einen anderen Pfad gibt es nicht. Also, wenn du mich und meine Wagen willst, dann müssen wir uns durch die Horde hindurchkämpfen.«

Durul stieß gereizt die Luft aus, nickte aber dennoch zustimmend.

Gara sah von Durul zu Bwen und blickte dann die anderen im Kreis an. »Hat jemand einen Vorschlag, wie wir diese Wrg in Braeton umgehen können?«

Urplötzlich stieg Wut in Tipperton hoch. Er sprang auf und ballte die Fäuste. »Sie umgehen? Ich sage, wir töten sie allesamt!«

Beau zupfte Tipperton am Ärmel, aber der war viel zu zornig, um darauf zu achten. »Es ist Gezücht, verantwortlich für zahllose Tote, nicht nur in Braeton, sondern auch in Stede und Annory und in zahllosen anderen Orten, überall. Die Reiter des Königs in Gabelhain, die Dylvana und Baeron und Wurrlinge in Caer Lindor.« Er verzog vor Qual das Gesicht. »Sie haben meine Rynna getötet, und allein dafür verdienen sie alle den Tod. Allesamt, ohne Ausnahme.«

Coron Ruar hob die Hand und brachte Tipperton mit dieser Geste zum Schweigen. Der Wurrling biss die Zähne zusammen und ließ sich auf das Gras zurückfallen, aber sein Groll legte sich dadurch kein bisschen.

Jetzt sprach Ruar. Seine Worte klangen leise über die Lichtung, über die sich das Zwielicht legte. »Ich stimme Durul darin zu, dass unsere Hauptaufgabe die Befreiung von Minenburg-Nord ist, und wir uns nicht unterwegs in Scharmützel mit dem Feind verwickeln lassen sollten.

Aber auch Bwen hat recht, denn ihre Wagen müssen die Rimmen-Kluft passieren. Außerdem, selbst wenn wir einen Weg finden, sie zu umgehen, möchte ich keine Rûpt in unserem Rücken wissen. Also scheint es, als bliebe uns keine andere Wahl, als sie anzugreifen, wie es Herr Tipperton wünscht. Wie wir jedoch diesen Angriff führen, damit wir so wenig Verluste wie möglich erleiden, das ist die Aufgabe, die dieser Kriegsrat lösen muss.«

»Versucht das Ziel nicht mit brutaler Kraft zu erreichen, sondern stattdessen mit List und Klugheit«, schlug Phais vor.

»Wie?« Gara sah erst sie, dann Ruar und dann wieder die Elfin an. »Was meint ihr damit?«

Phais lächelte. »Ich sage es, Häuptling Gara, weil sich aufgrund der Nachrichten, die Lyra und Eilor uns überbracht haben, der Ansatz eines Plans vor meinen Augen abzuzeichnen beginnt.«

Als der Kriegsrat vorbei war, gingen Tipperton und Beau zu dem Pferch, in dem ihre Ponys standen. Beau blieb stehen und sah seinen Freund an. Tipperton hielt ebenfalls inne.

»Bei allen Scheunenratten, Tip, was ist bloß in dich gefahren, so gegen Gara zu wüten? Ich meine …«

Tipperton warf ungeduldig eine Hand in die Luft. »Du hast ja recht, Beau. Ich habe eine Grenze überschritten, aber ich konnte mich nicht zurückhalten. Der Gedanke, dass die Brut ungestraft davonkommen soll …«

»Ich weiß, Tip, ich weiß. Was sie Rynna und Wink und den anderen angetan haben … Aber hör zu, sind wir diejenigen, oder genauer, bist du derjenige, der dieses Unrecht rächen kann? Ist es an uns, Vergeltung zu üben?«

»Vielleicht nicht für alle, Beau, aber für Rynna schon. Dafür werde ich sie bezahlen lassen.«

»Dann sag mir eins, Wurro: Wie viele musst du töten, bevor die Waagschalen der Gerechtigkeit wieder ausgeglichen sind?«

Tipperton sah seinen Freund bestürzt an. Beau nickte, drehte sich um, ging weiter und sagte: »Wie ich es mir gedacht habe.«

Nach einer Pause fuhr er fort: »Ich war bei dem Kriegsrat, Tip, weil Ruar meinte, dass auch Heiler mit der Vorhut reiten müssen, und Melor wurde dafür ausgesucht. Er hat mich als Gehilfen ausgewählt. Deshalb haben wir an der Planung teilgenommen.«

»Ach, Beau, wenn du mit der Vorhut reitest, bist du mitten im Gefecht. Es wäre viel sicherer für dich, wenn du stattdessen bei den Karren bleiben würdest ...«

»Und du bist wohl nicht in Gefahr, nein?«, unterbrach ihn Beau. »Du und Vail, ihr beide seid ganz allein da draußen, wo die Rukhs und ihresgleichen sich aus dem Hinterhalt auf euch stürzen oder euch einfach überrennen können. Ich bin immerhin von einer ganzen Armee umgeben.«

»Lass uns nicht streiten, Beau. Wir werden in nächster Zeit beide mitten im Getümmel sein. Versprich mir nur zwei Dinge: Erstens, dass du auf dich aufpasst, und zweitens, falls ich es nicht schaffe, dass du die Münze nach Aven bringst.«

»Meiner Treu, sag so was nicht, Tip. Wir werden es beide schaffen!«

Sie bürsteten ihre Ponys eine Weile schweigend weiter, dann fuhr Beau fort: »Aber falls ich nicht überlebe, dann versprich mir, dass du die Münze abliefern wirst. Deshalb sind wir überhaupt ausgezogen, und wenn wir es nicht tun, dann ist unsere ganze Reise umsonst gewesen.«

Tipperton nickte, hielt seinem Freund den kleinen Finger hin und sagte: »Ich verspreche es.«

Beau hakte seinen kleinen Finger ein und wiederholte die Worte. »Ich verspreche es.«

In dem Moment ertönten überall die Triangeln, die zum Essen riefen. Tipperton legte die Bürsten weg, während Beau die Futtersäcke der Pferde einpackte. Dann sammelten sie ihre Ausrüstung ein und marschierten zum nächsten Kochwagen. Eine kurze Schlange von Baeron hatte sich dort bereits gebildet, Zinnteller, Tassen und Löffel in den Händen.

Beau schnupperte und drehte sich dann mit einem Augenzwinkern zu Tipperton herum. »Ah, Bohnen und Zwieback, mein Lieblingsgericht.«

Drei Tage später robbte Tipperton im Licht des späten Nachmittags auf den südlichen Rand eines Dickichts zu. Lyra folgte ihm, und trotz ihrer feinen Elfenohren vernahm sie nur ein leises Geräusch, wenn sich der Wurrling bewegte. Es klang wie ein schwaches Rascheln der Blätter in einer sanften Brise. Schließlich hielt er inne, und Lyra kam an seine Seite.

Unter dem Schutz der Blätter des Gehölzes spähten sie einen sanft abfallenden Hang hinunter. Tipperton streckte die Hand aus. In der Nähe und halb verborgen vom Schatten eines Felsvorsprungs lauerte ein Wächter der Rukh.

»Seht Ihr das Signalhorn?«, flüsterte Lyra.

»Von hier aus kann ich es nicht erkennen.« Tipperton deutete nach links. »Aber von dort vielleicht ...«

Sie krochen lautlos hinüber, bis Tipperton wieder stoppte.

»Seht Ihr das Schwertgehänge?«, fragte Lyra. »Über seiner linken Schulter.«

Tipperton erkannte den Lederriemen, und jetzt sah er an der Hüfte des Rukh ... »Ja, er hat ein Horn.«

»Wie erwartet.«

Hinter dem Wachtposten am Fuß des Hügels sah Tipperton die Stadt Braeton, oder vielmehr das, was von ihr übrig war. Dort bemerkte er auch geschäftiges Treiben, denn die Brut war dabei, Braeton zu plündern. Aber trotz der gewaltigen Zerstörungen hatte sie die Stadt noch nicht angezündet.

Die beiden blieben noch eine Weile stumm und bewegungslos liegen. Dann betrachtete Tipperton erneut den Wachtposten. »Ihr habt Euch nicht geirrt: Er steht dort, wo er einen guten Blick auf die Straße und die Stadt hat.«

Lyra nickte. »Ja. Dieser Wachtposten steht höher als die beiden auf dem Westhang. Es gibt noch zwei, welche die Straße nach Osten bewachen, aber sie sind im Moment nicht wichtig.«

»Wo ist der Wachtposten, zu dem Vail und Elon geschlichen sind?«

Lyra streckte die Hand aus. »Den Hügel hinab, weiter links. An der Klippe dort drüben.«

Tipperton blickte hinüber. Schließlich sah er, wie sich der Wachtposten bewegte. »Und die beiden können am besten nach Westen Ausschau halten?«

»Aye.«

Sie warteten noch einen Moment, bis Lyra hinzufügte: »Es verhält sich genauso, wie wir im Kriegsrat angenommen haben. Den Aufstellungen ihrer Wachen zufolge, erwarten sie keine Streitmacht aus nördlicher Richtung, die nach Süden durch diese Hügel zieht. Sie fürchten die Wälder und würden sie selbst niemals durchqueren. Stattdessen glauben sie, dass jeder, der aus dem Darda kommt, östlich auf der Straße marschiert.«

»Verstehe. Also bewachen alle diese Posten den üblichen Weg.«

»Richtig«, bestätigte Lyra. »Dasselbe tun auch die Wachen auf der anderen Seite der Stadt. Aber ob sie die Straße beobachten oder nicht, die Posten werden die anderen alarmieren können. Denn nach dem Sonnenuntergang wird die Vorhut eintreffen, und die schleichen sich nicht auf leisen Pfoten heran wie wir, sondern kommen auf eisenbeschlagenen Hufen daher.«

Sie warteten noch eine Weile, bis die Sonne schließlich hinter dem Horizont versank. Zwielicht senkte sich über das Land, und der Halbmond ging auf.

Tipperton sah Lyra an.

»Aye, es ist Zeit«, erklärte sie. »Elon und Vail sind mittlerweile gewiss in Position und warten auf unser Signal.« Sie legte einen Pfeil auf die Sehne. Hastig nockte Tipperton ebenfalls einen Pfeil ein. »Wir schießen gleichzeitig«, sagte sie, »denn es ist unwahrscheinlich, dass wir beide das Ziel verfehlen.«

Tipperton nickte.

»Ihr zählt, und wir schießen bei drei«, fügte Lyra hinzu.

Wieder nickte Tipperton. Lyra spannte die Sehne und zielte. Tipperton ebenfalls.

Dann wurde ihm plötzlich klar, dass sie einen ahnungslosen Gegner töten würden ...

... wohingegen es zuvor immer geheißen hatte: Töten oder getötet werden ...

... sie würden ihm in den Rücken schießen ...

... aber der Rukh da unten ...

Komm schon, Wurro, du schaffst das!

... wusste nichts ...

Zitternd ließ Tipperton den Bogen sinken.

Lyra sah ihn fragend an, und dann senkte auch sie ihre Waffe.

»Er weiß nicht einmal, dass wir hier sind«, flüsterte Tipperton.

Lyra nickte. »Denkt an alle, die von seinesgleichen abgeschlachtet wurden. Denkt an die Menschen in Braeton, und auch an die in Stede und Annory, und an die Verratenen von Caer Lindor. Baeron, Elfen, Wurrlinge und Eure Rynna und ...«

Tipperton brachte sie mit erhobener Hand zum Schweigen, als sie das wiederholte, was er sich in den letzten drei Tagen ständig selbst gesagt hatte. Er biss die Zähne zusammen und hob seinen Bogen. Lyra zielte ebenfalls erneut.

Tief einatmen, halb ausatmen, anhalten, zielen ...

»Eins ... zwei ... drei ...«

Zwei Sehnen summten, und zwei Pfeile sausten durch die Luft und landeten mit dumpfen Lauten im Rücken des Rukh-Wächters. Die eisernen Spitzen durchschlugen den Leib des Rukhs und kamen zur Brust wieder hinaus. Mit einem leisen Grunzen stürzte er kopfüber zu Boden und blieb reglos unter dem Felsvorsprung liegen.

»Kommt«, sagte Lyra. »Wir müssen ihn wegschaffen und jede Spur seines Todes verwischen.«

»Aber ...«

»Nein, Tipperton, kein Aber, denn ich brauche seine Kleidung. Es könnten andere kommen, die ihn ablösen, und wir dürfen nicht riskieren, dass sie Alarm schlagen.«

Sie huschten im Schutz des Zwielichts geduckt den

Hügel hinunter zu dem toten Wachtposten. Der Rukh hatte vor Überraschung im Tod die Augen weit aufgerissen, und schien dennoch Tipperton anklagend anzustarren, als er den Posten an den Füßen packte, während Lyra ihn unter die Achseln fasste.

Sie zogen ihn in das Dickicht zurück. Das Horn des Wachtpostens hing an einem Lederband herunter und schlug klappernd gegen die Steine. Sie legten die Leiche in den Wald und huschten erneut zu dem Felsvorsprung. Diesmal nahmen sie einen Krummsäbel, eine halb volle Trinkflasche und einen kleinen Beutel mit dunklem Fleisch mit, und warfen Erde über die Stelle am Boden, in die Blut eingesickert war.

Lyra trat an die geschützte Seite des Vorsprungs und winkte Tip zu einem Schierlingsgebüsch herüber, das in östlicher Richtung lag. Danach eilten der Wurrling und sie zum Wald zurück.

Während Lyra ihr Pferd und Tippertons Pony von der anderen Seite des Hügels holte, hielt Tipperton Wache im Dickicht, direkt neben dem toten Rukh.

Er weigerte sich, die Leiche anzusehen, in deren Rücken zwei Pfeile steckten.

Als Lyra mit den Tieren zurückkehrte, band sie die Pferde an zwei kräftige Zweige an, hockte sich neben den Rukh und zog knurrend die Pfeile ganz durch den Leichnam hindurch. Sie gab Tipperton seinen Pfeil zurück. Spitze, Schaft und Federn waren mit einer zähen, dunklen Masse überzogen.

Tipperton drehte sich um und riss ein Blatt von einem Baum, während er sich übergab.

Kurz nach Einbruch der Dunkelheit stand Lyra auf. *»Hist!«*, zischte sie.

Tipperton hörte nichts und konnte in dem Gehölz auch nichts erkennen. Er schüttelte den Kopf. »Was?«

»Es kommt jemand.«

Tipperton stand auf und spannte den Bogen.

Aber dann ertönte ein leises Zirpen, und Vail tauchte zwischen den Bäumen auf. »Erledigt. Elon hat die Position des unteren Wachtpostens eingenommen.«

»Gut.« Lyra stand auf. »Ich bin bald wieder da.« Sie trat an ihr Pferd, band es los und führte es nach Nordwesten aus dem Gehölz heraus.

Vail drehte sich zu Tipperton herum. »Seid Ihr sicher, Tipperton?«

Der Wurrling nickte.

»Dann gehe ich zu Elon. Sollte ein Wachwechsel erfolgen, werden wir sie aufhalten. Falls zufällig ein Rukh zuerst hierherkommt, wisst Ihr, was Ihr zu tun habt.« Nachdem Tipperton kurz genickt hatte, verschwand Vail wieder in der Nacht.

Der Wurrling setzte sich an den Rand des Gehölzes, und beobachtete im Licht des Halbmondes den Felsvorsprung. Er hoffte, dass er nicht zögern und sicher treffen würde, wenn eine Ablösung für den toten Wachtposten kam.

Schließlich hörte er das leise, metallische Klirren einer Rüstung und das dumpfe Schlagen von Hufen. Kurz darauf tauchte Lyra auf. Ein hünenhafter Mann und eine kleine Gestalt befanden sich in ihrer Gesellschaft.

Es war Durul und ...

Beau!

»Ich wollte nur mal nachsehen, wie du dich schlägst, Tip.«

»Mir geht's gut«, erwiderte er, »aber was ist mit den Wagen?«

»Sie sind unterwegs und dürften lange vor Tagesanbruch in Position sein.«

»Gut.«

Sie warteten schweigend, während die Nacht verstrich, und in der Stadt Fackeln und Lagerfeuer brannten.

Schließlich ging der Mond unter, aber immer noch war keine Ablösung für den toten Rukh-Wächter gekommen.

Kurz vor Einbruch der Dämmerung schlüpfte Lyra in die Kleidung des toten Rukh. Sie ignorierte das Blut und den Schleim, und schlang sich sein Signalhorn über die Schulter. Dann ging sie zu dem Felsvorsprung und wartete.

Tipperton, Beau und Durul begaben sich an eine Stelle, von der aus sie sowohl die Straße als auch die Stadt sehen konnten.

In der Dämmerung sahen sie die gebogenen Segeltuchverdecke der Wagen, die in einer langen Reihe neben der Straße standen. Die Kolonne reichte im Norden vom Fuß eines Hügelhanges bis zu einer grasigen Weide im Süden. Außerdem erkannten sie einige der großen Zugpferde, obwohl es längst nicht so viele waren, wie für die Karren benötigt wurden.

Durul drehte sich um. »Ich bereite mich vor.«

»Ich auch«, erklärte Beau.

Tipperton nickte. »Ich bin schon bereit.«

Durul sah den Wurrling lächelnd an. »Haltet Euch von den Pferden fern. Sie könnten Eure winzigen Ponys mit einem Huf zerschmettern.«

Beau schüttelte den Kopf. »Wohl kaum, Durul. Sie sind zwar klein, aber dafür flink.«

Der Baeron verschwand im Dickicht, in Richtung der wartenden Vorhut.

»Pass auf dich auf, Wurro«, meinte Tipperton.

»Du auch.« Mit diesen Worten folgte der Heiler dem Baeron.

Tipperton wartete, bis es heller wurde, und der erste Silberstreif der Sonne am Horizont erschien.

Immer noch rührten sich die Wagen nicht. Es machte den Eindruck, als würden dort alle schlafen.

Schließlich lugte der Rand der Sonne über den Horizont.

Lyra stand mit der Kleidung des toten Rukh getarnt auf seinem Posten und blies das Horn. Der gellende Ton hallte zwischen den Felsen wieder. Dann kletterte sie auf den Fels und stieß erneut ins Horn. Sie hüpfte wie verrückt auf und ab, und fuchtelte mit den Armen herum, während sie immer wieder in Richtung der wartenden Wagenkolonne deutete.

Ein anderer Wachtposten, der hangabwärts stand, nahm ihr Alarmsignal auf. Auch er trug die Kleidung der Rukh, aber er stand auf dem Felsen, zu dem Vail und Elon gegangen waren.

In der vom Bergschatten überzogenen Stadt entstand hektische Betriebsamkeit.

Die Brut griff nach ihren Keulen, Schwertern und Krummsäbeln.

Gezücht stürmte aus der Stadt und auf die Straße, um zu sehen, was geschehen war, um den Alarm auszulösen. Einige, welche die Wagenkolonne gesehen hatten, rannten sofort zurück in ein Gebäude direkt neben der Straße.

In der Stadt selbst gellte ebenfalls ein Signalhorn, und Tipperton sah einige Rukhs, die aus dem Gebäude kamen und auf wartende Pferde stiegen.

Nein! Es waren keine Pferde. Sondern Hèlrösser!

Oh nein. Es befinden sich auch Ghûle unter ihnen!, dachte er.

Er rief sich krampfhaft ins Gedächtnis, was er von ihnen wusste. Sie waren schreckliche Feinde und fast nicht zu töten. Ein Holzpflock durchs Herz, Köpfen und Feuer, mehr fiel ihm nicht ein, um sich dieser grässlichen Kreaturen zu erwahren, als das Gezücht unter ihm in einer wimmelnden Masse auf die Straße drängte.

Lyra sprang von ihrem Posten, lief zurück in das Gehölz und zog sich rasch die Kleidung des toten Rukh aus. Dabei zog sie die Nase kraus. »Ich werde wochenlang Läuse und Flöhe jagen müssen, wenn ich nicht bald baden kann.«

Wieder blies ein Horn, und die Kohorte wandte sich nach Westen, zu der angeblichen Handelskarawane, von der sie glaubten, dass reiche Beute auf sie wartete, und dazu große Pferde, die sie fressen konnten.

»Kommt, Tipperton, Zeit zu reiten.« Lyra und Tipperton sprangen hastig in die Sättel und preschten durch das Gehölz davon.

Als sie aus dem Dickicht auftauchten, sahen sie zwei andere Reiter auf sie zukommen. Erneut schmetterte ein Horn der Rûpt weit unter ihnen. »Es läuft gut!«, rief Lyra Vail und Elon zu. »Genau so, wie Dara Phais es ersonnen hat.«

Versteckt hinter einem Wagen beobachtete Bwen, wie die Wrg auf der Überlandstraße auf sie zustürmten. Sie schwangen Keulen und Schwerter und Krummsäbel. Unter sie mischten sich einige Hèlrösser mit Guula, denen Rutcha und Drôkha folgten.

Sie strich über den Griff ihres Morgensterns, der an

ihrem Gürtel hing, und griff dann nach einem Seil. *»Bheith ar fuirechas!«*, rief sie. Ihr Befehl wurde durch die ganze Wagenkolonne weitergegeben, und zwar nicht nur in der Sprache der Baeron, sondern auch auf Sylva.

Erneut schmetterte ein Horn, und die Kohorte der Rutcha zog sich zu einer breiten Linie auseinander, um gleichzeitig alle Wagen angreifen zu können.

»Go maith!«, knurrte sie leise und grinste. Phais hatte vermutet, dass sie genau das tun würden. Alles lief genau nach Plan.

Erneut schmetterte das Horn der Wrg, und unter triumphierenden Geheul und obszönen Flüchen donnerten die Rutcha an den Hèlrössern und den Guula vorbei, die in ihre Hörner stießen, und hoben ihre Schwerter und Keulen, um die dummen Händler abzuschlachten.

»Ullmhaigh, ullmhaig ...!«, schrie Bwen und packte das Seil fester. *»Fan ... Fan ...«*

Die breite Schlachtreihe der Wrg kam immer näher, gefolgt von den Hèlrössern ...

»Fan ... fan ...«

Die Wrg brüllten und kreischten und hatten die Wagenkolonne beinahe erreicht ...

Da erbebte plötzlich der Boden unter dem Trommeln mächtiger Hufe.

»Anois!«, schrie Bwen und riss mit aller Kraft an dem Seil. *»Anois! Anois!«*

Überall entlang der Linie zogen Baeron an den Seilen. Das Segeltuch über den Karren rollte sich auf, wurde über die Wagen hinweggezogen und ... enthüllte Dylvana, die mit gespannten Bögen auf ihre Feinde warteten.

Ein mächtiges Rauschen ertönte, als eine Pfeilsalve loszischte. Sie fegte direkt auf die Schlachtreihe der Rûkh zu, aber niemand konnte ihr tödliches Flüstern hören, wegen des lauten Gebrülls der Feinde und dem anschwellenden Donner der Hufe.

Tausend Kehlen brüllten auf, und ihr Triumphgeheul schlug augenblicklich in Furcht und Panik um, als die erste Salve in ihre Reihen einschlug. Hunderte stürzten zu Boden.

Noch bevor sie tot auf dem Boden aufschlugen, zischte eine zweite Salve durch die Luft, und erneut fielen zahlreiche Rûpt, noch während sie sich umdrehten und zu fliehen suchten.

Danach donnerte ein Schwadron gewaltiger Pferde in Viererreihen in den fliehenden Feind. Die Baeron rasten mit ihren mächtigen Tieren einfach über die unordentliche Phalanx des Gezüchts hinweg. Glieder, Rippen, Rückgrat und Schädel wurden unter ihren donnernden Hufen zermalmt, ebenso viele wie von den gewaltigen Streitkolben und Morgensternen und Schwertern der Baeron. Blut und Knochen flogen unter den vernichtenden Hieben der Waffen und Hufe in alle Richtungen durch die Luft.

Und zwischen den gewaltigen Pferden galoppierten zwei flinke Ponys umher, auf denen kämpferische Wurrlinge saßen, die mit Pfeilen und Schleuderkugeln den Feind niederstreckten.

Den gewaltigen Rössern der Baeron folgten Dylvana auf leichteren, schnelleren Pferden. Sie mähten mit ihren Schwertern all die Feinde nieder, die noch standen.

Eines der Pferde an der Spitze rammte ein Hèlross. Der Ghûl, der im Sattel saß, war von Pfeilen förmlich gespickt. Das Hèlross stürzte um und wurde zertrampelt, wie auch sein Reiter. Das Krachen der Knochen war weithin zu hören. Doch der leichenblasse Feind stand wieder auf, seinen mit Widerhaken versehenen Speer noch in Händen haltend. Er wich dem nächsten, herangaloppierenden Pferd aus, fletschte seine langen, gelben Zähne zu einem widerlichen Grinsen und rammte dem Baeron im Sattel den Speer in den Bauch. Er stieß ihn aus dem Sattel, aber der Schwung des Mannes schleuderte den Ghûl rücklings zu Boden und entriss ihm den Speer.

Doch als er aufstand und zu dem Gefallenen trat, um ihm den Speer aus dem Leib zu ziehen und ihn frohlockend anstarrte, hörte er einen lauten Schrei. *»Cha!«* Er blickte hoch. Und sah ...

... das Blitzen von Lorics Klinge, als der Elf an dem Ghûl vorbeiritt und ihm mit einem lauten »Tschak« den Kopf abschlug. Die frohlockende Grimasse war auf dem Schädel eingefroren, als er durch die Luft sauste, und direkt vor den Hufen eines anderen Pferdes landete, die ihn zertrampelten. Der kopflose Leichnam des Ghûl hielt den Speer immer noch in den Fäusten, als er langsam umkippte und ebenfalls von donnernden Hufen zerfetzt wurde.

Als die mächtigen Tiere der Baeron, die flinken Ponys der Wurrlinge und die schnellen Pferde der Dylvana ihre erste Angriffswelle ausgeführt hatten, zischte eine weitere Pfeilsalve durch die Luft und tötete die überlebenden Rûpt. Sie wurden von den Pfeilen im Rücken getroffen, als sie flohen.

Jetzt stürmten die Baeron unter der Führung von Bwen hinter den Wagen hervor. Mit ihren langen Beinen holten sie die kleinen Wrg leicht ein. Die Dylvana sprangen von den Wagen herunter und folgten ihnen. Einige schwangen ihre Langmesser, andere verschossen immer noch Pfeile.

Zwei Hèlrösser flohen nach Osten. Sie trugen von zahllosen Pfeilen durchbohrte Ghûl im Sattel.

Sie wurden von Baeron und den beiden Wurrlingen verfolgt, aber die Pferde der Dylvana waren schneller. Phais, Loric, Ruar, Eilor, Elon, Lyra und ein Trupp anderer Elfen galoppierte hinter den fliehenden Ghûlka her. Die Elfen holten mit jedem Galoppsprung auf, und ihre scharfen Klingen glitzerten gefährlich in der Morgensonne.

Als die Baeron erkannten, dass sie die Guula nicht einholen konnten, wendeten sie ihre Pferde und ritten erneut über die kreischenden und flüchtenden Rutcha und Drôkha hinweg.

Es gab nicht mehr viele Überlebende, als die Baeron und die Dylvana die restlichen Fliehenden zu Fuß verfolgten.

Und kurz darauf lebte kein einziger Rûpt mehr.

Ruar und Tipperton führten ihre Pferde am Zügel über das Schlachtfeld zurück zur Wagenkolonne. Sie gingen an den zerschmetterten Feinden vorbei. Es war ein Bild des Grauens. Tote Augen starrten aus zerschmetterten Schädeln in den Himmel, Gliedmaßen hingen lose herab oder standen in grotesken Winkeln ab, Kehlen waren von Pfeilen durchbohrt, Herzen und Eingeweide lagen bloß. Mehr als tausend entstellte Leichen bedeckten das Schlachtfeld.

Tipperton war wie betäubt von dem Anblick des Gemetzels. Das Antlitz des Krieges war wirklich grauenhaft.

»Ihr habt gesagt: *Töten wir sie alle,* Herr Tipperton, und das haben wir getan. Hier könnt Ihr sehen, was wir vollbracht haben. Wir haben den Feind vernichtet.«

»Vielleicht verdienten sie ein solches Ende auch, aber ich kann diesen Anblick nicht beiläufig abtun. Denn wenn ich das täte, würde ich mich nicht mehr von ihnen unterscheiden.«

Sie gingen weiter und kamen an den Krankenkarren vorbei, wo die wenigen Verwundeten versorgt wurden. Beau nähte eine Säbelwunde am Bein eines Baerons. Neben ihm lagen drei mit Tüchern bedeckte Leichen. Zwei waren groß, wie Baeron, einer jedoch kleiner. Es war ein Dylvana.

Ruar ließ die Zügel seines Pferdes fallen und trat zu den Toten. Er hob die Tücher von ihren Gesichtern. Tipperton stieß einen entsetzten Laut aus. Er kannte zwar die Baeron nicht, aber der tote Elf war Lerren, der Kundschafter, der nach Darda Erynian gekommen war, und Vail und Tipperton Ruars Botschaft überbracht und sie abgelöst hatte.

Ruar drehte sich zu Tipperton herum. »Und das ist der Preis, den wir dafür zahlen mussten, dass wir alle getötet haben.«

Der Wurrling brach in Tränen aus.

8. Kapitel

Während die Dylvana Holz und Pinienzweige sammelten, um einen Scheiterhaufen für Lerren zu errichten, zogen die Baeron mit ihren Toten nach Nordwesten zum Rand des Darda Erynians, der etwa drei Werst entfernt lag. Loric ging mit ihnen, weil, wie er sagte, »jemand da sein sollte, der ihre Seelen in den Himmel singt«.

Vail kam zu Tipperton und bat ihn, das Totenritual der Dylvana mit seiner Laute zu begleiten.

Während die Flammen aufloderten, rannen Tip Tränen über die Wangen. Und begleitet von den silberhellen Akkorden, die der Wurrling den Saiten entlockte, erhoben sich mehr als tausend Elfenstimmen zum Totengesang ...

... während in der grünen Stille des Darda Erynians nur eine Stimme die Seelen auf ihrem Weg zum Himmel begleitete.

An den beiden enthaupteten Leichnamen der Ghûl vorbei, die neben ihren zerschmetterten Hélrössern an der Straße lagen, ritt Coron Ruar mit einem Kontingent von Elfen und Baeron und den beiden Wurrlingen am Mittag nach Braeton. Was sie in der Stadt fanden, entsetzte sie. Die vielen unschuldigen Toten, die Verstümmelungen, willkürliche Vernichtung, und das alles überzogen vom Gestank der Verwesung.

Tipperton sah mit grünlichem Gesicht zu Phais hoch. »Das ist zehnmal schlimmer als das, was sie in Stede oder Annory getan haben.«

Beau sah sich um. »Eine Totenstadt ist das hier. Eine schreckliche Stadt der Toten.«

Phais nickte. »Ihr werdet noch mehr dergleichen oder gar Schlimmeres sehen, bis Modru zu Fall gebracht werden kann.«

Ein Horn ertönte am anderen Ende der Straße. Phais seufzte. »Das ist das Signal zum Sammeln.«

Sie stiegen auf und ritten durch die menschenleeren Straßen zurück. Als sich alle gesammelt hatten, erklärte der Coron: »Wir reiten zu den Wagen zurück. Hier können wir nichts mehr tun.«

»Könnten wir sie nicht wenigstens begraben oder verbrennen?«, meinte Beau.

Ruar schüttelte den Kopf. »Nein, Kleiner. Die Toten von Braeton müssen dort liegen bleiben, wo sie gefallen sind, bis dieser Krieg zu Ende ist. Vielleicht kommen dann ihre Verwandten oder andere Menschen und kümmern sich um sie.«

Ruar wandte sich an Bwen. »Gibt es etwas, Wagenführerin, was Ihr aus diesen Ruinen bergen könnt?«

»Aye, ein paar Ballen Buschklee und ein wenig Hafer für die Pferde.«

»Dann tut das.«

»Stellt uns das nicht auf eine Stufe mit den Rukh und ihresgleichen, wenn wir die Toten berauben?«

»Sie haben keine Verwendung mehr dafür!«, murmelte

Tipperton. »Außerdem hat das Gezücht dieses Massaker angerichtet, nicht wir.«

Phais betrachtete die Wurrlinge. »Aye, Beau, Tipperton hat recht. Würden wir töten, um zu plündern, nur dann wären wir nicht besser als sie.«

Beau runzelte die Stirn, sagte jedoch nichts.

Am Nachmittag kehrten die Baeron von der Bestattung ihrer Toten zurück. Sie brachten die restlichen Pferde mit sich, die sie zuvor im Darda Erynian gelassen hatten. Darunter befanden sich auch viele leichtere Pferde der Dylvana.

Am nächsten Morgen folgten die Wagenkolonne und der Reiterzug den vorausreitenden Kundschaftern durch die Rimmen-Kluft. Sie ließen das Schlachtfeld und die Stadt der Toten ebenso hinter sich zurück wie die beiden blätterbedeckten Gräber am Rand des Großen Grünsaals und einen Aschekreis auf der Weide.

Unterwegs überholte eine Elfin auf einem schnellen Hengst Zug und Wagenkolonne und galoppierte weiter zur Vorhut, die etwa eine Meile voraus ritt.

Tipperton, Beau, Vail, Melor, Loric und Phais waren in der Gruppe, die Ruar folgte, als die Kurierreiterin ihr Pferd neben das des Corons lenkte. Das Tier war schweißnass und keuchte.

»Die Verborgenen, mein Coron!«, rief sie. »Sie haben die Horde aus den Ruinen von Caer Lindor vertrieben. Der Schwarm ist voller Entsetzen aus dem Darda Erynian und dem Darda Stor geflohen. Bevor ihnen das jedoch gelang, sind viele von ihnen gefallen. Gut die Hälfte der Rûpt wird nie wieder Modrus Hörnern folgen.«

Ruar ballte die linke Hand zur Faust. »Gut, Dara Cein. Gibt es weitere Kunde?«

»Nein, mein Coron. *Eio Wa Suk* berichtet nicht mehr.«

»Und Caer Lindor? Liegt es in Trümmern?«

»Aye, mein Coron. Jedenfalls berichteten das die Pysk, welche die Botschaft zu uns trugen.«

Ruar schüttelte bedauernd den Kopf, als Cein hinzufügte: »Das verratene Caer ist kein mächtiger Stützpunkt mehr.«

Ruar drehte sich zu Tipperton und Beau herum. »Eure Gefährten wurden gerächt.«

»Die Verborgenen hätten alle töten sollen, das ganze Gezücht!«, zischte Tipperton wütend.

»Mehr als fünftausend sind gefallen, Tipperton.«

»Trotzdem hätten die Verborgenen sie verfolgen sollen, bis sie alle tot waren.«

Phais sah ihn an, als wollte sie ihn fragen, wie viele Tote es brauchte, bis sein Rachedurst gestillt sei. Stattdessen jedoch machte sie eine abwehrende Handbewegung. »Die Verborgenen überschreiten niemals die Grenzen ihrer Dardas.«

»Gelegentlich tun sie das schon«, widersprach Vail.

Phais nickte. »Einzelne, das ist wohl war, manchmal sogar eine Handvoll von ihnen, aber nie das ganze Volk.«

»Reitet eine Weile mit uns!«, rief Ruar Cein zu. »Heute Nacht berichten wir Euch, was seit unserem Aufbruch geschehen ist, sodass Ihr die Kunde nach Birkenhöh zurückbringen könnt.«

Cein wirkte enttäuscht. »Ich hatte gehofft, mit Euch in den Kampf reiten zu können, mein Coron. Aber ich werde Euren Wünschen gehorchen.«

In dieser Nacht lagerten sie etwa fünfundzwanzig Meilen jenseits des Ausgangs der Kluft.

Ruar und Eilor riefen die Kundschafter zusammen und breiteten die Landkarten aus. An der Beratung nahmen Gara und Bwen teil, sowie ein weiterer Baeron, ein großer, dunkelhaariger Mann. Cein war ebenfalls dabei, um die Nachricht jenen zu überbringen, die im Darda Erynian geblieben waren.

Als alle Platz genommen hatten, hub Ruar an zu sprechen. »Wir müssen jetzt unsere Route festlegen, der wir von hier an folgen wollen. Ich habe Euch zusammengerufen, damit die Kundschafter und Krieger gleichzeitig informiert sind.« Ruar sah den dunkelhaarigen Baeron an. »Uryc hat bereits den Ring von Riamon bereist, deshalb ist er hier, um uns zu beraten.«

Eilor reichte dem Mann einen Pfeil, und der legte die Spitze des Schafts auf die Karte, um seine Worte deutlich zu machen. »Minenburg-Nord liegt etwa vierzig Werst nördlich vom Rimmen-Gebirge. Das Land dazwischen besteht aus Hügeln und Ausläufern des Vorgebirges. Es wird gelegentlich von Tälern, Abgründen und Schluchten durchbrochen. Für die Wagen wird die Reise beschwerlich. Wenn Ihr diesen Weg nehmen wollt, solltet Ihr Kundschafter vorausschicken, damit sie die einfachste Strecke finden.«

Tipperton und Vail saßen vorn, damit sie dennoch etwas sehen konnten, obwohl sie so klein von Statur waren. Tipperton verglich seine Skizze von der Landschaft mit der Karte und hob die Hand.

Als Uryc nickte, sagte der Wurrling: »Gibt es keinen einfacheren Weg? Eine Straße oder so etwas? Die Zwerge sind doch Handwerker und Händler, und mir kommt es unwahrscheinlich vor, dass sie sich keinen befestigten Pfad zu ihrer Heimstatt gebaut haben.«

Uryc knurrte und setzte die Pfeilspitze auf eine andere Stelle der Karte. »Aye, sie sind Handwerker und Händler, aber die Straße, die sie gebaut haben, verläuft von Minenburg nach Dael. Von dort aus führen andere südlich zur Überlandstraße, über die sie ihren Handel nach Osten und Westen treiben. Von Dael aus fahren sie auch über das Eisenwasser, durch Rhondor und am Hèl-Kessel vorbei zur Avagon-See.«

Tipperton betrachtete die Karte und blätterte dann sein Buch durch, bis er eine ähnliche Skizze fand. »Warum benutzen wir dann nicht die Straße bis Dael und biegen von dort ab?«

Vail streckte die Hand aus und fuhr mit dem Finger eine Route auf Tippertons Skizzenbuch nach. »Um das zu bewerkstelligen, Tipperton, müssten wir dreißig oder fünfunddreißig Werst nach Osten reisen, und dann erneut dreißig nach Norden. Schließlich müssten wir uns ebenfalls dreißig Werst wieder nach Westen wenden. Das bedeutet, drei Seiten eines Vierecks abzulaufen, statt direkt nach Norden zu gehen.«

Bwen räusperte sich. »Trotzdem hat Tip vielleicht recht, und es ist besser, die Straße zu nehmen. Denn wenn wir Schluchten durchqueren müssen, ist der längere Weg möglicherweise dennoch schneller.«

Gara nickte. »Allerdings. Aber es ist auch Folgendes dazu zu sagen: Sehr wahrscheinlich werden die Straßen bewacht. Wenn wir jedoch durch das Vorgebirge vorrücken, dann können wir den Feind überrumpeln.«

Bwen sah Iryc an. »Wie unwegsam ist das Land?«

Der Hüne betrachtete die Landkarte. »Ziemlich unwegsam. Aber ich habe nur im Hochland meine Fallen aufgestellt. Weiter unten wirkte es ... *bisiû,* besser, allerdings bin ich dort nie gewesen.«

Bwen dachte kurz nach und wandte sich an Gara. »Gut, Häuptling. Die Wahl besteht zwischen hundert Meilen durch wildes Gelände und dreihundert Meilen über die Straße. Wenn das Land zu hinderlich ist, müssen wir den letzteren Weg nehmen, ist es jedoch gut, dann umso besser.«

Die Diskussion dauerte noch etliche Kerzenstriche an, bis schließlich eine Entscheidung herbeigeführt wurde, durch das Argument, dass das Risiko einer Entdeckung auf der Straße zu hoch war. Denn natürlich würde Modru seine Patrouillen dort entlangschicken. Querfeldein hingegen, auch wenn es beschwerlicher war, konnten sie ihr Ziel vermutlich erreichen, ohne das Gezücht auf sich aufmerksam zu machen.

Als Tipperton seine Schlafrolle zu dem Lagerfeuer trug, an dem Beau bereits lag, und ihm von der Entscheidung berichtete, knurrte der andere Wurrling: »Querfeldein, hm, und nicht auf einer gepflasterten Straße? Na gut, Tipperton, sag mir eines: Was passiert mit diesen großen, schweren Wagen, wenn es regnet?«

Zwei Tage lang rollte die Wagenkolonne über das Land. Die massigen Pferde zogen die schweren Wagen, flankiert von Dylvana und Baeron, und gefolgt von einer Nachhut. Direkt vor ihnen befand sich der Reiterzug, und etwa eine Meile voraus die Vorhut. Sie bestand aus Elfen und Menschen und einem einsamen Wurrling, Beau und seinem Pony, der zwischen den großen Pferden fast verschwand. Und noch weiter voraus, drei oder mehr Werst, ritten die Kundschafter. Einige voraus, andere an der

Flanke, wiederum andere hinter der Nachhut. Tipperton und Vail ritten an der Spitze.

Am späten Nachmittag fragte Beau den Dylvana, der neben ihm ritt. »Sagt, Melor, wie weit sind wir nach Eurer Einschätzung gekommen? Ich versuche, anhand der Bergkuppe dort hinten unseren Vormarsch zu ermessen, aber irgendwie scheint sie mir kein Stück näher gekommen zu sein.«

»Die Berge bewegen sich nicht, weil wir nur im Schritt gehen«, antwortete der Elf. »Ein besseres Maß scheint mir zu sein, die Schritte zu zählen, die Euer kleiner Hengst tut.«

»Vielleicht, Melor, aber das wäre eine höchst langweilige Aufgabe.«

Melor lachte. »Sechs Werst höchstens, mein Freund.«

»Sechs Werst?«

»Ich vermute, das ist die Strecke, die wir vorangekommen sind. Sieben vielleicht am Ende des Tages.«

»Sieben Werst, insgesamt also einundzwanzig Meilen. Mal sehen, bei diesem Tempo erreichen wir Minenburg-Nord in ...«

»In zwölf Tagen querfeldein«, meinte Melor. »Zwei haben wir bereits hinter uns, jedenfalls wenn wir heute Abend lagern.«

Beau lächelte. »Oh, so schlecht ist das doch gar nicht, oder?«

»Nein, kleiner Freund«, gab Melor zu, fügte jedoch an: »Natürlich nur, wenn das Land weiterhin so gut passierbar bleibt.«

Zehn Meilen weiter voraus stand Tipperton am Rand eines Abgrundes. »Hier kommen die Wagen nicht durch«, erklärte er.

»Nein.« Vail beschattete ihre Augen mit der linken Hand und spähte nach Osten über den Rand der Schlucht. »Jedenfalls nicht hier.« Sie trieb ihr Pferd an. »Reitet nach Westen, Tipperton, ich wende mich nach Osten. Wir suchen nach einem geeigneten Übergang. Solltet Ihr einen finden, wendet und reitet mir entgegen. Ich mache dasselbe.«

Tipperton nickte, wendete und ritt los.

Er hielt sich nach Westen, entfernte sich von Vail und den Hügeln. Nicht weit entfernt ragte das Rimmen-Gebirge auf und versperrte ihm den Weg. »Wenn wir nicht bald einen geeigneten Übergang finden«, erklärte er seinem Pony, »wird es zu steil und zu zerklüftet für die Wagen.«

Er ritt weiter und weiter, und die steile Schlucht zu seiner Rechten wurde immer schmaler. Nach einer weiteren Meile kam er an einen Felsvorsprung, eine fast senkrechte Erhebung, durch welche die Schlucht verlief. Tipperton ritt daran entlang und sah einen Spalt. Er lenkte das Pony dorthin. Doch als er den Spalt erreichte, sah er, dass er mit Geröll gefüllt war. Er beugte sich vor und tätschelte seinem Tier den Hals. »Nun, mein Freund, ich glaube, dass nicht einmal eine Bergziege dort hinaufkommt, geschweige denn eine Wagenkolonne.«

Er kehrte um und ritt nach Osten, bis er wieder auf Vail stieß, die ihm bereits entgegenritt.

»Wir haben nur einen steilen Felsen gefunden.«

Vail deutete nach Osten. »Etwa eine Meile in diese Richtung befindet sich ein Übergang. Es wird zwar mühsam, aber die Kolonne kommt hinüber.«

»Und weiter im Osten?«

»Ich bin einen Werst weiter geritten, wo mir Arylin entgegenkam. Sie meinte, dass es mindestens drei Werst weiter östlich keinen Übergang gibt. Also ist derjenige, den ich fand, der beste, den wir haben.«

Tipperton neigte unverbindlich den Kopf. »Dann sollten wir zurückreiten und den Weg abstecken.«

Sie ritten nach Osten bis zum Pass, und dann zur Kolonne, wobei sie Wegmarkierungen hinterließen.

Am folgenden Tag meinte Beau zu Melor: »Jetzt verstehe ich, was Ihr damit gemeint habt, dass Ihr hofft, dass das Land so gut passierbar bleibt.«

»Aye«, antwortete Melor und betrachtete den mit Geröll übersäten Übergang. »Das sind Steinschläge vom Rimmen.«

»Aber wir sind doch noch so weit weg vom Gebirge«, protestierte Beau.

»Trotzdem reichen die Steinlawinen bis hierher.«

»Die Felsen werden doch die Achsen nicht zerbrechen, oder?«

Melor zuckte mit den Schultern, sagte jedoch nichts.

Den Rest des Tages ritten sie in finsterem Schweigen weiter, denn die Wagen hinter ihnen wurden von den Bodenwellen und Rissen in dem steinigen Gelände beträchtlich verlangsamt.

Als die Sonne am Horizont unterging, kam die Vorhut zu der breiten, tiefen Schlucht.

»Meine Güte!«, rief Beau aus. »Es muss doch einen besseren Weg als diesen geben?«

Melor blickte sich in beide Richtungen um. »Der Weg ist woanders noch steiler, jedenfalls so weit ich sehe.«

»Und weiter, ich meine, weiter als Ihr sehen könnt?«

Melor zuckte mit den Schultern. »Die Markierungen

der Kundschafter sagen, dass dies hier der beste Übergang ist.«

Sie warteten, bis die Wagenkolonne eintraf. Bwen kam nach vorn geritten. »Fyrra!«, stieß sie hervor, als sie den Hang hinunterblickte und dann die gegenüberliegende Seite musterte. »Man erwartet doch hoffentlich nicht, dass wir unsere Wagen hier durchziehen?«

Ruar seufzte. »Die Kundschafter halten diesen Ort für den besten.«

»Feh! Was weiß ein Kundschafter schon von Karren? Wahrscheinlich glauben sie, dass die Wagen jeden Ort passieren können, durch den sie zu reiten vermögen.«

Gara drehte sich zu ihr um und deutete nach Osten und Westen. »Wollen wir umkehren, Wagenführerin, da es in die beiden Richtungen nur noch schlimmer zu sein scheint?«

»Das habe ich nicht gesagt!«, fuhr Bwen ihn an. »Hoy, Braec!«, schrie sie.

Einer der großen Männer kam zu ihr. »*Naofa* Adon!«, keuchte er, als er den Übergang sah.

»Gehen wir einmal hindurch und überlegen, wie wir den Zug hinüberbekommen«, erklärte Bwen.

Braec sah sie ungläubig an, folgte ihr jedoch hinunter.

Als sie zurückkamen, erklärte Bwen: »Wir machen es so: Wir spannen ein zwei Tiere vor jeden Wagen, wie üblich ...«

»Moment mal!«, mischte sich Beau ein. »Ich bin zwar kein Experte im Wagenlenken, aber mir kommt es vor, dass ein Zweigespann diese Wagen nicht halten kann, ganz gleich wie gut die Bremsen sind. Und sie können sie auch nicht auf der anderen Seite ...«

»Still, Waldan!«, blaffte Bwen ihn finster an. »Lasst mich ausreden!« Dann wurde ihre Miene milder. »Allerdings, ein einziges Gespann kann das nicht bewerkstelligen. Wir werden sie nur als Steuer benutzen, um den Wagen zu lenken. Die eigentliche Arbeit tun die Gespanne aus sechs Pferden, von denen wir jeweils drei an die Seiten der Wagen spannen.«

»Oh.«

Bwen lächelte. »Auf dieser Seite gehen die sechs Pferde rückwärts ...«

»Rückwärts?«, platzte Beau heraus, schlug sich jedoch sogleich die Hand vor den Mund.

Bwen seufzte. »Rückwärts, Waldan, als würden sie den Wagen von dem Hang wegziehen. Aber stattdessen werden sie den Wagen langsam den Hang hinablassen.«

Ruar nickte. »Dann werden sie die Bremse sein.«

»Ihr nehmt mir das Wort aus dem Mund«, verkündete Beau fröhlich.

Bwen blickte finster zwischen Coron und Wurrling hin und her. Letzterer grinste sie scheinheilig an. Dann schüttelte sie den Kopf und fuhr fort: »Sobald der Wagen in der Schlucht ist, werden die Seile gelöst, und die Pferde übernehmen den nächsten Wagen. Das feste Gespann zieht den Wagen dann durch die Schlucht zur anderen Seite, wo erneut Seile befestigt werden, und die Wagen von einem anderen Sechsergespann hochgezogen werden.«

Bwen schwieg, und Braec ergänzte: »Die Gespanne hier und drüben werden abwechselnd eingesetzt, damit sich jeweils zwei ausruhen können. Schneller geht es nicht.«

»Gut«, meinte Ruar. »Beginnen wir gleich morgen früh.«

Am nächsten Tag machten sie es genauso, wie die Karrenführerin es gesagt hatte.

Trotzdem gelangten nur zwei Wagen pro Kerzenstrich durch die Schlucht, und im Laufe des Tages wurden alle Gespanne mehrmals ausgetauscht, weil es eine sehr schwere Arbeit war.

Sie arbeiteten den ganzen Tag bis in die Nacht hinein, um die ganze Wagenkolonne durch die Schlucht zu schaffen. Als der letzte Wagen schließlich im Licht der Fackeln die andere Seite erreichte, sagte Bwen zu Gara: »Nun, Häuptling, wenn noch mehr Schluchten auf unserem Weg liegen, wird es schneien, bevor wir Minenburg erreichen.«

Drei Tage später ritten Tipperton und Vail unter einem grauen Gewitterhimmel in das Lager ein. Coron Ruar hatte nach ihnen geschickt. Erneut wurden sie zum Kriegsrat gerufen, wo Ruar sie begrüßte. »Morgen möchte ich Euch weiter voraus schicken. Wir haben den halben Weg zurückgelegt, und Minenburg-Nord liegt nur noch zwanzig Werst entfernt. Nehmt ein frisches Pferd und ein zusätzliches Packpferd mit, denn ich möchte nicht, dass Ihr im Notfall von einem lahmen oder müden Pferd aufgehalten werdet.«

Tipperton schaute auf sein Pony und dann auf ein Pferd und seufzte. »Ich würde gern auf meinem Pony reiten, Coron.«

»Das könnt Ihr tun, Tipperton. Aber solltet Ihr und Dara Vail Grund haben, die Flucht anzutreten, müsst Ihr es zurücklassen und ein schnelleres Pferd nehmen.«

Tipperton nickte unglücklich.

»Soll noch jemand mit uns reiten?« Vail sah Eilor an. »Der als Kurier zwischen uns und Euch fungieren kann?« Die Frage richtete sie an Ruar.

»Wenn wir nah genug an Minenburg sind, sagen wir zehn Werst, dann werde ich Dalon schicken«, erklärte Eilor.

Phais und Loric saßen sich in dem Kreis gegenüber. Die Elfin räusperte sich.

»Was wollt Ihr sagen, Dara?«, fragte Ruar.

»Nur so viel, Alor Ruar: Loric und ich haben den Auftrag bekommen, dafür zu sorgen, dass die Wurrlinge sicher zu König Agron gelangen. Und die Aufgabe, die Ihr jetzt Herrn Tipperton gegeben habt ...«

»Moment!«, warf Tipperton ein. »Ich habe gebeten, als Kundschafter eingesetzt zu werden, und ich werde diesen Auftrag auch erfüllen ...«

Phais hob die Hand. »Ich habe keine Einwände, dass Ihr weit voraus reitet, Tipperton. Ich meine nur, dass Ihr von Alor Loric oder mir begleitet werden solltet.«

Tipperton sah Vail an, und Phais fuhr fort. »Wie auch von Dara Vail.«

Tipperton sah Beau an. »Und was ist mit ...?«

»Ich könnte auch als Kundschafter dienen«, warf Beau ein.

Ruar schüttelte den Kopf. »Nein, ich werde nicht Euer beider Leben aufs Spiel setzen. Sollte einer fallen, muss der andere den Auftrag ausführen.«

Beau runzelte die Stirn. »Wenn Ihr wollt, Herr Ruar, bleibe ich an Eurer Seite.«

»Und ich reite mit Herrn Tipperton«, erklärte Loric.

»Aber dann werdet Ihr und Lady Phais getrennt.«

Loric zuckte mit den Schultern. »So ist der Krieg.«

In dieser Nacht fing es an zu regnen. Im Westen donnerte ein Gewitter und Blitze zuckten über den Himmel, und als der Morgen anbrach, war der Himmel grau und abweisend, während die Fluten sich unablässig aus den Wolken ergossen. Vail, Tipperton und Loric sattelten ihre Pferde, zwei Reservepferde und ein Packpferd. Beau stapfte mit Phais an seiner Seite durch den aufgeweichten Boden.

Tipperton wollte nach der Münze greifen, aber Beau schüttelte den Kopf. »Ich habe dir schon einmal gesagt, Tip, und das sage ich dir gerne noch mal, dass ich die Münze nicht mehr für dich verwahren werde. Du musst dein Leben schützen und sie persönlich abliefern. Also pass auf dich auf, Wurro, und das ist ein Befehl.«

Tipperton grinste und schüttelte den Kopf. »Wohlan denn, mein Freund, vielleicht kannst du wenigstens die Laute in deinem Wagen sicher verwahren.«

Erneut schüttelte der Heiler den Kopf. »Hör zu, Lady Jaith hat sie dir geschenkt und gesagt, dass Barden immer ihre Laute dabeihaben, wohin sie auch gehen. Wenn du sie dabeihast, wirst du noch besser auf dich aufpassen, und das ist mir gerade recht. Außerdem habe ich keinen Platz im Wagen.«

»Beau, dir wäre es am liebsten, wenn ich herumschleichen und vor meinem eigenen Schatten Angst hätte, dabei ist bei unserer Aufgabe möglicherweise mehr Kühnheit als Vorsicht gefragt.«

»Wenn du kühn sein willst, Wurro, dann sei trotzdem vorsichtig«, erklärte Beau und sah überrascht hoch, als Vail, Phais und Loric in schallendes Gelächter ausbrachen.

Schließlich waren sie so weit. Tipperton und Beau umarmten sich, dann stieg Tipperton auf sein Pony und folgte Vail. Der Wurrling zog das Packpferd hinter sich her. Phais und Loric umarmten sich fest und küssten sich zärtlich und lange. Dann stieg Loric ebenfalls in den Sattel, wendete seinen Hengst und folgte Vail und Tipperton hinaus in den strömenden Regen. In den Bergen grollte noch immer der Donner.

Phais und Beau sahen ihnen nach, und als sie von dem Grau verschluckt wurden, nahm der Wurrling die Hand der Dara und gemeinsam gingen sie an dem Wagenzug entlang, während es unaufhörlich regnete.

An diesem Tag zogen die Wagenlenker die Kolonne absichtlich weit auseinander, damit niemand direkt in den Spuren des Vordermannes fahren musste. Trotzdem sackten in der regennassen Erde manche Wagen ein und mussten von mehreren Pferdegespannen herausgezogen werden. Folglich kamen sie nur langsam voran, und am Abend hatten sie nur sechs Meilen geschafft. Die letzten Wagen trafen erst lange nach den ersten im Lager ein.

Es regnete unablässig weiter. Beau saß unter einer Plane, die zwischen seinem Krankenkarren und zwei Pfählen aufgespannt war. »Puh! Und ich dachte, Armeen würden ein Land schnell durchqueren können. Aber wie lange sind wir schon unterwegs? Acht Tage? Ja, acht Tage, seit wir querfeldein gefahren sind, und wir haben erst siebzig Meilen geschafft.«

»Nicht einmal«, wandte Phais ein. »Nur achtundsechzig Meilen.«

»Dann frage ich Euch: Kommen Armeen immer so langsam voran?«

»Ja, wenn sie einen so großen Tross dabeihaben«, erklärte Melor.

Phais nickte zustimmend. »Aber ich habe von Loric gehört, dass die Vanadurin ...«

»Wer?«, fragte Beau.

»Die Vanadurin, die Reiter aus den Steppen von Jord.«

»Oh.«

»Loric hat gesagt, dass sie gewaltige Entfernung in überraschend kurzer Zeit zurücklegen können.«

»In welcher Zeit?«

Phais sah den Wurrling an. »Auf offener Steppe schaffen sie fünfzig Meilen am Tag, mehrere Tage hintereinander, und das ohne frische Pferde.«

»Fünfzig ...?«

»Ich habe das auch gehört«, erklärte Melor. »Es hat etwas damit zu tun, dass sie ständig die Gangart wechseln. Sie nennen es den Langen Ritt, glaube ich.«

»Aye«, stimmte Phais ihm zu. »Loric sagt, dass sie außerdem großartige Pferde haben, denen sie die beste Behandlung angedeihen lassen. Sie bekommen bestes Gras, erlesenes Getreide und gutes Wasser, und sie trainieren ihre Ausdauer und lehren sie die Künste des Krieges.«

»Fünfzig Meilen am Tag.« Beau dachte über die Zahlen nach, die Phais genannt hatte. »Und wie viel schaffen wir? Zehn?« Er sah Melor an und grinste. »Wir brauchen eine neue Armee, was?«

Etwa fünfundzwanzig Meilen entfernt starrte Tipperton bestürzt auf eine weitere Schlucht, durch die ein rauschender Fluss strömte. »Meiner Treu, hier bekommen sie die Wagen nicht so schnell hinüber.«

Loric stand auf und sah Vail an. »Sie sind noch zwei bis drei Tage hinter uns, angesichts des aufgeweichten Bodens.«

»Das hier ist schlimmer als die Sumpfebene«, knurrte Tipperton.

»Die Sumpfebene?«, fragte Vail.

»Ein Übergang über den Fluss Wilder. Eine Furt, wenn die Ufer trocken sind, und ein Moor, wenn es regnet.«

Loric deutete nach Süden. »Das Land dahinter ist nicht ganz so schlimm, Tipperton. Trotzdem, wenn die Wagenkolonne hier ankommt, wird der Fluss zu einem reißenden Strom angeschwollen sein, denn er kommt aus dem Rimmen, wo der Sturm am stärksten wütet. Es wird Tage dauern, bis er wieder abschwillt.«

»Morgen werden wir nach einer Furt suchen«, erklärte Vail. »Dann warten wir darauf, dass unsere Botenreiter kommen und zeigen ihnen, was wir gefunden haben. Sie können die Kunde zur Kolonne bringen.«

»Und wenn es keinen Übergang gibt?«, fragte Tipperton. »Was dann?«

»Dann werden wir und die Kolonne warten, bis das Wasser zurückgeht und die Schlucht auf dieselbe Weise überqueren wie die letzte.«

Tipperton seufzte frustriert.

Loric sah sich um. »Suchen wir nach einem Ort, wo wir trotz des Wetters einigermaßen trocken lagern können.«

Sie stiegen auf und ritten zu den Bergen hinauf, in der Hoffnung, eine Höhle, einen Wald oder zumindest einen Überhang zu finden.

In der Nacht ließ der Regen nach, und am Morgen nieselte es nur noch ein wenig. Als die Wagenkolonne aufbrach, wobei die einzelnen Wagen wieder deutlich Abstand hielten, wurden Haupttross und Vorhut noch weiter getrennt. »Es ist schon übel genug, durch diese nassen Hügel zu rollen, auch ohne dass Ihr sie noch aufwühlt!«, hatte Bwen Ruar zugerufen.

Erneut mussten viele Wagen von mehreren Pferden

aus dem Schlamm gezogen werden. Und noch bevor sie eine halbe Meile gefahren waren, gerieten die ersten Wagen ins Stocken.

»Himmel!«, schrie Tipperton, um das Donnern zu übertönen. »Ich glaube, ich könnte mit meinem Pony darüber springen!«

Er schaute über den Spalt der schmalen Felsschlucht, die kaum sieben Meter breit war. Zwanzig Meter unter ihnen rauschte das Wasser des Flusses durch den schmalen Spalt.

Loric drehte sich zu Vail herum. »Falls wir genug Holz finden, können wir hier hinüber!«

»Eine Brücke?«, schrie Loric.

»Aye. Aber die Stämme müssten stark sein.«

Vail sah sich um. »Im Osten stehen nicht genug große Bäume. Vielleicht finden wir ein Gehölz in den Tälern des Rimmen.«

»Bäume brauchen Wasser, um zu wachsen!«, rief Tipperton. »Und wenn der Fluss jedes Mal anschwillt, wenn es regnet, würde ich stromabwärts suchen.«

Loric lächelte den Wurrling an und nickte, dann stieg das Trio auf und ritt nach Westen weiter.

Gegen Mittag hörte es ganz auf zu regnen. Beau streifte seine Kapuze zurück und schaute dankbar zum Himmel. Im Verlauf des Tages riss die graue Bewölkung auf, und blaue Flecken tauchten auf. Als die Kolonne am Abend anhielt und ein Lager aufschlug, zogen nur noch weiße Wolken über den Himmel.

Trotzdem hatten sie wegen des aufgeweichten Bodens nur fünf Meilen zurückgelegt.

Beim Essen sagte Phais: »Heute ist Herbsttag, der Tag, an dem Licht und Dunkel sich die Waage halten. In der Nacht werden wir feiern.«

Melor sah hoch und nickte, aber Beau erblasste. »Meiner Treu, was für ein finsterer Gedanke.«

Phais warf ihm einen überraschten Blick zu. »Finster?«

»Aber Lady Phais, von jetzt an wird das Dunkel die Oberhand gewinnen. Ich hoffe, dass ist kein böses Omen.«

Phais zog den Wurrling an sich. »Habt keine Furcht, kleiner Freund. Denn dieser Tag markiert nur den Wechsel der Jahreszeiten, und wir feiern die Ernte.«

Beau nickte, aber seine trübe Miene hellte sich nicht auf.

In dieser Nacht beobachteten die Baeron staunend, wie tausend Dylvana und eine Lian den Herbsttag mit einem feierlichen Tanz begangen. Und zwischen den sich drehenden und singenden Elfen tanzte und sang und drehte sich auch ein einsamer kleiner Wurrling.

Mehr als zwanzig Meilen von ihnen entfernt, in einem Gehölz aus hohen Pinien, feierten drei weitere Gestalten das Ritual unter dem abnehmenden Mond.

»Eine Brücke?«

»Aye, Lady Bwen«, erwiderte Ruar. »Vorausgesetzt, Ihr habt in Euren Wagen das notwendige Gerät, um sie zu errichten.«

»Wir haben Äxte und Sägen, das schon.«

Ruar wandte sich an Gara. »Eure Pferde sind besser geeignet, die schweren Stämme zur Enge zu schleppen.«

Gara nickte. »Ich versammle einige Männer, die der Lady Vail zum Gehölz folgen sollen. Wenn Ihr die Schlucht erreicht«, sagte er zu Bwen, »sollte die Brücke stehen.«

Bwen kratzte sich den Kopf und warf einen kurzen Blick zur Sonne hinauf. Dann schlug sie mit der Hand gegen den schlammbespritzten Karren, der neben ihr stand. »Macht sie solide, Häuptling, denn sie muss einiges tragen.«

Nach sechs Kerzenstrichen folgten vielleicht zweihundert Baeron Vail zu dem Wäldchen. Sie hatten Äxte, Sägen, Ahlen, Bohrer, Seile und andere Werkzeuge dabei.

Bis zum Abend hatte die Wagenkolonne weitere sechs Meilen zurückgelegt.

Am nächsten Tag schafften sie insgesamt sieben und ebenso am übernächsten Tag. Sie wurden vor allem durch das steinige, unwegsame Gelände behindert, weniger durch den aufgeweichten Boden. Als der Abend anbrach, hatten sie die Schlucht erreicht.

Und wie versprochen, spannte sich eine Brücke darüber.

»Meiner Treu!«, stieß Beau hervor. Er stand neben Tipperton und betrachtete das Bauwerk.

Es bestand aus fast fünfzehn Meter langen Stämmen, die mit Seilen und Tauen zusammengebunden waren, die von Querbalken unterstützt wurden und die Kluft überspannten. Sie waren mit langen, schweren Pflöcken gesichert, welche in Löchern steckten, die von den Baeron mit ihren Ahlen gebohrt worden waren. Über die Stämme waren roh gezimmerte Planken gelegt und festgenagelt worden. Flache Rampen führten an den Enden dieser Brücke hinab. Sie war knapp fünf Meter breit, aber von keinerlei Geländer geschützt.

Durch die Kluft unter ihnen strömte der reißende Fluss.

»Himmel!«, rief Beau, um das Rauschen zu übertönen. »Wie habt ihr das so rasch geschafft?«

Tipperton lächelte. »Wenn zweihundert dieser riesigen Baeron ihre Äxte schwingen und die Sägen singen lassen, ist das kein Problem.«

»Und wie habt ihr die Stämme über die Kluft bekommen?«

»Ganz einfach, Beau. Stromaufwärts war die Schlucht schmal genug, dass einige der Baeron mit ihren Pferden übersetzen konnten. Sie sind einfach auf der anderen Seite hierhergeritten. Dann haben sie mit Seilen einen Stamm nach dem anderen über die Kluft gezogen. Danach war es ein Kinderspiel. Jedenfalls für die Baeron. Hätten Wurrlinge die Brücke allein erbauen sollen, würden wir immer noch im Tal Bäume fällen.«

Am nächsten Morgen rumpelten die Gefährte nacheinander über die Brücke. Die Hufe klapperten hohl auf der Holzbrücke, und die Stämme ächzten unter dem Gewicht von Rössern und Wagen, ihrer Fracht und den Kutschern. Ein Wagen nach dem anderen fuhr hinüber, während die beiden Wurrlinge von der anderen Seite aus zusahen. Sie waren mit der Vorhut bereits hinübergeritten. Der Rest des Zuges mischte sich zwischen die Wagen, während die Nachhut und die Kundschafter als Letzte hinüberritten.

Die großen, friedfertigen Pferde der Baeron schienen sich nicht an der tiefen Kluft zu stören. Als jedoch Tipperton auf seinem Pony über die Brücke geritten war, hatte er sich so weit wie möglich in der Mitte gehalten und sich gehütet, in die Tiefe zu blicken.

Jetzt standen Beau und er da und sahen dem Tross bei der Überquerung zu. Beau deutete zum rauschenden Fluss hinab. Allerdings war er nicht mehr so ungestüm wie zuvor. »Jetzt haben wir wieder eine Schlucht überwunden. Hoffen wir, dass wir auf dem Weg zu unserem Ziel keine weitere mehr vorfinden.«

»Das hoffe ich auch, Beau. Wir haben noch zehn Werst vor uns, das sind dreißig Meilen bis Minenburg. Vail, Loric und ich sollten noch vor dem Abend auf die Zwergenfestung treffen. Spätestens aber morgen früh.«

Beau dachte nach. »Bei der Geschwindigkeit, mit der die Wagenkolonne sich bewegt, wird es Winter sein, bevor wir dort eintreffen.«

»Winter?«

Beau lächelte. »Vielleicht nicht Winter, aber bestimmt brauchen wir noch drei oder vier Tage.«

In diesem Moment tauchten Loric und Vail auf. Der Lian und die Dylvana hatten ein Packpferd und zwei Ersatzpferde dabei. »Wir müssen weiter, Tipperton«, sagte Loric.

Tipperton stieg auf sein Pony und nahm den Zügel des Packpferdes. Er drehte sich zu Beau herum und atmete einmal tief durch. »Bis bald, Wurro. Wir sehen uns in drei Tagen.«

»Pass auf dich auch, Tip.«

Tipperton legt grüßend die Hand an die Mütze, wendete sein Pferd und ritt mit Loric und Vail nach Norden. Sie passierten die Wagenkolonne und waren dann hinter einem Felsvorsprung verschwunden.

Beau seufzte, und als er sich umdrehte, um sein Pony zu besteigen, sah er, dass Phais bereits im Sattel saß und auf ihn wartete.

»Hist!«, zischte Loric. »Ich höre etwas.«

Die Mondsichel stand hoch am Himmel, und in ihrem Licht betrachtete Tipperton den Abhang unter ihnen.

Sie waren zweiundzwanzig Meilen durch das zerklüftete Land geritten, und als die Nacht anbrach, hatten sie etwa acht Meilen vor Minenburg ein Lager errichtet, ohne jedoch ein Feuer zu entzünden.

Jetzt hörte auch Tipperton das leise metallische Geklirr von Rüstungen und das Klopfen von Hufen auf dem lang gestreckten Abhang.

»Haltet Euren Pferden die Nüstern zu«, zischte Vail. Sie eilten zu den Tieren und flüsterten ihnen beruhigende Worte in die nervös zuckenden Ohren. Tippertons Pony genoss die Streicheleinheiten, als wären sie längst überfällig gewesen.

Plötzlich warf das Packpferd den Kopf hoch und schnaubte.

Die Bewegungen unter ihnen kamen klirrend zum Stillstand.

»Macht Eure Waffen bereit!«, zischte Loric und zog sein Schwert. Vail und Tipperton nahmen ihre Bögen und legten Pfeile auf die Sehnen.

»Fertig zur Flucht!«, flüsterte Vail.

Dann krochen sie zu dem kleinen Felsvorsprung.

Tipperton schlug das Herz bis zum Hals, und er stieß ein kaum vernehmliches Stöhnen aus, als er unter sich eine Abteilung bewaffneter Berittener sah. Sie waren kampfbereit, und standen lauschend da, während sie sich umsahen und versuchten, in der Dunkelheit etwas zu erkennen.

9. Kapitel

»An ihrer Spitze ist der Bannerträger«, flüsterte Loric.

»Welches Emblem zeigt das Banner?«, fragte Tipperton wispernd.

»Einen Ring ...«

Tips Magen krampfte sich zusammen. *Ein Ring aus Feuer?*

»... aus Silber.«

Kein Feuer! Gut!

Vail trat vor, und die Elfin war in dem Mondlicht deutlich zu erkennen. »Hál, Männer aus Riamon!«, rief sie. »Wir sind aus dem Darda Erynian, dem Großen Grünsaal!«

Ein Pfeil zischte durch die Nacht. Aber er verfehlte Vail, die sich nicht rührte, um mehrere Meter. Am Kopf der Abteilung bellte jemand einen Befehl. *»Staande houden!«*

Die Waffen wurden zwar gesenkt, aber noch bereit gehalten.

»Zeigt Euch, alle!«, verlangte dieselbe Stimme.

»Wir sind nur drei!«, rief Vail zurück.

Tipperton und Loric traten ebenfalls vor.

»Ihr habt ein Kind dabei?«

»Ich bin kein Kind!«, rief Tipperton verschnupft und hob seinen Bogen über den Kopf, was zur Folge hatte, dass die Reiter unten am Hang ihre Waffen ebenfalls sofort wieder hoben und ihn als Ziel anvisierten. »Sondern ein Wurrling!«

»Ik zeggen staande houden!«, blaffte die Stimme erneut, und die Waffen wurden erneut gesenkt. Tipperton nahm seinen Bogen ebenfalls hastig wieder herunter.

»Habt Ihr gesagt, Ihr seid einer vom *Volksklein*? Dem Kleinen Volk?«

»Ich weiß nicht, ob ich einer von diesen bin, aber ich bin auf jeden Fall ein Wurrling!«

Unten wurde geflüstert, und dann ertönte die Stimme erneut. »Ich wusste nicht, dass Waldan im Schwarzen Wald leben.«

»Das tun sie auch nicht«, antwortete jetzt Loric. »Herr Tipperton kommt aus dem Wilderland jenseits des Grimmwalls, ich selbst komme aus dem Verborgenen Land, während Dara Vail aus dem Darda Erynian stammt, den Ihr den Schwarzen Wald nennt.«

»Und wie lautet Euer Name?«

»Er ist Lord Loric, ein Wächter der Lian«, erklärte Tipperton. »Und wer, zum Donner, seid Ihr?«

»Er ist ein Waldan«, meinte ein anderer. »Genau wie die kleinen Leute in Quellwasser.«

Tippertons Herz krampfte sich zusammen, als er diesen Namen hörte, denn Quellwasser war das Dorf gewesen, in dem Rynna gelebt hatte.

»Ich bin Lord Loden von Dael!«, antwortete der erste Mann, offenbar der Anführer der Krieger.

»Wohlan, Lord Loden«, erklärte Vail. »Dass wir uns hier treffen verändert unseren Abend, und möglicherweise auch Euren, denn vermutlich haben wir den gleichen dunklen Feind gemeinsam.«

»Falls Ihr gegen Modru und seine Handlanger kämpft, dann machen wir allerdings gemeinsame Sache, und wir heißen Euch in unseren Reihen willkommen. Wir sind zwar nur eine Brigade, aber wir müssen es mit einer Horde aufnehmen. Also sind wir froh über jeden, der ebenfalls eine Waffe gegen den Feind führt.«

»Würdet Ihr statt dreier Kundschafter nicht lieber fünfzehnhundert Kampfgefährten begrüßen?«

»Fünfzehnhundert? Beliebt Ihr zu scherzen, Lady?«

»Nein, Lord Loden, keineswegs.«

Unten wurden hastig gemurmelte Worte getauscht, dann stiegen einige Gestalten von ihren Pferden und kamen den Hang hinauf, während der Rest der Brigade in die Senke ritt.

Tipperton sah, dass eine der Gestalten, die den Hang hinaufkamen, mindestens einen Kopf kleiner war als die anderen, aber mehr als anderthalb mal so breite Schultern hatte. »Das ist ein Zwerg«, murmelte er.

»Aye«, erklärte Loric, »das ist er.«

»Gut.« Loden trug einen Kettenpanzer, hatte seinen Helm abgesetzt und die Kapuze zurückgestreift. Sein honigblondes Haar war kurz geschnitten, und seine blassblauen Augen funkelten im Licht des abnehmenden Mondes. »Es ist wahrlich ein Glücksfall, dass wir zusammengetroffen sind, denn mit unseren vereinten Streitkräften können wir die Brut jetzt direkt angreifen.«

»Mein Prinz«, sagte einer aus Lodens Eskorte, ein älterer Mann mit einem weißen Bart.

Prinz? Tipperton hob die Brauen und sah von Loden zu Loric. Der Elf zuckte nur mit den Schultern.

»Ja, Tain?« Loden sah seinen Ratgeber an.

»Mein Prinz, es ist eine ganze Horde, zehntausend Rutcha und ihresgleichen, und selbst wenn wir unsere Streitkräfte vereinen, sind wir ihnen noch zahlenmäßig unterlegen.«

»Du vergisst die Châkka«, knurrte der Zwerg, setzte seinen schlichten Eisenhelm ab und strich sich das dunkelbraune Haar aus der Stirn. »Wenn die Armee der Elfen und Baeron und die Männer aus Dael von dieser Seite angreifen, und die Châkka von der anderen Seite, werden wir sie in die Zange nehmen und zermalmen.«

»Und wie wollt Ihr einen solchen Angriff koordinieren, Lord Bekki?«, erkundigte sich Tain.

Der Blick des Zwerges wurde undurchdringlich, und er setzte den Helm wieder auf. »Es gibt einen Weg, keine Sorge.«

Tipperton erinnerte sich an einen ganz ähnlichen Ausdruck auf Raggis Gesicht, als Ralk ihm befohlen hatte, die kleine Gruppe zu einem geheimen Pass der Zwerge zu führen.

Er drehte sich zu Loric herum. »Erinnert Euch an den va Chuka.«

Loric sah den Wurrling an, lächelte und drehte sich dann zu Bekki herum. *»Bekki, en ke, det ta a Châkka na?«*

Bekki sah ihn überrascht an. *»Det ta.«*

Loric hob eine Hand. *»A na ke ein, ti?«*

Bekki nickte. *»Ti.«*

»Kala!«, rief Loric und sah die anderen an. »Allerdings. Wenn wir zuschlagen, greifen auch die Drimma an.«

»Aber woher wollen wir wissen ...?«, begann Tain.

Loden unterbrach seinen Ratgeber, indem er die Hand hob. »Das Wort eines Zwerges und das eines Wächters genügen mir.«

»Aber ...«

»Akzeptiert es, Tain.«

Tain senkte den Kopf. »Wie Ihr befehlt, mein Prinz.«

Loden sah Vail an. »Wir müssen Euren Coron und den Häuptling der Baeron über unsere Allianz in Kenntnis setzen.«

Vail warf einen kurzen Blick auf Loric. »Ich reite zurück, denn ich habe das schnellste Pferd.«

»Und was ist mit Arylin?«, fragte Tipperton. »Sie sollte doch bald kommen.«

»Nicht vor morgen Vormittag«, antwortete Vail. »Ich bin vorher wieder zurück.«

Als Loric den fragenden Blick des Prinzen bemerkte, erklärte er: »Arylin ist die Botenreiterin zwischen uns und der Armee.«

»Ah«, sagte Loden. »Ein Kurier.« Er drehte sich zu einem jungen Mann neben ihm um. »Brandt, ich möchte, dass du Vail als meinen Unterhändler begleitest.«

»Aber Bruder, ich wäre lieber an deiner Seite!«, protestierte der Jüngling. Sein Blick glitt über Tain und blieb auf Bekki haften. »Lass Bekki an meiner Stelle gehen. Er kann erklären, wie wir es anstellen wollen, sie wie eine faule Frucht zu zerquetschen. Wir haben genug Pferde, also kann er eines ...«

Bekki erbleichte und hob abwehrend die Hände. »Niemals, Prinz Brandt, ich setze mich auf kein Pferd.«

Tipperton sah den Zwerg verwirrt an. *Schon wieder ein Zwergenkrieger, der sich weigert, ein Pferd zu besteigen. Sie haben doch bestimmt keine Angst vor ...*

»Brandt, ich habe mich entschieden«, fuhr Loden auf. »Du gehst an meiner statt. Denn du kennst unsere Stärke und den Weg zu unserem versteckten Lager. Außerdem kannst du der Wagenkolonne den einfachsten Weg zu einem Treffpunkt zeigen.«

Also ritten Vail und Brandt bei Tagesanbruch nach Süden. Jeder hatte zwei Ersatzpferde dabei. Tipperton stand auf einem Hügel und sah ihnen nach. Als sie den Fuß des Hügels erreichten und hinter einem anderen verschwanden, fragte er Loric: »Und was jetzt?«

Loric sah Loden fragend an. »Jetzt, Waldan«, erklärte der Prinz, »reiten wir zu unserem verborgenen Lager.«

Tipperton und Loric ritten mit dem Packpferd am Zügel hinter Loden, Tain und Bekki den Nordhang des Hügels herunter und in die Senke. Sie folgten der schmalen Schlucht, die nach Nordwesten abbog und ins Vorgebirge des Rimmen-Gebirges führte.

Bekki ließ sich neben Loric zurückfallen. »Du sprichst Châkur«, stellte er fest.

»Aye«, erwiderte Loric. »Seit einem Schiffsunglück vor langer Zeit. Die einzigen Überlebenden waren ein Zwerg namens Kelek und ich. Wir sind auf einer Insel gestrandet. Er lehrte mich Châkur und ich ihn Sylva.«

»Er muss großes Vertrauen zu dir gehabt haben.«

»*Ti.* Vor der Havarie sind wir viele Jahre zusammen gereist, und haben oft Rücken an Rücken gekämpft. Er hat mir oft das Leben gerettet.«

Bekki sah Loric eindringlich an, als wollte er sein Innerstes erforschen. *»Og at da haun ve vam efil dat?«*

Loric lachte. »Wir haben uns so oft gegenseitig den Hals gerettet, dass wir aufgehört haben zu zählen.«

»Wir seid Ihr von der Insel heruntergekommen?«, wollte Tipperton wissen.

»Ha, das ist eine schöne Geschichte! Die Insel war zwar einigermaßen groß, aber kaum bewaldet. Wir haben im

Meer gefischt, mit Netzen, die ich aus den Fasern eines dornigen Busches angefertigt hatte. Wir haben auch Vögel gefangen, und ihre Nester ausgeraubt, die sie auf den hohen Klippen angelegt hatten. Kelek war ein großartiger Kletterer, und meistens hat er die Eier geholt. Unsere Lieblingsspeise war eine blaue Krabbe, aber die konnten wir nur sehr selten erbeuten.

Eines Tages fingen wir in einem tiefen Becken einen Hai, der uns viele Mahlzeiten lieferte, obwohl Haifleisch nicht sonderlich gut schmeckt.

Aber seine Haut war sehr wertvoll für uns, denn daraus konnten wir ein Boot bauen, wenn es uns gelang, noch mehr von seiner Art zu fangen, und falls wir etwas finden konnten, was einen guten Rahmen abgab.

Wir hatten Glück. Denn kurz darauf entdeckten wir an einem anderen Ende der Insel die Reste eines gestrandeten Tiers, das die Fjordländer einen Nâhvalr nennen.«

»Einen was?«, fragte Tipperton nach.

»Einen Nâhvalr«, wiederholte Loric. »Das ist eine Art Wal mit einer gefleckten Haut. Jedes Männchen hat einen spiralförmigen Stoßzahn. Sie leben am Rand des Eises im Hohen Norden. Ich weiß nicht, was unser Exemplar in die Gewässer des Hellen Meeres verschlagen hatte. Aber sein Kadaver rollte in der Brandung.«

»Oh«, meinte Tipperton. »Und ... war das ein Männchen?«

»Aye, denn sein Stoßzahn ragte hoch wie das eines gehörnten Pferdes, nur länger, viel, viel länger ...«

Tipperton sah ihn erstaunt an. »Ein gehörntes Pf...?«

»Still, Waldan«, knurrte Bekki. »Lass ihn zu Ende erzählen.«

Tipperton warf dem Zwerg einen aufgebrachten Blick zu, hielt aber den Mund.

»Ich weiß nicht, was den Nâhvalr getötet hatte, denn jede Spur davon war längst vergangen. Es waren nur die Knochen und Reste faulenden Fleisches übrig. Die Fische und Krabben hatten ihren Teil getan, aber sie hatten nicht alles gefressen.

›Dort schwimmt unser Boot!‹, sagte ich zu Kelek. Wir liefen zu dem Skelett. Der Fäulnisgestank war zwar ekelerregend, aber wir hielten so gut wie möglich die Luft an und zerrten die Reste an Land, in die Dünen. Allein hätte ich das nicht geschafft, aber Kelek war ungeheuer stark.

In den nächsten Tagen aßen wir Krabbenfleisch satt, denn die Tiere konnten dem großen Fleischbrocken nicht widerstehen, ebenso wenig wie die Vögel. Wir überließen ihnen gern die Arbeit, die Knochen sauber abzunagen.

Es dauerte ein Jahr, bis wir genug Haie in das tiefe Becken gelockt hatten, und uns ihrer Häute bemächtigten, obwohl wir auch das Fleisch nicht verschmähten.

Schließlich hatten wir aus den Knochen des Nâhvalr das Gerippe für unser Boot gebaut, und es mit den Haifischhäuten bezogen. Kalfatert hatten wir es mit Vogelguano, Fischöl und Gräsern. Schließlich konnten wir in See stechen. Wir hatten genug Regenwasser und Dörrfleisch dabei, sowie ein paar lebende Krabben und ein paar Eier.

Kaum hatten wir das Boot ins Wasser geschoben, begann es auch schon zu lecken. Wir schöpften das Wasser mit Schalen aus Farn heraus, ruderten mit Pflanzenrudern, und paddelten unser kleines, sinkendes Walknochen-Haihaut-Boot um die Vogelklippen herum, während Kelek in Châkur fluchte, was das Zeug hielt. Als wir schließlich das Kap umrundeten, stellten wir fest, dass

Aravans großes, schnelles Schiff *Eroean* in der kleinen Bucht an der Südspitze der Insel ankerte.«

Loric lachte schallend auf. Tipperton fiel mit glockenhellem Kichern ein, und nach einem Moment stimmte auch Bekki ein. Prinz Loden ritt an der Spitze der Abteilung und drehte sich zu ihnen herum. Tain ritt neben ihm und legte einen Finger auf die Lippen. »Wollt Ihr uns die Wrg auf den Hals hetzen?«, zischte er. »Man kann Euch bis nach Minenburg hören!«

Bekki musste darüber nur noch mehr lachen, und Loric und Tipperton liefen die Tränen über die Wangen.

Sie brauchten eine Weile, bis sie sich endlich unter Kontrolle hatten.

»Also hat Euch dieses Boot überhaupt nichts genützt?«, fragte Tipperton.

»Oh nein, im Gegenteil, Tipperton. Es hat uns sehr viel genützt. Es hat uns ein Jahr lang beschäftigt, und erwies sich außerdem auch als höchst profitabel, als uns Aravan an Bord holte. ›Nâhvalr-Knochen‹, meinte er, als er die Halskette sah, die sich Kelek aus den Zähnen des Wals gemacht hatte. ›Habt Ihr zufällig auch den Stoßzahn?‹ Als wir ihm den Zahn zeigten, staunte er über die Länge und die Perfektion der Spirale. Er meinte, der Zahn und die Reste der Knochen würden uns in Janjong im Jinga-Meer, ein Vermögen einbringen. Zufällig war das der nächste Hafen, den er anlaufen wollte.

Statt also in einem lecken, sinkenden Boot über das Helle Meer zu rudern, segelten wir mit Aravan und seinen vierzig Seeleuten und vierzig Zwergen, der Crew der *Eroean*.

In Janjong heuerte Kelek als Matrose bei Aravan an, ich jedoch ging meiner Wege. In den folgenden Jahreszeiten ist er, soweit ich weiß, immer weiter in den Reihen der Zwergentruppe aufgestiegen.«

»Habt Ihr ihn jemals wiedergesehen?«

Loric seufzte. »Nein. Er blieb bei Aravan und war bei der letzten Reise der *Eroean* dabei. Das war zur Zeit der Vernichtung Rwns, und Kelek hat sich tapfer in der letzten Schlacht geschlagen. Aber er hat nicht überlebt und konnte so nie mehr in seine geliebten Roten Berge zurückkehren. An der Stelle, an der er gefallen ist, haben sie einen großen Scheiterhaufen errichtet und seine Seele und die seiner gefallenen Kameraden in den Himmel gesungen.«

Sie ritten schweigend weiter. Ihr Lachen wurde vom pfeifenden Wind verweht.

Schließlich wurde der Boden felsiger, und große Steinbrocken ragten jäh aus der Erde empor. Sie gelangten an einen Spalt zwischen den Klippen. Dort ließ Loden die Abteilung anhalten und pfiff einmal wie eine Feldlerche. Ein ebensolcher Pfiff antwortete ihm. Loden spornte sein Pferd an, und ritt, gefolgt von den anderen, in den Spalt hinein. Hinter der kurzen Schlucht stieg ein breiter Hang an. Loden ritt hinauf, bis sie ein weites Plateau erreichten, das von Bergflanken umringt war. Dort warteten siebenhundert Daelsmannen in einem feuerlosen Lager.

Am Vormittag sah Beau, der in der Vorhut ritt, wie sich drei Reiter aus dem Norden näherten. Schließlich erkannte er Vail und Arylin, der dritte jedoch war ihm unbekannt.

Sein Herz hämmerte plötzlich schneller in seiner Brust. »Meiner Treu«, sagte er zu Melor neben ihm. »Tipperton ist nicht bei ihnen und Loric auch nicht. Was kann da wohl passiert sein?«

»Vermutlich gar nichts«, meinte Melor.

»Vielleicht aber auch das Schlimmste«, murmelte Beau bedrückt. Er umklammerte die Zügel so fest, dass seine Knöchel weiß hervortraten, und er drehte sich herum, um sich davon zu überzeugen, dass seine Medizintasche am Sattel hing.

»Fischt nicht im trüben Wasser, mein Freund, sondern wartet, bis der Brunnen wieder klar ist.«

»Was?«

»Ich wollte Euch nur raten, dass wir lieber keine Spekulationen ...«

»Verstehe«, unterbrach ihn Beau. »Wie meine Tante Rosie immer sagte: Eine Brücke überquert man am besten, wenn man sie unter den Füßen spürt.«

Melor lächelte. »Genau.«

Beau beschattete mit der Hand die Augen und spähte den Reitern entgegen. »Können sie ihre Pferde nicht wenigstens ein bisschen antreiben?«

Wieder lächelte Melor, aber Beau erkannte an seinem Blick, dass sich der Elf ebenfalls Sorgen machte.

Schließlich schlug Vail einen weiten Bogen, bis sie und die beiden anderen Ruar erreichten. »Mein Coron, ich möchte Euch Lord Brandt vorstellen, Sohn von König Enrik aus Riamon, und Botschafter seines Bruders, Lord Loden, dem Prinzen von Dael.« Sie drehte sich zu dem Reiter an ihrer Seite herum. »Lord Brandt, Coron Ruar vom Darda Erynian, und Lord Gara, Häuptling der Baeron vom Großen Grünsaal.«

Beau betrachtete den Jüngling, der einen leichten Kettenpanzer trug, ein Schwert an der Seite gegürtet hatte, und dessen kupferfarbenes Haar kurz geschoren war.

»Wir bringen gute Neuigkeiten, mein Coron«, fuhr Vail

fort. »Viele Krieger aus Dael warten darauf, sich mit uns zu vereinen, um Minenburg-Nord zu befreien. Siebenhundert Männer.«

Beau riss die Augen auf. Siebenhundert Männer? Das sind wahrlich gute Nachrichten, dachte er. Und ich habe schon befürchtet, dass etwas Schlimmes passiert ist, dass Tip vielleicht verletzt sei oder noch Ärgeres.

»Kala!«, rief Ruar und lächelte strahlend. »Und seid gegrüßt, Lord Brandt, Sohn des Enrik. Ihr seid ebenso willkommen wie Eure Hilfe.«

Loric und Tipperton berichteten derweil ihre Neuigkeiten und schilderten Tips Aufgabe, eine Münze zu König Agron zu bringen, während Loden und Bekki ihrerseits erzählten, was sie wussten.

Die Brut war bei Brückstadt in den Ring des Rimmen-Gebirges einmarschiert. Sie lagerte am südöstlichsten Rand des Bergmassivs.

Loden sah Tipperton und Loric an. »Aufgrund Eurer Berichte scheint es so zu sein, dass einige wohl zur Rimmen-Kluft marschiert sind, wo sie Braeton zerstörten, während andere Minenburg belagern.«

»Was ist mit Dael? Haben sie dort keinen Schaden angerichtet?«

Loden schüttelte den Kopf. »Sie sind an uns vorbeimarschiert, als würde sie die Stadt nicht interessieren.«

Loric runzelte die Stirn. »Hm. Es sieht Modru nicht ähnlich, einen solchen Feind in seinem Rücken zu dulden. Mir schwant, er plant etwas Übles. Vielleicht hofft er, Euch aus der Stadt zu locken und sie zu überfallen, wenn sie dann schutzlos daliegt.«

Wieder schüttelte Loden den Kopf. »Mein Vater und mein anderer Bruder befehligen eine Armee in ihren Mauern. Sie ist gut bewacht.«

»Und was ist mit Trollen?«

»Auf sie warten Flammen, sollten sie kommen. Und Fußangeln.«

Loric nickte. Feuer und Fußfallen waren die beiden wirksamsten Waffen gegen diese Ungetüme.

Tipperton musterte seine Skizzen und warf dann einen Blick auf die Karten. »Sagt«, begann er, »wenn sie durch die Scharte bei Brückstadt gekommen sind, bedeutet das doch, dass sie den Ring von Osten her betreten haben.«

»Aye«, bestätigte Loric. »Vom Westen aus haben sie es nicht gewagt, denn dort liegt der Darda Erynian, den sie für verflucht halten.«

»Das meinte ich nicht, Loric. Aber wenn sie vom Grimmwall und aus dem Osten gekommen sind, müssen sie durch Aven marschiert sein.«

Bekki hob die Hand. »Und ...?«

Tipperton stieß gereizt die Luft aus. »Ach, Bekki, ich will nach Dendor in Aven, und wenn es dort von Feinden nur so wimmelt ...«

Bekki beugte sich vor und legte einen Finger auf Tippertons Skizze. »Sie könnten stattdessen auch aus den Skarpal-Bergen gekommen sein, östlich und nördlich vom Ring.«

»Bei Adon!«, knurrte Tipperton. »Aus dem Norden oder von Süden, woher sollen wir das wissen?«

Tipperton sah Loric und Loden an, und Elf und Mensch zuckten mit den Schultern. »Waldan«, antwortete Bekki, »du wirst herausfinden, ob die Wrg in Aven wüten, sobald du dort die Münze ablieferst.«

Und damit wurden die Beratungen fortgesetzt.

»Aber in dieser Richtung liegen doch nur Berge«, erklärte Arylin eine Weile später.

»Nein, Mylady«, widersprach Brandt. »Durch diese steilen Klippen führt eine Passage, die sogar die Wagen passieren könnten. Und wenn wir weniger als einen Werst zurückfahren, sparen wir damit einen ganzen Tag ein.«

Arylin sah Vail und Ruar an, aber es war Gara, der antwortete: »Reitet Ihr voran, Lord Brandt. Die Wagenkolonne wird Euch folgen.« Er drehte sich zu einem Baeron um, der neben ihm saß. »Durul, reite zum Zug und erkläre Wagenführerin Bwen, dass wir diesem Mann folgen.«

Der Baeron erhob sich und hob ergeben die Hände. »Wohlan, aber ich fürchte, wir werden einige neue Schimpfworte von Bwen lernen, wenn sie erfährt, dass wir einen Werst zurückfahren müssen. Und ich bin sicher, dass diese Worte ätzend genug sein werden, um uns das Fell zu gerben.«

Kurz vor Einbruch der Dunkelheit kamen Bekki und Loden zu Tipperton und Loric. »Ich möchte, dass Ihr uns begleitet, um den Feind auszuspähen. Dann könnt Ihr beide dem Coron der Dylvana und dem Häuptling der Baeron berichten.«

Tipperton legte seine Laute zur Seite. »Wann brechen wir auf?«

»Jetzt«, knurrte Bekki und setzte sich seinen Eisenhelm auf.

Tipperton griff nach dem Beutel, in dem er für gewöhnlich seine Laute verstaute. »Mein Pony ist sofort gesattelt.«

»Wir gehen zu Fuß, Waldan«, erklärte Loden.

Tipperton nickte, als er den Samtbeutel zuband.

»Und zwar bewaffnet und gepanzert«, fügte Bekki hinzu. Er hob seinen Streithammer, der an dem einen Ende stumpf und am anderen Ende spitz war, und klopfte auf das dicke, kurze Schwert an seinem Gürtel.

Einige Augenblicke später schlichen sie ostwärts den Hang der Berge hinauf.

Das Zwielicht hatte schon eingesetzt, als der letzte Wagen endlich aus der langen Schlucht fuhr. Beau seufzte erleichtert, denn hätte das Gezücht hier einen Hinterhalt gelegt, wäre die Klamm zu einer Todesfalle geworden.

Aber Ruar und Gara hatten Kundschafter vorausgeschickt, welche die Flanken der Schlucht aufmerksam patrouillierten. Brandt hatte ihnen versichert, dass man dort reiten konnte, wenngleich es an manchen Stellen gefährlich war. Aber er hatte selbst dort oben bereits gejagt.

Jetzt bildeten die Wagen einen großen Kreis im Tal.

Der Wind frischte auf und bauschte Beaus Mantel auf, während er beobachtete, wie das Lager aufgebaut wurde. Der Wurrling fröstelte.

Es war fast Mitternacht, und der Viertelmond verschwand immer wieder hinter jagenden Wolken, als Tipperton, Loric, Loden und Bekki durch einen Pinienwald auf den Kamm der letzten Anhöhe krochen. Ein kalter Wind blies ihnen ins Gesicht.

»Da«, knurrte Bekki und deutete in die Senke vor ihnen. Aber seine Worte waren überflüssig, denn in dem Tal brannten Hunderte von Lagerfeuern. »Die Grg.«

Tipperton konnte den Rauch der Feuer riechen, und ab

und zu, wenn der Wind günstig stand, hörte er auch das Schlagen der Trommeln.

»Eine ganze Horde«, stieß Loden hervor. »Mitten in Riamon!«

»Wo liegt Minenburg?«, erkundigte sich Tipperton.

»Links, am Fuß des Tales.« Bekki streckte wieder eine Hand aus.

Tipperton folgte seinem Arm mit dem Blick. Und er sah im Fels des Berges … »Dieser dunkle Glanz, ist das Minenburg?«

»Aye«, antwortete Bekki. »Die geschlossenen Tore werfen den Schein der Lagerfeuer zurück.«

»Sagt mir, Bekki«, erkundigte sich Tipperton, »wie seid Ihr dort herausgekommen, während Euer Volk da drin eingeschlossen ist? Ich meine …«

»Hist!«, zischte Loric lauschte auf den Wind, der immer noch das Dröhnen der Trommeln zu ihnen trug. *»Deckung!«*

Tipperton warf sich mit den anderen auf den zerklüfteten Boden. Sein Herz hämmerte ihm zum Hals, als er angestrengt lauschte, ohne jedoch etwas anderes zu hören als das Rauschen des Windes und seines Blutes. »Was?«, flüsterte er Loric zu.

»Rûpt!«, erwiderte Loric und deutete den Hang hinab. »Eine Patrouille. Sie kommt auf uns zu.«

Tipperton sah genauer hin, und in dem Moment tauchte ein bewaffneter Zug von zwölf Rukh hinter einer Anhöhe auf, kaum dreißig Schritt von ihnen entfernt.

Neben Tipperton lag Bekki. Er knurrte, als er seinen Streithammer in der Faust wog, und Loden und Loric zogen ihre Schwerter. Mit zitternden Fingern legte Tipperton einen Pfeil auf die Sehne, während die Brut immer näher kam.

10. Kapitel

Tipperton drehte sich zu seinen Kameraden herum. »Gebt mir Deckung!«, zischte er, sprang auf, stieß einen gellenden Schrei aus und schoss seinen Pfeil ab. Noch während der Pfeil den ersten Rukh fällte, stürmte Tipperton laut brüllend auf die verblüfften Feinde zu und rannte an ihnen vorbei in das Pinienwäldchen.

Bekki wollte fluchend aufspringen, aber Loden zog ihn am Arm zurück. »Nein!«, zischte er. »Der Plan des Waldan ist gut!«

Johlend machten sich die Rûpt an die Verfolgung des Wurrlings, und als sie an ihnen vorbei waren, sprangen Loric, Loden und Bekki auf, um ihrerseits die Feinde zu verfolgen. Loden übernahm aufgrund seiner längeren Beine die Spitze, aber der Elf und der Zwerg folgten ihm auf dem Fuß.

Im Licht des Mondes sahen sie, wie die Rukh und die Hlök zwischen den Bäumen ihre kleine Beute verfolgten. Der Wurrling schrie immer wieder und zog sie hinter sich her. Einer der Rûpt schleuderte seinen Speer, der jedoch Tipperton knapp verfehlte und sich neben ihm in den Boden bohrte.

Als die johlende Patrouille an dem Speer vorbeilief,

blieb der Rukh, der ihn geworfen hatte, kurz stehen, um die Waffe zu befreien. Lodens Schwert drang in seinen Rücken und fällte ihn.

Sein Todesschrei ging in dem lauten Johlen der Verfolger unter. Jetzt rannten Loric und Bekki an Loden vorbei und erreichten die letzten des Packs.

Loden riss sein Schwert aus dem Kadaver und lief hinter ihnen her, vorbei an Loric, der gerade einen Hlök geköpft hatte, und dann an Bekki vorbei, der mit seinem Streithammer einem der Wrg den Schädel zermalmte.

Die acht Rûpt, die den kreischenden Wurrling verfolgten, bemerkten von all dem nichts. Sie hatten den kleinen Mann fast eingeholt, kurzbeinig wie er war. Doch als sie ihre Beute zum Greifen nah vor Augen hatten, wurden drei weitere Rûpt von hinten gefällt. Einer stieß einen gellenden Todesschrei aus.

Diesen Ruf hörte der Nächste in der Reihe, und er drehte sich um. Er schrie alarmiert auf, aber seine brüllenden Gefährten, die immer noch ausschließlich darauf aus waren, die Beute zu packen, die sich so dicht vor ihnen befand, hörten seinen Schrei nicht.

Schließlich brüllte der Hlök an ihrer Spitze siegessicher auf, als er den Wurrling am Kragen packte und ihn hochriss. Tip strampelte mit den Beinen, als der Hlök sich triumphierend umdrehte, um seine Beute den anderen zu zeigen. Doch statt seiner Gefährten sah der Hlök sich allein einem Elfen, einem Mann und einem Zwerg gegenüber, von deren Waffen Rûpt-Blut tropfte.

Tipperton wand sich und trat dem verdutzten Hlök mit voller Wucht ins Gesicht. Der ließ den Wurrling fallen und stolperte zurück, während ein Langmesser durch die Luft wirbelte und sich in seine Kehle bohrte.

»Meiner Treu, meiner Treu!«, keuchte Tipperton und blickte hoch, als Loric sein Langmesser aus der Kehle des Feindes zog und die Klinge im Gras abwischte. »Ich dachte, ich wäre erledigt, als er mich vom Boden zog und ich plötzlich in der Luft baumelte.«

»Das war höchst närrisch, was Ihr da getan habt, Tipperton«, erklärte Loric.

»Aber auch sehr gerissen«, meinte Loden.

»Und es war ehrenhaft«, knurrte Bekki. »Obwohl du davongerannt bist.«

»Das war das Einzige, was mir eingefallen ist«, erklärte Tipperton und brach plötzlich in Tränen aus.

Bekki sah ihn verwundert an. »Das ist die Erleichterung, Lord Bekki«, erklärte Loden.

Bekki runzelte die Stirn und ballte dann die Faust. »Ah«, knurrte er zustimmend. »Wie auch eine Klinge manchmal in der Esse schwitzt.«

Jetzt wirkte Loden verwundert, aber Loric, der neben dem Wurrling kniete, sah hoch und nickte Bekki zu. »Genau so.«

Loden betrachtete die Leichen, die sie hinterlassen hatten. »Wir müssen jede Spur dieses Hinterhaltes beseitigen, sonst werden sie ihre Patrouillen verdoppeln.«

»Hinterhalt?«, fragte Bekki.

»Aye, ein Angriff von hinten.«

»Nein!«, grummelte Bekki gereizt. »Das war ein Frontalangriff von hinten.«

Trotz seiner Tränen musste Tipperton kichern.

Zwei Tage später erreichte die Vorhut mit Brandt an der Spitze das geheime Lager der Daelsmannen, und schließlich sah Tipperton Beau auf seinem Pony herbeireiten. Er legte seine Laute weg und lief seinem Freund entgegen. Beau sprang vom Pferd, und die beiden Wurrlinge umarmten sich, froh einander unversehrt wiederzusehen.

»Kommt mit, Beau«, meinte Tipperton. »Ich weiß, wo ein Pferch ist, in dem du dein Pony unterstellen kannst. Diese Daelsmannen haben reichlich Hafer und Wasser.«

»Und was ist mit Essen für unsereins, Tip?«, fragte Beau, als sie zum Plateau hinaufgingen. »Ich könnte eine heiße Mahlzeit vertragen.«

»Es gibt nichts Gebratenes, Wurro. Wir sind zu dicht am Gezücht, als dass wir Feuer entzünden könnten.«

Beau stöhnte. »Also nur Dörrfleisch und Zwieback?«

Tipperton nickte, doch dann leuchteten seine Augen auf. »Aber sie haben Äpfel, obwohl es fast Oktober ist.«

»Sind sie noch ein bisschen grün?«

»Einige. Ich würde dir nicht empfehlen, zu viele davon zu essen.«

Sie kamen an einen Felsüberhang, unter dem in einer einfachen, durch Seile abgetrennten Koppel, die Pferde der Daelsmannen standen. Beau stellte sein Pony neben Tippertons Reittier ab.

Als Tip Beaus Schlafrolle und seine Medizintasche abschnallte, sagte er: »Ich bin so froh, dich zu sehen, Beau. Wie war die Reise? Hast du unterwegs etwas Aufregendes erlebt?«

Beau seufzte und schüttelte den Kopf. »Die Reise war anstrengend und langsam. Wir haben einen Bären gesehen, mehr nicht. Obwohl es etwas merkwürdig war, dass ein Bär praktisch neben uns hergelaufen ist. Die Baeron hielten es für seltsam, obwohl es trotzdem nur ein Bär war.« Er hob den Sattel von seinem Pony, das sich schüttelte, sobald es das Gewicht nicht mehr spürte. Dann wühlte Beau in seinen Satteltaschen, bis er seine Fellbürste fand. »Und wie ist es dir ergangen, Wurro?«

Tipperton holte ebenfalls seine Bürste und fing an, das Pony auf der anderen Seite zu striegeln. »Nichts Besonderes«, meinte er. »Ein kleines Scharmützel mit dem Gezücht, und, ach ja, wie haben die Horde bei ihrer Belagerung von Minenburg beobachtet. Heute Nachmittag findet ein Kriegsrat statt, nachdem die Wagen aufgestellt sind und sich alle eingerichtet haben. Bekki hat gesagt, dass er mir Bescheid gibt, wenn die Besprechung beginnt. Wir gehen zusammen hin.«

»Bekki?«

»Ein Zwerg, Beau, und zwar ein richtig netter. Das da hinter dir ist sein Pony.« Plötzlich hielt Tipperton mit dem Striegeln inne und betrachtete eines der Tiere neben ihnen. Dann bürstete er das Pony weiter. »Weißt du, Beau, es ist wie bei den Zwergen in Annory. Bekki wollte sich auf keinen Fall auf ein Pferd setzen. Warum wohl nicht, was meinst du?«

Beau sah seinen Freund an und zuckte ratlos mit den Schultern.

Ruar sah jedes einzelne Mitglied seines Kriegsrates an. »Wir haben uns versammelt, um zu entscheiden, wie wir am besten die Horde angreifen, die Minenburg-Nord belagert.

Wir zählen tausend Dylvana, fünfhundert Baeron, siebenhundert Daelsmannen, zwei Lian, zwei Wurrlinge und ein Drimm. Zusammen also zweitausendzweihundert und fünf Krieger.«

Jemand am linken Rand des Kreises lachte. Es war einer der Daelsmannen, Lord Brandt.

Loden sah den Jüngling finster an. »Habt Ihr etwas zu sagen, Lord Brandt?«

»Tut mir leid, Bruder, aber ich fand deine Worte amüsant. Nicht, dass wir zweitausendzweihundert Krieger sind, sondern dass wir zweitausendzweihundert und fünf Krieger sind.«

Loden wollte etwas erwidern, aber Bekki, der im gegenüber neben den Wurrlingen saß, kam ihm zuvor. »Verhöhne die fünf nicht, Jungchen«, brummte er. »Denn zwei sind Wächter, und ihre Schwerter wiegen fünfhundert auf, zwei sind Waeran, und einen von ihnen habe ich selbst im Kampf erlebt. Ich würde ihn nicht gegen ein Regiment Daelsmannen eintauschen. Und zu guter Letzt, Jungchen ...« Bekki ließ seine Faust auf seinen Streithammer klatschen, »ist einer davon meine Wenigkeit!«

Brandt errötete, ob vor Verlegenheit oder aus Wut, dass konnte man nicht genau erkennen. Aber dann hob er die Hände und grinste. »Ich ergebe mich, Lord Bekki, ich ergebe mich.«

Beau sah Tipperton erstaunt an. »Was meinte Bekki damit, dass er dich im Kampf gesehen hat? Und was hat das zu bedeuten, dass du ein ganzes Regiment wert ...?«

Seine Worte wurden von einem tiefen Bass unterbrochen, als Gara, der Häuptling der Baeron, seine Stimme erhob. »Wir sind nicht hier, um uns mit Worten zu messen, sondern um die Niederlage der Horde zu planen.«

»Ganz recht«, antwortete Ruar und sah Bekki an. »Ich habe die Zahlen der Streitkräfte außerhalb der Festung benannt. Kennt Ihr die Menge der Krieger in der Festung?«

Bekki nickte. »Wir Châkka in Minenburg reichen zwar nicht an eure Zahl heran, aber wir stellen ungefähr neunhundert Krieger.«

Ruar holte tief Luft. »Also zählen wir zusammen dreitausend einhundert.«

»Dreitausendeinhundertundfünf«, flüsterte Beau.

Bwen, die neben Gara saß, hob die Hand. »Ihr habt mich und meine Kutscher nicht mitgerechnet, Mylord«, sagte sie. »Das sind hundert weitere Baeron.«

»Ihr habt recht«, räumte Ruar ein. »Also beläuft sich die Zahl unserer Krieger auf dreitausendzweihundert.«

Beau sah Tipperton an. *Und fünf,* sagte er lautlos.

»Die Horde umfasst zehntausend Mann«, erklärte der weißbärtige Tain und schüttelte den Kopf. »Kein gutes Verhältnis.«

Loden hob die Hand. »Dann brauchen wir Pläne, um das Verhältnis zu verbessern.«

»Bei Fyrras warzigem Haupt«, fluchte Bwen. »Wie wollen wir einen Feldzug planen, ohne zu wissen, wo genau die Horde sich aufhält? Wie ist das Gelände vor den Toren der Zwergenfeste beschaffen? Nicht alle von uns kennen die Umgebung. Allein, wenn ihr uns genau erklärt, wie es dort aussieht, wird das bereits einige Ideen hervorbringen, denke ich. Anschließend können wir unsere Möglichkeiten auflisten und uns die besten aussuchen.«

Ruar lächelte die Baeron an. »Ganz recht, Wagenführerin. Das ist der nächste Schritt.« Er sah Loric an, der neben Phais bei dem Zwerg und den Wurrlingen saß. »Wächter, ich würde Euch bitten, allen Bericht zu erstatten.«

Loric ließ Phais' Hand los, nahm einen langen Weidenstock, stand auf und trat mitten in den Kreis, wo der Boden kahl und lehmig war.

»Es sieht so aus: Minenburg-Nord liegt am nordwestlichen Fuß eines breiten Tales, direkt hinter der Kuppe jener Berge dort. Das Tal selbst öffnet sich nach Südosten.« Er zog mit dem Stock einen Keil in die lehmige Erde. »Wo es hier an der Spitze gegen die Zwergenfeste stößt, ist das Tal etwa eine Meile breit. Es wird sogar am Vorgebirge und den hügeligen Steppen im Süden und Osten noch breiter. Die Hänge an beiden Seiten des Tals sind in der Nähe der Feste recht steil, aber sie senken sich rasch ab und sind nach einer Meile verschwunden. Dort endet das Tal. Eine Straße führt von Minenburg an der östlichen Talseite entlang.«

»Das ist der Handelsweg nach Dael«, rumpelte Bekki. »Er wurde dieses Jahr noch nicht genutzt.«

»Das ist nicht unsere Schuld«, erklärte Tain, »sondern Eure.«

Bekki grollte nur, widersprach jedoch nicht.

Loric sah die beiden an, und als beide schwiegen, fuhr er fort. »Wo das Tal endet, führt die Straße nach Süden zu der Stadt.« Er zeichnete mit dem Stock eine Linie und einen scharfen rechten Winkel in den Lehm.

Bwen betrachtete die Markierungen in dem Lehmboden mit gerunzelter Stirn. »Das ist alles schön und gut«, meinte sie schließlich. »Aber wo genau lagert die Horde?«

»Hier.« Loric machte ein Kreuz in den Lehm. »Direkt vor dem Eingang Minenburgs.«

Beau hob eine Hand, aber Loric sprach weiter. »Es ist eine große Horde: Zehntausend Rûpt.«

Beau ließ stöhnend die Hand sinken.

»Und wie setzen sie sich zusammen?«, erkundigte sich Durul. Der Baeron saß neben Gara.

»Tausende Rucha, vielleicht tausend Loka, etwa hundert Ghûlka auf Hèlrössern und eine Handvoll Trolle.«

»Ogrus? Sie haben Ogrus?«

Durul schüttelte den Kopf. »Wie man sie auch nennt, sie sind fürchterliche Feinde.«

»Vergesst die Rukha nicht«, erklärte Loden. »Auch wenn einer allein feige ist, sind sie in großer Zahl ein beeindruckender Feind.«

»Pah!«, rief Bekki. »Die *Ükhs* sind keine Bedrohung.«

Ruar hob eine Braue. »Unterschätzt die Rucha nicht, mein Freund. Sonst findet Ihr Euch möglicherweise gegen einen Haufen von ihnen in der Schlacht wieder und geratet in eine üble Lage.«

Bekki warf dem Elf einen finsteren Blick zu, schwieg jedoch.

Bwen betrachtete Lorics Zeichnungen immer noch skeptisch. »Und wo stehen ihre Wagen? Sie haben doch sicher Nachschub dabei?«

»Allerdings.« Loric deutete mit dem Stock auf eine Stelle in der Mitte des Tales. »Sie haben ihre Wagen von der Straße weggeschafft und sie hier gesammelt.« Er zog einen Kreis in der Mitte des Kreuzes, das den Standort der Horde markierte. »Sie werden gut bewacht. Die Ghûlka auf ihren Hèlrössern sind nie weit davon entfernt, und dort halten sich auch die Trolle auf. Neben jedem Wagen stehen Wasserfässer, mit denen sie vermutlich jedes Feuer im Keim ersticken wollen, falls man die Wagen mit Brandpfeilen beschießt.«

»Blae!«, spie Eilor aus. Der Anführer der Kundschafter saß mit einigen anderen Dylvana an der Seite Ruars. »Wenn wir zu den Wagen kämen und sie mit brennendem Öl übergießen könnten, würden wir die Horde aushungern. Aber da sie so wichtig für die Horde sind, werden sie gewiss bis zuletzt verteidigt, und wenn die Ghûlka mit ihren Hèlrössern und die Trolle in der Nähe sind, ist es

zweifelhaft, ob wir wirklich genug Schaden anrichten können.«

»Aye«, stimmte Loric ihm zu. »Trotzdem, wenn ihre Hauptaufgabe darin besteht, ihren Nachschub zu beschützen, werden viele in der Schlacht fehlen.«

Ein zustimmendes Murmeln lief durch den Kriegsrat. Als es verstummte, fragte Ruar Loric: »Wollt Ihr noch etwas sagen, Alor Loric?«

»Nur dies, Coron: Vielleicht können wir die Trolle nicht besiegen, aber die anderen schon, falls wir eine kluge Strategie haben. Was die Trolle angeht, wenn wir ihre Anführer töten, die Ghûlka und nach ihnen die Loka, werden die Trolle möglicherweise in ihre Berghöhlen zurückkehren. Von daher sollten wir jeden offenen Kampf mit ihnen vermeiden, es sei denn, wir haben keine andere Wahl.«

Bekki saß neben Tipperton. Jetzt nickte der Zwerg und sagte: »Man braucht fünfzig Châkka, um einen dieser steinhäutigen Trolle zu fällen. Wenn nötig, werden die Châkka aus Minenburg-Nord sie ablenken, aber nur, wenn es wirklich keine andere Möglichkeit gibt.«

»Meiner Treu«, meinte Beau. »Wenn fünfzig Zwerge einen Ogru fällen, braucht man für fünf dieser Titanen zweihundertfünfzig Zwerge. Das heißt, von den Zwergen in Minenburg können nur sechshundertfünfzig in die Schlacht gegen die Rukhs und Hlöks und Ghûle auf ihren Hèlrössern ziehen.«

Bekki nickte. »Aber glaube mir, Waeran, wenn die Trolle nicht abgelenkt werden, entbrennt um diese fünf die Hauptschlacht, und die Ükhs, die Hröks und die Khols auf ihren Hèlrössern sind nur eine Ablenkung.«

Loric nahm seinen Platz neben Phais wieder ein.

»Wohlan«, ergriff Gara das Wort, »wenn der Waldan recht hat, und nur sechshundertfünfzig Zwerge den Rest der Feinde angreifen können, stehen zweitausendfünfhundert von uns gegen zehntausend von ihnen. Die Chancen stehen vier zu eins.«

Bekki knurrte erneut. »Aber neuntausend von ihnen sind Ükhs.«

Ruar sah Bekki an und schüttelte den Kopf, aber er sagte nichts.

»Ach!« Bwen sah Elfen, Daelsmannen, Wurrlinge, Baeron und Zwerge finster an. »Genug von diesem Gerede über Ükhs und Rukhs, Rutcha und Rucha, Loks und Drökha und Ghola, Ghûlka und Khols, Hèlrössern und Trollen und Ogrus. Wir müssen jetzt darüber reden, wie wir den Feind angreifen und unsere Verluste dabei möglichst gering halten.« Sie sah sich in dem Kreis um, ob ihr jemand widersprechen wollte. Als keiner etwas sagte, redete sie weiter. »Also, gibt es eine Möglichkeit, sie in eine Falle zu locken? In einen Hinterhalt vielleicht?«

Loden spitzte nachdenklich die Lippen. »Bis auf ihre kleinen Patrouillen hat sich keiner von ihnen von den Toren Minenburgs entfernt.«

»Vielleicht sollten wir ihnen ein verlockendes Ziel anbieten, wie in der Rimmen-Kluft«, meinte Bwen. »Nur wäre es diesmal ein Wagenzug, der auf der Straße aus Dael zur Minenburg will.«

»Ich glaube, auf diese List würden sie nicht noch einmal hereinfallen«, sagte Loden. »Da die Horde auf dieser Straße an Dael vorbeimarschiert ist, würde ihnen wohl kaum eine unschuldige Karawane so blindlings folgen.«

Gara nickte bedächtig. »Aye. In Braeton haben wir ihnen weismachen können, dass wir nicht wussten, dass die Rimmen-Kluft in ihrer Hand war. Aber in diesem Fall würden sie damit rechnen, dass die Karawane von den Menschen in Dael gewarnt worden ist. Nein, der Feind würde nicht in diese Falle tappen.«

Phais hob eine Hand. Ruar nickte ihr zu. »Können wir unsere Streitkräfte nicht teilen?«, fragte sie. »Einige von uns könnten die Rûpt angreifen und dann fliehen. So würden wir etliche in das Vorgebirge locken, wo der Rest von uns im Hinterhalt liegt.«

»Und die Zwerge?«, fragte Tain, der als Ratgeber neben Loden saß. »Wo wären die Zwerge dann?«, fragte er und drehte sich zu Bekki herum. »Versteckt Ihr Euch in Eurem Loch?«, höhnte er.

»Jaah!«, brüllte Bekki, riss seinen Streithammer hoch und sprang auf. Sein Gesicht war fast schwarz vor Wut, und er marschierte durch den Kreis auf Tain zu. Der weißhaarige Mann zuckte zurück.

Daelsmannen sprangen ebenfalls auf und zogen ihre Schwerter, doch Tain blieb sitzen. Coron Ruar war ebenfalls aufgesprungen, und hielt sein Schwert in der Hand. »Halt!«, rief er und trat mit ausgestreckten Armen zwischen Bekki und die Menschen.

Bekki starrte den Dylvana finster an, der ihm im Weg stand, umklammerte seinen Streithammer mit beiden Händen, bis seine Knöchel weiß hervortraten, und wollte um ihn herumgehen. Doch Ruar versperrte ihm erneut den Weg. »Der Feind ist dort drüben, nicht hier in diesem Kriegsrat, mein Zwergenfreund.« Dann drehte sich Ruar zu den Daelsmannen herum und wiederholte. »Nicht hier in diesem Kriegsrat!«

Bekkis Jähzorn schien zu verrauchen, aber er war nicht versöhnt. Er warf dem bleichen Ratgeber Lodens einen vernichtenden Blick zu. *»Faugh!«,* spie er hervor, drehte sich auf dem Absatz herum und ging zu Tipperton und Beau zurück.

Mit einem metallischen Klirren schoben die Daelsmannen ihre Klingen ebenfalls wieder in die Scheiden zurück.

Tipperton stieß die Luft aus, die er angehalten hatte, und sah Bekki an, als der sich neben ihn setzte. Er bemerkte, wie die Kiefer des Zwerges mahlten, der vor unterdrückter Wut mit den Zähnen knirschte.

Loden drehte sich um und starrte Tain wütend an. Der Ratgeber zuckte schuldbewusst zusammen. »Dass wir einen Handelsdisput mit den Zwergen haben«, fauchte Loden den Mann leise, aber wütend an, »ist kein Grund für Beleidigungen, Lord Tain. In diesem Krieg sind wir Verbündete, und unsere Streitigkeiten werden wir klären, sobald Modru vernichtet ist.«

Tain senkte den Blick. »Wir Ihr wünscht, mein Prinz.«

Ruar hob sein Schwert auf und schob es in die Scheide zurück. Dann setzte er sich ebenfalls hin und sah sich in dem Kreis um. Unbehagliches Schweigen machte sich breit. Schließlich hob Phais die Hand.

»Lassen wir die Beleidigung beiseite, aber Lord Tain hat einen wichtigen Punkt berührt, nämlich den, wie wir die Drimma in diesen Plan einbeziehen wollen.«

Der junge Brandt meldete sich zu Wort. »Bekki hat versprochen, dass die Zwerge bei jedem Plan mitmachen, aber er sagt nicht, wie das geschehen soll.«

Bekki schüttelte den Kopf, erwiderte aber nichts, und die Daelsmannen tuschelten leise miteinander.

Loric räusperte sich und wandte sich an Bekki. *»Nad Skou dek va ke ein, ut tak dek au det.«*

Bekki seufzte und nickte. Dann drehte er sich herum und starrte Brandt an. »Es gibt einen geheimen Weg nach Minenburg, Jungchen, aber ich werde ihn keinem Daelsmann zeigen.«

Brandt errötete, beherrschte sich jedoch.

»Ah, ein geheimer Pfad«, sagte Durul von den Baeron. »Wenn die Zwerge bei dem Hinterhalt mittun wollen, den Lady Phais' vorgeschlagen hat, könnte ihre Armee diesen Weg nehmen.«

Bekki streckte ablehnend die Hände aus. »Nein«, erwiderte er störrisch. »Wir Châkka werden nicht zulassen, dass eine Horde zwischen uns und unserer Feste steht. Denn sollte etwas schiefgehen, und es gelingt der Horde irgendwie, die Tore aufzubrechen und einzudringen, wären wir nicht da, um sie aufzuhalten, und all unsere ...« Er unterbrach sich.

Die Daelsmannen sahen sich verblüfft an, bis Brandt mit höhnischer Stimme sagte: »All Eure was? Eure Schätze wären verloren? Sie würden Euer Gold plündern? Euer Juwelen? Eure ...?«

Bekki packte erneut seinen Streithammer. »Schweig, Jungchen, sonst lasse ich mich diesmal nicht zurückhalten!«

Brandt packte sein Schwert, aber Loden legte ihm die Hand auf das Handgelenk und verhinderte, dass der junge Lord seine Waffe zog.

»Diese Art von Schatz würden die Drimma nicht um jeden Preis beschützen!«, rief Loric in den Tumult. Er sah Bekki an und fuhr dann ruhiger fort: »Sondern ihre Châkia und ihre Sprösslinge.«

»Châkia?«, fragte Beau.

»Die weiblichen Drimma«, erklärte Phais.

Bekki ließ die Schultern sinken und nickte. »Aye. Wir würden sie niemals im Châkkaholt allein lassen.«

»Wenn wir meinen Plan durchführen wollen«, fuhr Phais besorgt fort, »dann müssen wir das ohne die Hilfe der Drimma tun.«

»Dann sind wir neunhundert Krieger weniger«, protestierte Tain. »Damit stehen unsere Chancen noch schlechter.«

Schweigen antwortete dieser Bemerkung. Sie konnten hören, wie im Lager jemand eine traurige Weise sang.

Schließlich seufzte Coron Ruar. »Wohlan denn, hat jemand einen anderen Plan?«

Die Diskussionen dauerten an, während immer wieder Pläne vorgetragen und verworfen wurden. Häufig flammte Zorn zwischen Bekki und den Daelsmannen auf, denn vor Modrus Angriff waren Zwerge und Menschen in einen heftigen Streit verwickelt gewesen, und so war die Stimmung zwischen ihnen gereizt.

Und jedes Mal scheiterten die Pläne, wenn es darum ging, ob die Zwergenarmee angreifen konnte oder nicht.

Die Sonne ging unter, Laternen wurden entzündet, und immer noch kamen die Verbündeten zu keiner Lösung.

»Kruk!«, rief Bekki schließlich. »Ich sage, wir bauen uns gegenüber auf und greifen die Horde von zwei Seiten aus an.«

»Wir haben das schon erschöpfend besprochen, Zwerg!«, zischte Tain. »Es ist der beste Weg für uns, um geschlagen zu werden. Sie werden einfach ihre Streitkräfte teilen, um uns mit ihrer Überzahl zu erdrücken.«

In dem Moment hatte Tipperton eine Idee. »Ich finde Bekkis Plan großartig!«

»Waldan, hast du nicht zugehört?«, schnarrte Tain. »Sie sind uns vierfach überlegen ...«

Tipperton hob eine Hand. »Nein, nein, hört mir zu. Was Bekki sagte, ergibt Sinn. Es bedarf nur einer kleinen Veränderung. Wenn es uns gelingt, sie abzulenken, dann können wir sie von hinten frontal angreifen.«

Bekki runzelte die Stirn. »Frontal von hinten ...?«

»Ja, Bekki, genau. Ihr habt es selbst gesagt, als wir diese Patrouille der Rukhs besiegt haben. Und was damals funktionierte, könnte auch jetzt klappen.«

»Worauf willst du hinaus, Waeran?«

»Auf Folgendes, Bekki ...«

Erst lange nach Mitternacht konnten Tipperton und Beau ihre Schlafrollen entfalten und sich zur Ruhe legen.

»Ich muss schon sagen, Tip«, meinte Beau gähnend, »was ist das für eine Geschichte, dass du und Bekki eine Rukh-Patrouille besiegt habt? Und was meinte er damit, als er sagte, dass er dich nicht gegen ein ganzes Regiment von Daelsmannen eintauschen würde?«

»Ach, Beau, das waren nicht nur Bekki und ich, sondern auch Loden und Loric. Außerdem habe ich bis heute Nacht nicht gewusst, dass zwischen den Daelsmannen und den Zwergen böses Blut herrscht. Ich vermute, Bekki wollte ihnen einfach nur einen Stich versetzen, als er sagte, dass ein Wurrling ein ganzes Regiment von ihnen aufwiegen würde.«

Beau saß auf seiner Decke und gähnte wieder. Dann zog er seine Stiefel aus. »Das weiß ich nicht. Auf mich hat er ganz ehrlich gewirkt.«

Tipperton entledigte sich ebenfalls seiner Stiefel und zog seine Decke bis ans Kinn. »Vielleicht, Beau«, meinte er und gähnte ebenfalls. »Vielleicht.«

»Erzähl mir von diesem Kampf mit der Rukh-Patrouille«, forderte Beau ihn auf. »Immerhin hast du heute Mittag noch behauptet, es wäre nur ein unbedeutendes Scharmützel gewesen. Aber so wie sich das eben anhörte, war es weit mehr.«

Beau wartete, aber Tipperton antwortete nicht. »Also, Wurro«, meinte er, »wenn du es nicht erzählen willst ...« Er sah zu Tipperton hinüber und stellte fest, dass sein Freund bereits fest schlief.

Der Kriegsrat trat früh am nächsten Morgen erneut zusammen, um die Pläne abzuschließen. Vieles musste noch entschieden werden, aber am frühen Nachmittag waren die Beratungen beendet.

Ruar sah sich im Kreis um. »Gibt es noch etwas zu tun?«

»Nur eines«, erklärte Tain genüsslich. »Wir müssen einen Boten auswählen, der Lord Bekki zu seinem DelfHerrn begleitet und uns alle dort vertritt.«

»Was?«, explodierte Bekki und sah Tain finster an. »Ihr müsst ein Narr sein, wenn Ihr glaubt, dass ich irgendjemanden, geschweige denn einen Daelsmann, durch einen unserer Geheimgänge führen würde.«

Tain lächelte verächtlich. »Aber jemand muss für Prinz Loden, Coron Ruar und Häuptling Gara sprechen.«

»Ich brauche keinen Vertreter«, knurrte Gara.

»Ich auch nicht«, meinte Ruar.

Wieder lächelte Tain. »Dann bliebe da noch ...«

Loden wollte ebenfalls den Kopf schütteln, aber Bekki kam ihm zuvor.

»Ich werde Tipperton Thistledown mitnehmen.« Tip stand vor Staunen der Mund auf, als Bekki fortfuhr. »Er ist weder ein Mensch noch ein Baeron, noch ein Elf, also kann er alle Lords und Ladys hier würdig repräsentieren.«

Bwen lachte schallend. »Gut gemacht, Bekki!«, rief sie. »Sehr gut!«

»Ein Waldan?« Tain drehte sich protestierend zu Loden herum. »Mein Prinz, das ist ungeheuerlich ...!«

Loden brachte seinen Ratgeber mit einer Handbewegung zum Schweigen. »Bekki hat recht, Lord Tain. Der Waldan ist die beste Wahl. Es ist sein Plan, den wir umsetzen, und er kann ihn sehr gut erklären. Außerdem gibt es gegen ihn kein Misstrauen, im Gegensatz zu einem Mann aus Dael.«

Loden sah sich um. Ruar, Gara, Loric und Phais nickten, und sogar Beau bestätigte seine Worte.

Also war es beschlossene Sache. Tipperton Thistledown würde mit Bekki gehen und für die Dylvana, die Baeron, die Daelsmannen, die Lian und die Wurrlinge sprechen und seinen Plan erklären.

Als das Zwielicht sich über das Plateau senkte, hatte Tipperton bereits die Sachen gepackt, die er mitnehmen würde.

»Also, Beau, ich bin so weit. Ich würde mich trotzdem besser fühlen, wenn du die Münze nehmen würdest.«

Beau schüttelte den Kopf. »Hör zu, Wurro, du weißt genau, wie ich das sehe. Außerdem ist die Münze bei dir wahrscheinlich sogar sicherer als bei mir. Du bist in einer Zwergenfeste, während ich hier draußen an der Front herumsitze.«

»Ich weiß. Deswegen mache ich mir auch Sorgen um dich.«

»Das brauchst du nicht. Und ich mache mir deinetwegen auch keine, abgemacht?«

»Abgemacht«, erklärte Tipperton. »Aber ich würde keinen Eid darauf leisten.«

Beau lachte. »Ich auch nicht«, gab er zu.

Tipperton schnallte sich den Köcher mit den Pfeilen an den Oberschenkel, schlang seinen Rucksack über und nahm den Bogen auf. Dann warf er einen zögernden Blick auf seine Laute in ihrem Samtbeutel und schulterte sie ebenfalls. »Immerhin hat Jaith gesagt, die Laute sollte einen Barden immer begleiten, wohin er auch geht.«

Beau grinste und half ihm, das Instrument an seinem Rucksack zu befestigen. Dann gingen sie zu der Wiese, wo der Kriegsrat getagt hatte. Unterwegs begegneten sie Vail, die den Wurrling kurz umarmte. »Passt auf Euch auf, mein kleiner Freund«, sagte sie, strich ihm über die Wangen und drehte sich dann um.

»Das werde ich, Lady Vail«, erwiderte Tipperton. »Aber gebt Ihr ebenfalls auf Euch acht.«

Seufzend sah Tipperton ihr nach. »Gehen wir«, meinte er dann zu Beau.

Auf der Wiese warteten bereits Bekki, Loric, Phais, Gara, Loden und Ruar. Phais kniete sich hin und küsste den Wurrling auf beide Wangen. »In zwei Tagen reiten wir los, und am dritten Tag greifen wir den Feind an. Möge Fortuna uns allen lächeln. Gehabt Euch wohl, mein kleiner Freund, denn Ihr habt anschließend noch eine Aufgabe zu erfüllen.«

»Passt Ihr auch auf Euch auf, Lady Phais«, antwortete Tipperton.

Jetzt umarmte Loric ihn. »Wir sehen uns wieder.«

Tipperton nickte Ruar, Loden und Gara zu, und umarmte Beau. »Pass auf dich auf, Wurro.«

»Mach's gut, Tip.« Beau umarmte seinen Freund ebenfalls. »Und vergiss nicht, was Lady Phais gesagt hat: Du musst noch eine Münze überbringen.«

Bekki räusperte sich. Tipperton drehte sich zu dem Zwerg herum. Der schaute in den Himmel. »Es wird Zeit, Waeran.«

Tipperton holte tief Luft. »Gut. Ich bin so weit.«

Sie marschierten nach Nordosten über die Hänge, und als sie den Kamm einer kleinen Anhöhe erreicht hatten, hörten sie jemanden rufen. »Viel Glück, Waldan, viel Glück, Zwerg! Möge Fyrra stets an Eurer Seite schlendern.«

Als Tipperton sich umdrehte, sah er Bwen, die am Hang stand und ihnen zuwinkte. Hinter ihr standen Vail, Brandt, Durul und eine Gruppe anderer Menschen und Elfen. Selbst Ratgeber Tain war dabei. Tipperton hob seinen Elfenbogen in die Luft, und die anderen reckten ihre geballten Fäuste in den Himmel. Dann warf Tipperton noch einen Blick zur Wiese zurück, wo Beau stand und winkte. Tipperton hob grüßend die Hand, drehte sich dann herum und folgte Bekki über den Kamm die andere Seite der Anhöhe hinab. Er fragte sich, ob er das, was in drei Tagen geschehen würde, überleben und er dann all seine Freunde wiedersehen würde.

11. Kapitel

Beau winkte, als Tipperton den Elfenbogen in die Luft hielt. Dann drehte sich Tip herum und verschwand hinter dem Kamm. Beau fragte sich, ob er und sein Freund die nächsten drei Tage lebend überstehen würden.

Phais trat neben den Wurrling. »Kommt, Beau, sehen wir zu, ob wir etwas zu essen bekommen.« Zusammen mit Loric gingen sie zu den Kochkarren, um zu schauen, ob es dort etwas Besseres als Dörrfleisch, Zwieback und Wasser gab. Möglicherweise sogar ein paar grüne Äpfel.

Am folgenden Tag kontrollierte Beau mit Melor die Krankenkarren und überzeugten sich, dass genug Medikamente und Verbandszeug vorrätig waren. Außerdem rüsteten sie Beaus Medizinbeutel mit einigen Dingen aus, mit denen er Wunden im Feld versorgen konnte.

Danach schlenderte Beau am Fuß der Klippen entlang. In jedem Bach sammelte er Kiesel, die er seinem Vorrat an Geschossen für seine Schleuder hinzufügte. Obwohl es Steine waren, keine Bleikugeln, würden sie genügend Schaden anrichten.

Außerdem übte er Zielschießen, und er war nicht allein. Denn viele Bogenschützen trainierten ebenfalls ihre Geschicklichkeit im Umgang mit ihren Waffen.

Daelsmannen, Baeron, Dylvana und auch die beiden Lian übten mit ihren Schwertern und Langmessern und Lanzen und Speeren, sowie mit Streitkolben, Morgensternen und Streithämmern.

Die Pferde wurden gestriegelt und das Sattelzeug sorgfältig gefettet, damit nicht ausgerechnet im Kampf ein Riemen reißen würde.

Sie sammelten Holz für die Lagerfeuer und Kienspäne, die sie mitnehmen wollten.

In diesen zwei Tagen herrschte ein unaufhörliches Kommen und Gehen von Kundschaftern. Auf dem Plateau herrschte rege Betriebsamkeit, bis am frühen Nachmittag des zweiten Tages die erste Welle endlich abrückte.

Die Daelsmannen ritten davon, ohne von Nachschubwagen begleitet zu werden.

Nachdem sie verschwunden waren, wartete Beau unruhig zwei Kerzenstriche. Es kam ihm vor, als würde das Signal zum Aufbruch nie ertönen. Schließlich erklang das Horn doch. Beau stieg auf sein Pony und ritt mit den Dylvana hinaus, welche die zweite Welle bildeten.

Diesmal blickten ihnen die Baeron hinterher.

Sie ritten durch die schmale Schlucht von dem Plateau hinab. An der Spitze des Zuges ritten Ruar, Phais und Loric. Die anderen folgten ihnen, und Beau und Melor ritten weit hinten bei den Medizinkarren.

Sie bogen nach Osten ab, Richtung Minenburg. Der breite Teil der Schlucht lag kaum zwei Werst vor ihnen. Sie zogen durch die Hügel und ritten über die Ebenen, während Kundschafter ihnen den Weg zeigten.

Sie ritten drei Meilen und umrundeten eine Bergflanke.

Dann lag das breite Tal vor ihnen. Beaus Herz hämmerte, als er die breite Schlucht sah.

Werden sie uns einfach verschlingen und wieder ausspucken? fragte er sich. Aber auf diese Frage konnte ihm niemand eine Antwort geben.

Nach vier Kerzenstrichen hatten sie den letzten Werst zurückgelegt und wendeten sich nach Norden zu der Schlucht. Auf den Hängen vor ihnen ertönten Hornsignale der Rûpt, aber sie wussten nicht, was sie zu bedeuten hatten ...

»Das ist ein Alarmsignal von den Wachen der Rûpt«, erklärte Melor. »Sie haben uns gesehen.«

»Meiner Treu«, stieß Beau hervor und verstummte dann.

Sie ritten weiter, leichte Anhöhen hinauf und wieder herunter, durch Senken und über Klippen.

Der Lärm vor ihnen schwoll deutlich an, als würden Tausende von Stimmen wortlose Schreie ausstoßen.

Schließlich erreichten sie die letzte Anhöhe. Von dort aus sahen sie kaum eine Meile entfernt die zehntausend Krieger der Horde, welche die kaum siebenhundert Daelsmannen verhöhnten, die stumm auf den Hängen unter ihnen standen, kaum eine halbe Meile entfernt.

»Meiner Treu«, wiederholte Beau. Sein Herz schlug heftig, als er die feindlichen Linien musterte. »Sie sind so viele, und wir sind so wenige.«

Doch das Spottgeschrei legte sich etwas, als die Elfen den Hang hinabritten. Aber als die Rûpt sahen, wie gering die Zahl des Feindes sah, erhoben sie ihre Stimmen aufs Neue. Alles lief nach Plan.

Die Dylvana ritten den Hügel hinunter und nahmen neben den Daelsmannen Aufstellung. Vom Schwarm ertönte ein Hornsignal, und es kam Bewegung in die Horde.

Lieber Himmel, dachte Beau, werden sie jetzt angreifen?

Aber der Schwarm veränderte nur seine Aufstellung, als mehr Krieger die Phalanx verstärkten.

Es verlief tatsächlich alles nach Plan.

Die Elfen stiegen ab, und auch Beau sprang aus dem Sattel seines Ponys. Er betrachtete ihre Feinde. Sie schienen endlos viele zu sein. Am Ende der Schlachtaufstellung warteten die Trolle. Es waren sechs, und sie verteilten sich zwischen den Nachschubwagen.

Immer noch heulten die Rukhs und Hlöks voller Hohn, denn obwohl die Daelsmannen von den verhassten Elfen verstärkt wurden, war die Horde ihnen nach wie vor zahlenmäßig weit überlegen.

Elfen und Daelsmannen jedoch standen still und reglos da und warteten ab.

Hinter der Horde in der Flanke des Berges sah Beau das Eisen von zwei großen Toren schimmern. Es waren die verrammelten Tore von Minenburg-Nord, und er fragte sich, ob Tipperton und Bekki mittlerweile ihr Ziel erreicht hatten.

Weitere Kerzenmarken verstrichen, und der Tag neigte sich dem Ende zu, während die Sonne einen schlanken Sichelmond vom Himmel verjagte.

Erneut ertönte das Hornsignal der Rûpt-Wachen.

Kurze Zeit später ritten Baeron über den Hügelkamm, riesige Männer auf gewaltigen Pferden. Das Johlen des Feindes nahm merklich ab, als sie diesen beeindruckenden Gegner erspähten.

Die Baeron führten dreißig Wagen mit sich. Die Hälfte davon waren Krankenkarren, und der Rest transportierte Nahrung und Waffen.

In die Horde kam Bewegung, als sich die Ghûle auf ihren Hèlrössern sammelten und abstiegen. Aus einem Zelt führte ein Ghûl einen schlurfenden Mann in ihre Mitte. Einer der Ghûle stieß in sein Horn, und schlagartig legte sich ein unheilvolles Schweigen über den Schwarm.

Die Ghûle standen ruhig da. Einen Moment später richtete sich der Mann in ihrer Mitte auf, drehte sich herum und musterte die Hänge, auf denen jetzt siebenhundert Daelsmannen, tausend Elfen und fünfhundert Baeron standen. Dann drehte sich der Mann zu den Ghûlen um, die ihm offenbar aufmerksam zuhörten.

Als der Mann wieder aus ihrem Kreis herausgeführt wurde, sackte er erneut zusammen und ging mit schleppenden Schritten zum Zelt zurück. Ein Hornsignal ertönte, und als die Ghûle sich wieder unter der Horde verteilten, nahmen Rukhs und Hlöks Positionen gegen den Feind ein, der schweigend auf den Hängen vor ihnen stand. Das Gejohle und das Hohngeschrei hatten aufgehört.

Zwielicht senkte sich herab. In den Reihen der Verbündeten ertönte eine Fanfare. Die Daelsmannen, Elfen und Baeron spalteten sich in kleine Gruppen auf, und entzündeten Lagerfeuer am Boden.

Beau seufzte zufrieden, als die ersten Flammen emporzüngelten. »Gut«, sagte er zu Melor. »Endlich können wir heißen Tee zubereiten.«

Als sich die Dunkelheit über das Tal vor Minenburg senkte, brannten die Feuer der Verbündeten auf dem Hang, und eine halbe Meile entfernt leuchteten auch die Feuer des Feindes, während die beiden Armeen sich gegenüberstanden und auf das Morgengrauen warteten.

12. Kapitel

Tipperton ging über den Kamm und durch eine flache Senke, und folgte Bekki, als es dunkel wurde, und die ersten Sterne am dunkelblauen Firmament über ihnen funkelten. Sie trotteten durch Pinienwälder und erneut einen Hügel hinauf. Das Gelände wurde steiler, je weiter sie gingen. Sie schwiegen, weil sie sich den Atem für den Anstieg aufsparen mussten.

Bekki ging nach Norden, und erklomm die steile Flanke einer hohen Klippe, die völlig kahl war. Keine Pflanze konnte hier oben Wurzeln schlagen Als sie die Spitze erreichten, keuchte Tipperton. Bekki zog ihn hoch und hinter einen großen Felsbrocken. »Hier werden wir eine Weile rasten«, sagte er.

»Aber ich kann weitergehen«, protestierte Tipperton keuchend. »Lady Phais hat uns oft so hart gefordert, als sie Beau und mich das Klettern gelehrt hat.«

Bekki knurrte nur. Er stand im Schatten neben dem Felsbrocken und betrachtete den Weg, den sie gekommen waren.

»Was?«, zischte Tipperton, packte seinen Bogen und griff nach einem Pfeil. »Werden wir verfolgt? Von Rukhs?«

»Nein, Waeran, ich suche nicht nach Grg, sondern nach listigen Daelsmannen.«

»Listige Daelsmannen?«

»Aye. Es wäre für sie von Vorteil, wüssten sie, wohin wir wollen. Und wenn sie den geheimen Weg nach Minenburg-Nord fänden.«

»Aber Loden würde doch niemals jemanden ...«

»Nicht Loden, Waeran, sondern der raffgierige Tain.«

»Oh. Warten wir noch lange?«

»Etwa einen Kerzenstrich«, erwiderte Bekki.

Tipperton streifte seinen Rucksack ab und setzte sich. »Was ist zwischen Euch Zwergen und den Daelsmannen eigentlich vorgefallen?«, fragte er nach einer Weile.

Bekki knurrte. »Sie wollten uns mit doppelten Zöllen belegen, wenn wir mit unseren Waren durch ihre Stadt zogen. Und wollten weitere Abgaben erheben, wenn wir ihren Hafen nutzten.«

»Ihren Hafen?«

»Ja. Am Eisenfluss.«

»Ah.« Tipperton erinnerte sich an seine Landkarten.

»Aye. Mit Booten und Barken gelangt man am schnellsten nach Rhondor oder dem großen Argonsee. Denn Flüsse ermüden nicht, sondern fließen Tag und Nacht.«

»Was ist in Rhondor?«

»Ein guter Markt. Dort tauschen wir viele Dinge gegen unsere Erzeugnisse ein. Vor allem Geräte zum Schmieden, *Siarka, Foran, Zarn* ...«

»Oh, Bekki, diese Dinge kenne ich alle nicht. Was ist zum Beispiel ein Siarka?«

»Der gelbe Fels. Er ist krümelig, wie Kalk. Wir benutzen ihn, um eine ätzende Lauge herzustellen. In Rhondor gibt es viel davon, denn es liegt am Boden des Hèl-Kessels, und Siarka ist dort leicht abzubauen, wie viele andere Erze. Es ist von reinster Qualität.«

»Aha.«

Bekki setzte sich ebenfalls hin, ließ jedoch den Weg nicht aus den Augen.

»Und bei diesem Streit zwischen Eurem Volk und den Daelsmannen geht es nur um Zölle?«, nahm Tipperton eine Weile später den Faden wieder auf. »Und Marktgelder?«

Bekki knurrte, sagte jedoch nichts weiter dazu.

»Warum verzichtet Ihr dann nicht einfach auf ihren Hafen? Lasst doch eigene Boote weiter südlich zu Wasser.«

Tipperton hörte, wie Bekki mit den Zähnen knirschte. »König Enrik hat behauptet, dass der ganze Fluss zu Riamon gehört, und ganz gleich, wo wir unsere Waren einschifften, würde er doppelten Zoll erheben.«

»Wirklich?«

»Allerdings. Obwohl Prinz Loden seinen Vater gebeten hat, wieder die alten Gebühren zu erheben, hat König Enrik lieber auf Lord Tain gehört.«

»Er hat auf seinen Ratgeber mehr gehört als auf seinen eigenen Sohn?«

»Aye, denn Enrik ist von Lord Tains jüngster Tochter verzaubert. Aber sie zeigt ihm nur die kalte Schulter. Dafür schenkt sie Brandt ihr Herz. Brandt wiederum bevorzugt eine andere, Lady Pietja, die ihn wiederum an der Nase herumführt, denn ihre Blicke folgen stets Druker, dem zweiten in der Thronfolge nach Loden. *Kruk!* Menschen! Sollen sie sich mit ihren armseligen Intrigen doch die Pocken holen!«

»Woher wisst Ihr all das, Bekki?«

»Weil ich als Botschafter meines DelfHerrn an König Enriks Hof war, um die Abschaffung dieser ungerechten Zölle zu fordern. Ich habe den König gebeten, eine große Streitmacht zu versammeln, um uns zu helfen, alle Grg abzuschlachten. Er hat sich geweigert und erwidert, er würde Dael in diesen schwierigen Zeiten nicht unbewacht lassen. Statt seinen Verbündeten zu helfen, hat er seine Armee gerüstet und die Zinnen der Stadt bemannt.

In den folgenden Wochen hat Prinz Loden seinen Vater immer wieder angefleht, uns zu helfen. Er sagte, wenn die Daelsmannen den Châkka nicht helfen würden und Minenburg-Nord fiele, dass dann Dael mit Sicherheit als Nächstes an die Reihe käme. Doch erneut war es Tains Stimme, auf die Enrik gehört hat.

Doch dann hat Loden erklärt, dass er auch ohne Erlaubnis seines Vaters eine Streitmacht aufstellen und die Horde verfolgen würde. Selbst wenn er sie nur überfallen könnte, statt sie direkt anzugreifen.

Nach vielen bitteren Auseinandersetzungen hat König Enrik plötzlich seine Meinung geändert und Loden erlaubt, eine Brigade aufzustellen und gegen die Horde zu ziehen. Er hat Brandt mitgeschickt und auch Lord Tain beauftragt, mit seinem Sohn zu gehen. Tain meinte zwar, er könnte seinem König besser am Hofe dienen, aber Enrik hat ihm befohlen, seinen Sohn zu begleiten und zu beraten.

Pah! Der König wollte nur Brandt und Tain aus dem Weg schaffen, damit er endlich Lady Jolet für sich hatte.«

»Meine Güte, Bekki, wollt Ihr sagen, dass König Enrik seine Söhne und seinen Berater weggeschickt hat, nur um ungestört auf Freiersfüßen herumlaufen zu können?«

Bekki warf Tipperton einen kurzen Seitenblick zu. »Wie ich schon sagte, wünsche ich den Menschen mit ihrer unbeherrschten Gier und ihren armseligen Intrigen die Pocken an den Hals!«

Tipperton seufzte und schwieg. Nach einiger Zeit sprach Bekki wieder. »Wir können jetzt gehen. Es scheint, als hätte Lord Loden Ratgeber Tain daran gehindert, uns Spione hinterherzuschicken.«

Tipperton stand auf und schulterte Rucksack samt Laute. »Geht voraus, Bekki.«

Sie gingen weiter über den Kamm, und wanden sich an den Felsbrocken und Klippen vorbei, während ihnen eine dunkle Gestalt durch die Schatten folgte.

»Hier kehren wir um«, erklärte Bekki und trat in einen Fluss.

Tipperton sah den Zwerg zwar erstaunt an, folgte ihm aber in das steinige Flussbett.

Sie trotteten stromaufwärts. Die Ufer des Flusses waren felsig, und kaltes Schmelzwasser rann von den hohen, schneebedeckten Gipfeln hinab. In tiefster Nacht schließlich verließ Bekki den Fluss, und kletterte einen steinigen Hang hinauf. Oben blieb er stehen und spähte vorsichtig über den Grat.

»Vorsicht, Waldan!«, warnte er Tipperton, der neben ihn trat.

Behutsam hob Tipperton den Kopf und lugte ebenfalls über den Grat. Tief unten im weiten Tal loderten die Lagerfeuer der Belagerer von Minenburg.

Bekki deutete nach links. Dort führte ein Vorsprung an der Flanke des Berges entlang und verschwand in einer breiten, düsteren Spalte. »Wir müssen eine Weile ungeschützt weitergehen. Obacht, denn ich will nicht, dass ein Spion der Grg uns entdeckt.«

Sie bewegten sich so langsam, dass ihre Bewegungen

niemandem im Tal auffallen konnten. Tipperton hielt immer wieder den Atem an, denn obwohl er im Ardental das Klettern geübt hatte, war er an eine solche Höhe nicht gewöhnt.

Auf dem Weg hinter ihnen betrachtete sie eine Gestalt im Schatten aufmerksam.

Schließlich erreichten sie den Spalt. Als Tipperton in das stockfinstere Loch hineinging, zischte er: »Wartet, Bekki. Ich kann nichts sehen.«

»Hier«, knurrte Bekki. »Nimm meine Hand.« Er packte die Finger des Wurrlings.

Bekki führte Tipperton durch den Spalt und blieb nach etwa hundert Schritten, gemessen mit den kurzen Beinen des Wurrlings, stehen.

»Warum ...?«

Tippertons Worte wurden von einem leisen, rhythmischen Klopfen gegen den Fels unterbrochen.

Schweigen.

Wiederum ertönte das Klopfen, doch diesmal in einem anderen Rhythmus.

»Kha tak?«, flüsterte jemand.

»Shok Châkka«, antwortete Bekki leise.

Stein knirschte auf Stein, und Bekki zog Tipperton einige Schritte weiter.

Erneut knirschten Steine aufeinander.

Dann ertönte ein metallisches Klicken, und plötzlich flammte blaugrünes fluoreszierendes Licht auf. Tipperton fand sich in einer in den Fels gehauenen Kammer wieder. Eine Handvoll bewaffneter und gerüsteter Zwerge starrte ihn finster an. Die Schneiden ihrer Streitäxte funkelten bedrohlich in dem kalten Licht.

»Lord Bekki«, knurrte einer. »Das ist unser geheimer Eingang, zu dem Ihr einen ...«

»Das ist Herr Tipperton Thistledown«, unterbrach ihn Bekki. »Waeran aus dem Wilderland, Botschafter der Lian, der Dylvana, der Baeron und der Daelsmannen. Ich vertraue ihm mein Leben an. Fasst Mut, Kelk, denn dieser Waeran bringt uns eine Armee zu Hilfe.«

Eine Weile später trat eine dunkle Gestalt über den Hügelkamm, schlich sich an den Wachen vorbei ins Lager und ging lautlos zu der Stelle, wo die Elfen lagerten. In ihrer Mitte schlief Beau.

Loric zog sich die Stiefel aus, und glitt neben Phais unter die Decke. Sie erwachte, drehte sich um und sah ihm in die Augen.

»Sie haben die Zwergenfeste sicher erreicht, Chier«, sagte er. »Ich bin ihnen den ganzen Weg gefolgt.«

Sie lächelte und küsste ihn zärtlich, doch schon bald schlug diese Zärtlichkeit in Leidenschaft um. Sie liebten sich langsam und ausgiebig, bis die ersten Silberstreifen des Morgengrauens am Himmel im Osten aufzogen.

13. Kapitel

»Eine Armee?«, fragte Kelk ungläubig und sah Tipperton an.

»Es ist nicht meine Armee«, erklärte Tipperton. »Aber man hat mich zu ihrem Vertreter bestimmt, die Elfen, die Baeron und die Menschen aus Dael.«

Die Zwerge murmelten anerkennend. »Gut«, knurrte Kelk. »Endlich können wir die Grg von unserer Schwelle vertreiben.«

Bekki hob eine Laterne aus Messing und Glas empor. Tipperton sah sich um, aber er erkannte hinter sich nur eine glatte Felswand ohne jedes Anzeichen einer Türe. Danach ließ er den Blick durch die Kammer schweifen. Hinter einem Bogengang zu seiner Rechten lag ein Raum, und in dessen Schatten sah Tipperton Pritschen und Truhen sowie einem Tisch mitsamt Stühlen.

Das Quartier der Wache, dachte er.

Vor ihnen führte hinter einem weiteren Bogengang ein dunkler Korridor in den Berg hinein.

»Komm«, sagte Bekki und hob die Kappe der Laterne an. Obwohl er sie nicht entzündete, erfüllte sofort ein fluoreszierendes Licht die Kammer. »Wir haben noch einen weiten Weg vor uns.«

Kelk hielt ihn auf. »Lord Bekki, sagt Eurem Vater, dass wir bei der Schlacht mithelfen werden.«

Seine Bemerkung wurde von den anderen mit einem lauten »Aye!« begrüßt.

»Das mache ich«, versprach Bekki.

Kelk lächelte, schlug auf die Klinge seiner Axt und trat zur Seite. Die Zwerge hinter ihm bildeten eine Gasse und machten Bekki und Tipperton den Weg in den Berg frei.

Sie traten durch den Bogengang, und Tipperton hörte hinter sich die Stimmen der Zwerge, die in Châkur miteinander sprachen, als sie wieder in ihr Quartier zurückgingen. Er verstand zwar nicht, was sie sagten, aber er vermutete, dass sie über den bevorstehenden Krieg redeten.

Bekki und Tipperton gingen einen sanft abfallenden Hang hinab. Der Korridor wurde von vielen Nischen und Räumen gesäumt, und gelegentlich kreuzte ihn auch ein anderer Tunnel. Sie gingen über in den Fels gehauene Treppen, um scharfe Biegungen, und einmal verlief der Weg am Rand eines gähnenden Schlundes, aus dem kalte, feuchte Luft aufstieg. Sie trotteten durch gewaltige Kammern, und überall klafften Bogengänge, hinter denen Korridore lagen, die zu unbekannten Zielen in diesem gewaltigen Berg führten. Sie schritten einen langen Tunnel entlang, in dem irgendwo Wasser tropfte. Das Echo war in dem langen Tunnel gut zu hören. Wenn Bekki etwas zustoßen würde, dann war Tipperton hoffnungslos verloren. Seine Chancen, einen Ausgang zu finden, würden dann vollkommen in den Händen der Fortuna liegen.

»Himmel, Bekki, nach all den Kurven und Biegungen ist mir schon ganz schwindelig. Ich kann kaum noch oben von unten unterscheiden. Weißt du wirklich, wohin wir gehen, oder hast du dich auch verirrt?«

Bekki lachte und trat auf eine niedrige Brücke, die aus roh gehauenen Steinquadern bestand. Tipperton sah, dass sie ohne Mörtel miteinander verbunden waren. Unter ihnen rauschte ein reißender Strom vorbei.

»Wir Châkka können uns nicht verirren, Waeran«, erwiderte der Zwerg.

»Ihr könnt Euch nicht ... Wie meint Ihr das?«

»Es ist eine Gabe von Elwydd. Als die Herrin die Châkka erschuf, hat sie ...«

»Elwydd hat die Châkka erschaffen? Die Zwerge?«

Bekki blieb in der Mitte der Brücke stehen. Sein Gesicht leuchtete unheimlich in dem blaugrünen Schein der Lampe. Das Wasser unter ihnen rauschte laut.

»Aye, das glauben wir.«

»Oh. Wisst Ihr, Bekki, ich habe nicht die leiseste Ahnung, wer die Wurrlinge erschaffen hat. Vielleicht auch Elwydd, oder Adon, oder jemand anderer, der nicht so groß war.«

Bekki lachte, und sie gingen weiter.

»Ihr sagtet gerade, Bekki, dass Ihr Euch nicht verirren könnt ...«

»Es ist eine Gabe, die alle Châkka besitzen. Wo immer wir auch sind, wohin immer wir auch reisen, ob zu Fuß oder auf einem Pony oder sogar auf einem Wagen, wir vermögen immer denselben Weg zurückzugehen.«

»Genau denselben?«

»Ja. Sei es in stürmischen Regen oder in blendendem Schnee oder sogar in völliger Dunkelheit, auch wenn wir nicht das Geringste sehen können, wir finden den Weg ohne jeden Irrtum. Elwydd hat diese Gabe in den Stoff des Châkkacyth eingewoben, denn sie wusste, dass wir ohne diese Fähigkeit niemals im lebenden Stein hätten hausen können.«

Tipperton betrachtete die dunklen Spalten und Tunnel, die von dem Korridor abzweigten, dem sie folgten. »Ich bin jedenfalls ziemlich froh über diese Gabe, denn ich habe vollkommen die Orientierung verloren.«

Sie stiegen eine kurze Treppe hinauf, gingen durch einen langen Korridor hinunter und über eine Rampe in eine große Naturhöhle.

»Aber auf dem Wasser funktioniert es nicht«, erklärte Bekki, »und auch nicht, wenn ein Zwerg Fieber hat.«

»Die Gabe funktioniert dann nicht?«

»Aye. Auf Booten oder im Fieber gehen wir genauso verloren wie alle anderen Rassen.« Bekki schnaubte. »Wir könnten uns vermutlich ebenfalls verirren, wenn wir durch die Luft fliegen könnten.«

Sie kamen zu einem langen Vorsprung an der Wand einer weiteren riesigen Höhle. Das Licht der Laterne erreichte weder die gegenüberliegende Wand noch den Boden tief unter ihnen. Auf der linken Seite des Vorsprungs sah Tipperton eine Treppe, die in die Wand gehauen war. Die schmalen Stufen führten in die Tiefe hinunter, wo sie sich in der Dunkelheit verloren.

Ein Geländer gab es nicht.

»Hier entlang«, knurrte Bekki, ging zur Treppe und stieg die ersten Stufen hinunter. Seine Schritte hallten in der Dunkelheit.

Tipperton folgte ihm. Sein Herz klopfte schmerzhaft in seiner Brust. Er hielt sich eng an die raue Wand zu ihrer Linken, weit weg von dem schwarzen Abgrund, der allerdings kaum einen Meter von ihnen entfernt war.

Er atmete keuchend.

Zähl die Schritte, Wurro!, befahl er sich. Das lenkt dich ab.

Er war bei zweihundert angelangt, als er plötzlich glaubte, ein weit entferntes Singen zu hören, das von den unsichtbaren Felswänden zurückgeworfen wurde.

Bei dreihundert Schritten war er sich sicher, dass jemand sang. Es war eine einzelne, helle Stimme.

Schließlich erreichten sie den Boden der Höhle.

»Dreihundertsiebenundneunzig«, erklärte Tipperton und deutete auf die Stufen. »Dreihundertsiebenundneunzig«, wiederholte er.

Bekki schüttelte den Kopf. »Vierhundertzwölf.«

Tipperton zuckte mit den Schultern. »Stimmt. Ich war schon auf der Treppe, als ich angefangen habe zu zählen.«

Während sie weitergingen, lauschte er auf den Gesang.

»Wer singt da, Bekki?«

Bekki marschierte weiter, ohne zu antworten.

Tipperton sah den Zwerg auffordernd an, wiederholte die Frage aber lieber nicht.

Mittlerweile hatten sich noch andere Stimmen zu dem Sänger gesellt. Es war ein ganzer Chor, aber es schwang keine einzige tiefe Stimme darin mit. Sie klangen ein bisschen wie Elfenfrauen oder wie Wurrlings-Dammen.

Sind das die Stimmen der weiblichen Zwerge?, dachte er. Wie haben Phais und Loric sie noch genannt? Châkia? Richtig, Châkia.

Sie gelangten an einen Bogengang, vor dem zwei Zwerge Wache hielten. Andere schliefen in einer Felsgrotte dahinter. Nach einem kurzen Wortwechsel und einem respektvollen Gruß gingen Bekki und Tipperton weiter, während dem Wurrling die erstaunten Blicke der Wachtposten folgten. Tipperton wusste nicht, was die Zwerge besprochen hatten, weil sie im Unterschied zu ihrer Begegnung an der geheimen Tür die ganze Zeit auf Châkur miteinander geredet hatten.

»Warum steht Ihr selbst hier im Zwergenhort Wache?«

»Wir haben bald das Herz der Feste erreicht, Waeran, und wir befinden uns im Krieg.«

Tipperton hob die Braue, stellte jedoch keine weiteren Fragen.

Sie gingen einen langen Korridor entlang, und bogen in Seitengänge ab, ohne dass Bekki auch nur einmal zögerte, welche Richtung er einschlagen musste.

Jetzt kamen sie an Bogengängen vorbei, die mit schweren, eisernen Fallgittern gesichert waren, die tief in den Wänden eingelassen waren.

Blockieren sie diese Wege auch wegen des Krieges?

In einem der versperrten Korridore bemerkte Tipperton ein fluoreszierendes Licht hinter einer fernen Biegung. Aus diesem Gang kam der Gesang. Es mussten zwanzig Stimmen sein, Châkia, die zusammen sangen.

Als Bekki daran vorbeiging, wurde er langsamer, bog jedoch nicht in den Korridor ein. Tipperton verlangsamte ebenfalls seine Schritte, als er dem Gesang lauschte. Er wusste zwar nicht, ob es ein trauriges oder fröhliches Lied war, aber es klang dennoch wunderbar.

Bekki ging wieder schneller, und Tipperton musste sich beeilen, um ihn einzuholen.

In den Korridoren begegneten ihnen nun viele Zwerge, Krieger in schwarzen Kettenpanzern, die mit Streitäxten und Streithämmern bewaffnet waren. Die meisten, wenn nicht sogar alle, grüßten Bekki und betrachteten ihn und seinen Begleiter neugierig.

Schließlich trat Bekki durch ein großes, geöffnetes Eisentor in eine riesige Felskammer. Dort blieb er am Rand des schimmernden, polierten Granitbodens stehen. Am anderen Ende stand auf einem drei Stufen hohen Podest ein gewaltiger Thron, ebenfalls aus poliertem Granit, der mit rotem Samt gepolstert war. Auf dem Thron saß ein Zwergenkrieger. Er hatte einen dunklen Bart, trug eine dunkle Rüstung und einen ebenso dunklen Helm. An der Armlehne des Throns lehnte eine gewaltige, doppelschneidige Streitaxt.

Das war zweifellos der DelfHerr. Aber nicht er war es, der Tippertons Blick magisch anzog, sondern eine schlanke Gestalt, die zu seinen Füßen am Thron saß. Sie war vollkommen von Schleiern verhüllt und unterhielt sich angeregt mit dem DelfHerrn.

»Ich bringe einen Botschafter!«, rief Bekki. Bei diesen Worten blickte der DelfHerr auf. Die Gestalt drehte sich zu ihnen herum und stand auf. Ihre Schleier aus Gaze und Spitze umgaben sie wie ein zartes Federkleid. Sie war höchstens einen Meter zwanzig groß.

Ist das eine Châkian?, dachte Tipperton. Aber sie ist so schlank, und die Zwerge sind so breit.

Während Bekki und Tipperton warteten, schritt die Gestalt die Treppen des Podestes hinab, über den polierten Boden und verschwand in einer Nische unter einem Bogengang. Tipperton glaubte, zierliche nackte Füße unter dem fließenden, fast durchscheinenden Gewand erkennen zu können.

Sobald die Gestalt verschwunden war, stand der DelfHerr auf und winkte Bekki und Tipperton zu sich. Er kam ihnen die Stufen herab entgegen.

»Det ta kala da ta ein, Bekki, ea chek«, erklärte der

DelfHerr, als er auf Bekki zutrat und ihn herzlich umarmte.

»Ich bin auch sehr froh, dass ich wieder zurück bin, Vater«, erwiderte Bekki in der Gemeinsprache.

Tippertons Facettenaugen weiteten sich kurz. *Bekki ist der Sohn des DelfHerrn!,* dachte er überrascht.

Der schwarzäugige DelfHerr trat zurück, musterte Tipperton und blickte dann wieder auf seinen Sohn. »Wir dachten, du wärst in Dael gefangen.«

»Nein, Vater«, knurrte Bekki. »Die Horde ist an der Stadt vorbeimarschiert und direkt hierhergekommen. Ich bin dort geblieben, um eine Streitmacht zu versammeln, aber König Enrik hat nur eine symbolische Truppe entsendet.«

Erneut sah der DelfHerr Tipperton an. »Ist das die Truppe? Ein Waeran?«

Bekki lachte schallend, und der DelfHerr stimmte darin ein, sodass Tippertons Kichern beinahe in ihrem Gelächter unterging.

Schließlich drehte sich Bekki lächelnd zu Tipperton herum. »DelfHerr Borl, ich möchte dir Herrn Tipperton Thistledown aus dem Wilderland vorstellen, Botschafter von Coron Ruar von den Dylvana, von Häuptling Gara von den Baeron und Prinz Loden von den Daelsmannen. Herr Tipperton bringt uns eine Armee von zweitausend und zweihundert Kriegern zu Hilfe.«

»Und fünf«, verbesserte Tipperton ihn. »Zweitausendzweihundertundfünf.«

Nach einem kurzen Seitenblick zu Bekki sah Borl Tipperton verwirrt an. »Fünf? Und fünf?«

»Jawohl, Sire«, antwortete Tipperton. »Wenn ich Bekki mit einschließen kann, freilich.«

Erneut lachte Bekki, diesmal über den verwirrten Ausdruck auf dem Gesicht seines Vaters. »Zwei Lian, zwei Waeran und ich.«

Der DelfHerr schüttelte den Kopf, schlang seinem Sohn den Arm um die Schultern und sagte: »Komm, du musst mir von diesen fünfen erzählen, und nebenbei auch von den zweitausendzweihundert. Sie sind hier, um uns zu helfen? Wissen sie einen Weg, wie wir die Grg loswerden können?«

Während Borl ihn und Tipperton zu einem Tisch mit Stühlen führte, und nach Brot und Tee rief, sagte Bekki: »Aye, Vater, beides. Wenn du gestattest, könnten wir die Hauptleute in den Kriegsraum rufen, damit Herr Tipperton dort seinen Plan darlegen kann.«

Es mochte schon Nacht oder Morgen oder auch Tag sein, als die Diskussion mit DelfHerr Borl und seinen Hauptleuten endete. Aber in dem unterirdischen Reich wusste Tipperton nicht zu sagen, welche Tageszeit herrschte. Jedenfalls war er müde bis auf die Knochen, als man ihn endlich zu seinem Bett führte.

Er träumte, dass er aufwachte, und dass für einen Moment eine schlanke Gestalt in wirbelnden Schleiern am Fuß seiner Pritsche stand und ihn beobachtete, aber er träumte auch, dass er sofort wieder einschlief. Jedenfalls hielt er es für einen Traum. Aber wie konnte er es genau wissen, so erschöpft wie er war?

Er erinnerte sich kaum mehr an den Traum, als ihn Bekki schließlich weckte.

»Zeit für das Frühstück, Tipperton«, erklärte Bekki, der den Vornamen des Wurrlings zum ersten Mal benutzte. »Heiße Pfannkuchen mit Ahornsirup und Speck.

Und dann werden wir ein ausführliches heißes Bad nehmen.«

Tipperton sprang auf und schlüpfte rasch in Hose und Wams. »Ich weiß nicht, was besser klingt, eine warme Mahlzeit oder ein heißes Bad.«

Nach dem Frühstück und dem Bad kam ein Bote zu Bekki und Tipperton. Der DelfHerr Borl hatte ein weiteres Treffen mit seinen Hauptleuten anberaumt. Tipperton und Bekki eilten zur Kriegskammer, wo die anderen bereits um einen großen, steinernen Tisch herumstanden, auf dem eine Karte ausgebreitet war. Sie zeigte das weite Tal vor den Toren der Zwergenfeste. Auf der Karte standen unterschiedliche Figuren aus Stein, die verschiedene Kohorten der Horde und Einheiten der Zwerge bezeichneten. Borl blickte hoch, als die beiden hereinkamen und wartete, bis sie ihre Plätze eingenommen hatten.

»Letzte Nacht habe ich alle meine Ratgeber und Kriegshauptleute aufgefordert, über den Plan nachzudenken, jede Schwäche auszuloten und eine Taktik zu ersinnen, mit der wir sie ausmerzen könnten. Also, was sagt ihr?«

Ein Hauptmann mit gelbem Bart, Hauptmann Dalk, hob die Hand. Er stand Tipperton und Bekki gegenüber. Auf ein Zeichen von Borl hin ergriff er eine der Steinfiguren, welche eine Zwergenkompanie darstellte, und erklärte: »DelfHerr, das ist …«

Den Rest des Tages rückten sie steinerne Figuren über die Karte und versuchten, jeden möglichen Zug ihrer Feinde einzuplanen. Schließlich sah der DelfHerr am Ende der Beratung alle Versammelten nacheinander an. »Wir haben versucht, jede Wendung der Ereignisse vorauszuplanen, aber es gibt nur eine Gewissheit im Kampf und im Krieg: Wenn die Schlacht beginnt, verläuft sie nach ihren eigenen Gesetzen.«

Als Tipperton die Konferenz verließ, war er längst nicht mehr so zuversichtlich, was seinen Plan anging.

Er holte seine Laute aus hellem und dunklem Holz und ihren silbernen Saiten und suchte nach einer leeren Grotte, in der er ungestört üben konnte. Angesichts seiner mangelnden Ortskenntnis wollte er nicht zu weit gehen, damit er sich nicht verirrte. Schließlich gelangte er zum Thronsaal, der zufällig leer war.

Tipperton setzte sich auf die Stufen des Podestes und begann, Akkorde auf dem Elfeninstrument anzuschlagen. Nach einer Weile zupfte er einzelne Saiten und versuchte die Melodie nachzuspielen, die er und Bekki am Abend in dem Korridor gehört hatten. Er nannte dieses Lied bei sich den »Gesang der Châkia.«

Er wusste nicht genau, wie das Stück begann, sondern kannte nur eine Stelle aus der Mitte. Er begann zögernd, wurde jedoch recht bald zuversichtlicher, als die silberhellen Töne erklangen. Dann jedoch kam er an eine Stelle, wo er nicht mehr weiterwusste, und suchte zögernd eine Möglichkeit, das Lied zu beenden und eine andere, es zu beginnen. Aber alles, was er spielte, klang irgendwie falsch, und er hielt seufzend inne.

In dem Moment ertönte von irgendwo her eine süße Stimme, die seine Melodie anstimmte.

Tipperton erschrak und sah sich hastig um, konnte jedoch niemanden entdecken. Also hörte er verzaubert zu.

Der Gesang hörte auf.

Tipperton wartete.

Die Stimme begann erneut, und wiederholte die Melodie, die, die er gespielt hatte, bis sie erneut aufhörte.

Jetzt nahm Tipperton seine Laute wieder hoch und spielte das Lied so gut nach, wie er konnte. Dann wartete er ab.

Die Stimme sang einen Abschnitt und verstummte. Tipperton wiederholte die Melodie.

Erneut sang die Stimme, diesmal eine andere Passage des Liedes.

Tipperton wiederholte sie erneut. Es war offenbar der Anfang des Stücks.

Jetzt wechselten sich Sängerin und Spieler ab. Tipperton folgte der Stimme durch die Strophe und den Refrain, und suchte dabei mit den Augen nach der Besitzerin der lieblichen Stimme, ohne sie jedoch entdecken zu können.

Schließlich merkte er, dass er am Ende des Liedes angekommen war, und begann es wieder von vorn. Diesmal spielte er das ganze Lied von vorn bis hinten, während die süße Stimme in Harmonie zu seinem Lautenspiel sang. Als sie fertig und die Echos verklungen waren, herrschte absolute Stille.

Tipperton stand auf und ging auf dem polierten Granit um den Thron herum, er sah hinter jeden Pfeiler und in jeden Alkoven, ob sich dort vielleicht die Châkian versteckt hatte, aber er fand nur stummen Stein.

»Danke für das Geschenk!«, rief er schließlich.

Er bekam keine Antwort.

Seufzend nahm Tipperton seine Laute und trottete aus dem verlassenen Thronsaal hinaus.

In dieser Nacht schlief er, ohne ein einziges Mal aufzuwachen. Und so bekam er nicht mit, dass jemand, eingehüllt in dichte Schleier aus Gaze, am Fußende seines Bettes stand.

Am nächsten Tag herrschte geschäftiges Treiben in der Zwergenfeste, weil sich alle auf den Kampf vorbereiteten. Auch Tipperton machte sich fertig, denn er wollte mit den Zwergen kämpfen, schließlich war es sein Plan.

Irgendwann kamen Bekki und Borl zu Tipperton. »Ein Grg-Signal ist ertönt.« Sie führten Tipperton eine lange Treppe hinauf, die sich durch den Berg schlängelte. Schließlich gelangten sie zu einer Kammer, die mit einem Tisch und vier Stühlen möbliert war. Auf einem Tisch lagen Federhalter, Tinte und Pergamentblätter. Bekki drehte sich zu Tipperton herum. »Gib acht, dass kein Lichtstrahl nach draußen fällt.«

Bekki und Borl setzten ihre Helme ab und zogen ihre Rüstungen aus, obwohl sie aus schwarzem Eisen bestanden und schwerlich glänzen würden. Tipperton hatte weder Rüstung noch Helm, also wartete er einfach auf das, was kommen würde. Nachdem sich die beiden Zwerge vergewissert hatten, dass sie nichts mehr am Leib trugen, das glänzen konnte, untersuchten sie auch Tipperton. Dann wendeten sie sich der kahlen Wand zu, und Bekki schloss die Deckel der Laterne. In der völligen Finsternis schob Borl leise und langsam einige Felspaneele zur Seite.

Helles Tageslicht strömte herein. Borl winkte Tipperton zu sich.

Der Wurrling war jedoch zu klein, also holte Bekki einen Stuhl, damit Tipperton darauf steigen konnte.

Er tat es und blickte über das Tal vor den Pforten Minenburgs.

Dort stand die Horde in Schlachtordnung, Rukhs und Hlöks und Ghûle auf ihren Hèlrössern, und mitten unter ihnen die titanischen Ogrus.

»Meiner Treu«, flüsterte Tipperton, als sein Blick über die Reihen des Feindes glitt. »Aus der Nähe sehen sie noch viel Furcht einflößender aus als von hoch oben. Und es sind so viele.«

Borl knurrte. »Es wird nicht leicht, Herr Tipperton.«

»Tipperton«, sagte Tipperton.

Borl drehte sich zu ihm herum. »Wie?«

»Tipperton genügt, DelfHerr.«

Borl brummte zustimmend und blickte dann wieder hinaus.

»Da kommen sie«, brummte er.

Tipperton sah hinaus.

Über den Kamm des nächstgelegenen Hügels ritten die Daelsmannen. Ihre Zahl wirkte gegen die mächtigen Schlachtreihen der Feinde verschwindend gering.

Zuerst nahm die Horde eine Verteidigungsstellung ein, aber als deutlich wurde, dass es nur ungefähr sieben Hundertschaften Daelsmannen waren, johlte das Gezücht verächtlich.

Die Daelsmannen stellten sich auf, und einige Teile der Horde bereiteten sich auf die Schlacht vor. Doch die Ghûle, die unter ihnen umherritten, zischten scharfe Befehle.

Einige Zeit verstrich, in welcher Bekki und Borl die Positionen der Brut und der Menschen auf das Pergament kritzelten.

Dann hörte Tipperton das Hornsignal der Horde. Es klang dem sehr ähnlich, welches Vail in Braeton vor der Rimmen-Kluft geblasen hatte.

Schließlich ritten tausend Dylvana über den Kamm der Anhöhe. Sie ritten weiter und nahmen Aufstellung neben den Menschen aus Dael. Tipperton sah eine winzige Gestalt zwischen ihnen, die auf einem Pony saß.

»Ach, Beau«, stieß er leise hervor, »was habe ich dir da nur eingebrockt?«

Die Horde veränderte ihre Aufstellung, und das Hohngeschrei wurde ein wenig schwächer, aber als sie sahen, dass es wirklich nur tausend Elfen waren, flammte das Johlen wieder auf.

Es vergingen weitere vier Kerzenstriche, und erneut schmetterte ein Horn der Brut. Dann ritten große Menschen auf noch größeren Pferden über den Hügelkamm. Den fünfhundert Baeron folgten dreißig große Wagen.

Diese großen Krieger bezogen neben den Elfen und Menschen Aufstellung.

Das Hohngeschrei endete abrupt, und erneut gruppierte sich die Horde um. Diesmal sammelten sich die Ghûle im Zentrum. Aus einem Zelt führte einer von ihnen zu Fuß einen schlurfenden, zitternden Mann hinaus, der den Kopf schief hielt und schwächlich dahinstolperte. Er wäre gefallen, hätte der Ghûl an seiner Seite ihn nicht gestützt.

Borl sog die Luft zwischen die Zähne.

»Was ist das?«, flüsterte Tipperton. »Was ist das für ein Mann?«

»Modrus Augen«, erwiderte Bekki.

»Und Modrus Stimme«, fügte Borl hinzu.

Tipperton betrachtete den Mann stirnrunzelnd. In diesem Moment trat einer der Ghûle vor. Der Wurrling sah, wie sich die Lippen des Untoten bewegten, aber er konnte nicht hören, was er sagte. Es hätte ihm auch nichts genützt, wenn er es vernommen hätte, denn sie sprachen in der Zunge des Gezüchts, die Tipperton nicht verstand.

Der gebrechlich wirkende Mann richtete sich auf, sein Kopf ruckte hoch, und die Ghûle wichen erschreckt vor ihm zurück, als er die Fäuste in die Hüften stemmte und sich arrogant umsah. Jetzt betrachtete er den Feind, der auf dem Hang vor der Horde Stellung bezogen hatte. Dann drehte er sich zu den Ghûlen herum, die sich um ihn versammelt hatten, und schien etwas zu sagen. Die lebenden Toten hörten aufmerksam zu. Dann sackte der Mann urplötzlich wieder in sich zusammen und wäre zusammengebrochen, wenn der Ghûl an seiner Seite ihn nicht aufgefangen hätte. Mühsam ließ sich der Mann in das Zelt zurückbringen.

»Was, das ist Modru?«, fragte Tipperton.

»Nein, Tipperton«, erwiderte Bekki. »Es ist sein Astralkörper.«

»Astralkörper?«

»Aye«, antwortete Borl. »Ein hirnloser Mensch, der von Modru besessen ist, obwohl der Magier selbst wie eine Spinne in seinem Eisernen Turm in Gron hockt. Jedenfalls vermuten wir das.«

Tipperton schüttelte sich.

Hörner erklangen. Tipperton sah hinaus und bemerkte, wie die Phalanx der Horde aufgefüllt wurde, während Ghûle auf ihren Hèlrössern an die Spitze ritten, um den Feind zu betrachten.

Rasch fertigte Borl eine neue Skizze an, und drehte sich dann zu den anderen herum.

»Dein Plan scheint zu funktionieren«, meinte er.

»Bis jetzt«, erwiderte Tipperton. »Aber nicht mehr lange.«

Borl sah den Wurrling finster an.

»Ihr habt es selbst gesagt, Lord Borl. In dem Moment, in dem die Schlacht beginnt, folgt sie ihren eigenen Regeln.«

Borl nickte zögernd, und wandte sich dann ab, um die Steinpaneele wieder zurückzuschieben. Draußen herrschte mittlerweile bereits das Zwielicht, und auf dem Hang lösten die Daelsmannen, die Dylvana und Baeron sowie die zwei Lian und der einsame Wurrling ihre Schlachtordnung auf. Kurz darauf brannten Lagerfeuer in der mondlosen Nacht.

In der Felsenkammer hatten Borl und Bekki mittlerweile alle Paneele wieder vor die Öffnungen geschoben. Danach hob Bekki den Deckel von der Laterne, und in ihrem fluoreszierenden Licht legten die beiden Zwerge ihre Rüstungen wieder an. Dann gingen sie mit Tipperton die Treppe hinab.

Während die Minuten verstrichen, wartete Tipperton zusammen mit den neunhundert Zwergen auf den Moment des Angriffs. Nach Mitternacht nahmen sie alle ihre Waffen auf, Lehmtöpfe, die in Schlingen lagen, und steingraue Decken. Sie bauten sich vor den Seitengängen auf, und in der Zwergenfeste wurden sämtliche Lichter gelöscht.

Tippertons Herz hämmerte, und er umklammerte den Bogen so fest, dass seine Knöchel weiß hervortraten. Ein einzelner Gedanke hatte sich hartnäckig in seinem Kopf festgesetzt.

Beim Morgengrauen, Wurro, wird dein tollkühner Plan scheitern. Beim Morgengrauen.

14. Kapitel

Kurz vor Tagesanbruch wurde Beau nach einem unruhigen Schlaf von Loric sanft geweckt. »Die Zeit rückt näher«, sagte der Elf.

Beau stand auf, als Phais mit seinem Pony am Zügel herankam. »Habt Ihr Kugeln und Schleuder?«

»Ja. Aber im Krankenkarren sollte ich sie eigentlich nicht benötigen.«

»Man weiß nie, kleiner Freund«, erwiderte Phais.

»Aye«, stimmte Loric zu. »Denkt an den Plan: Sollten die Rûpt den Hang hinaufstürmen, müsst Ihr vor ihnen fliehen, so wie wir es auch tun.«

Beau schaute auf die gewaltige Horde des Gezüchts. Er erkannte jedoch nur Schatten, die sich um die erloschenen Lagerfeuer rührten, von denen nur noch heiße Kohlen übrig geblieben waren. »Oh, ich kenne den Plan. Trotzdem, glaubt Ihr, dass sie angreifen werden?«

»Nein, das glaube ich nicht«, meinte Loric. »Aber man kann so etwas nie genau wissen.«

»Wir haben versucht, alle Möglichkeiten einzuplanen«, setzte Phais hinzu. »Dennoch, oft nehmen die Ereignisse eine unerwartete Wendung.«

»Keine Sorge«, meinte Beau und hob seinen Medizinbeutel auf. »Ich bin auf alles vorbereitet.« Er befestigte den Beutel sorgfältig an den Riemen hinter seinem Sattel. Dann sah er Phais an. »Ich habe noch ein paar Extrakugeln von einem der Waffenwagen bekommen.«

Loric sah nach Osten, wo die ersten Silberstreifen den Horizont erhellten. Er drehte sich zu Phais herum. »Der Herold der Dämmerung kommt in das Tal, Chier.«

Phais nickte, kniete sich vor Beau hin und umarmte ihn. »Wir sehen uns später wieder.«

»Passt auf Euch auf, Phais«, flüsterte Beau und sah dann zu Loric hoch. »Und Ihr auch, Loric.«

»Aye.« Der Elf sah zu Beaus Pony hinüber. »Und Ihr, Freund, seid bereit zu einem raschen Ritt.«

»Keine Sorge, Loric. Ich werde reiten wie der Wind.«

Phais stand auf und ging mit Loric zu ihren Pferden.

Beau sah ihnen seufzend nach, und als er sich umdrehte, stand Melor mit einer Tasse Tee neben ihm. »Trinkt, Beau, denn es wird vielleicht der letzte Tee sein, den Ihr für die nächsten Tage bekommt.«

Beau nahm das Getränk dankbar entgegen. »Sollten wir nicht zu den Krankenkarren gehen? Es wird sicher bald losgehen, und ich möchte bereit sein, sobald die ersten Verwundeten zu uns gebracht werden.«

Es wurde immer heller im Osten, und noch während das Tal in tiefem Schatten lag, stiegen Dylvana und Baeron in ihre Sättel.

Trotz Tains Einspruch gab Loden Brandt ein Signal. Der Jüngling hob ein Horn an die Lippen und blies hinein. Die Echos hallten laut von den Felsen wider.

Dann zog Loden sein Schwert, stieß einen Schlachtruf aus und galoppierte allein den Hang hinunter auf die Horde zu. Auf halbem Weg blieb er stehen, streckte in der

Dunkelheit sein Schwert in die Luft und schrie der Brut eine Herausforderung zu. Dann ritt er wieder den Hang hinauf, machte kehrt und wiederholte seinen Schlachtruf.

Wüstes Gebrüll und Verwünschungen antworteten ihm.

Der Himmel im Osten wurde immer heller, und tauchte jetzt auch den Hang in das fahle Tageslicht.

Jetzt ritten alle Daelsmannen vor, und die Horde bereitete sich auf einen Angriff vor. Ein rûptisches Horn gellte. Aber die menschlichen Krieger ritten nur hinter ihrem Anführer an der Schlachtreihe entlang und jubelten, als er den Feind verspottete.

Als es immer heller wurde, gesellten sich die Elfen zu den Daelsmannen hinzu, und schließlich ritten auch die Baeron auf ihren mächtigen Pferden hinunter.

Überall in der Horde ertönten Hornsignale, als immer mehr Gezücht zur Front eilte und den Angriff erwartete. Ghûle auf ihren Hèlrössern ritten vor ihren Linien entlang, während die Rukhs und die Hlöks hinter ihnen tobten und schrien.

Coron Ruar schaute zum Himmel und setzte ein silbernes Horn an die Lippen. Das Signal gellte laut durch das Tal, immer und immer wieder:

Ta-rah, ta-rah, ta-rah!

Tipperton saß wie die Zwerge mit dem Rücken gegen den Fels gelehnt und lauschte dem Hohngeschrei und den Verwünschungen, und zuckte bei den Hornsignalen zusammen. Nein. das war noch nicht das Signal, aber ein Horn. Dann hörten sie das Donnern von Hufen auf der weichen Erde.

Tipperton sah nicht hin, das wagte er nicht. Er wusste,

dass es noch dunkel im Tal war. Vielleicht hatten sie zu früh angefangen. Ach, sicher nicht.

Das Hohngeschrei der Brut schwoll an, und mehr Hufegetrappel dröhnte durch das Tal. Dann ertönte ein Hornsignal der Rûpt, und die Phalanx der Horde kam rasselnd in Bewegung.

Er hörte noch mehr Hufe, und dann noch mehr, und mitten in dem Donnern ertönten Hornsignale. Aber es waren Signale der Rûpt, nicht *das* Signal, und Tipperton blieb reglos sitzen, und wartete. Er hatte drei Lehmtöpfe an Stricken an seiner Seite, den Bogen in der Hand und seinen Köcher an den Schenkel geschnallt.

Dann kam es endlich, das Hornsignal, auf das er so sehnlich gewartet hatte, *Ta-rah, ta-rah, ta-rah!* Es ertönte immer und immer wieder. *Endlich beginnt es,* dachte er.

Beau stand auf dem Kutschbock und spähte in das spärliche Morgenlicht. Er versuchte in dem dämmrigen Tal etwas zu erkennen.

Hörner ertönten, die der Daelsmannen und die der Rûpt, und er sah, wie Pferde hin und her galoppierten. Dann wurden es mehr Pferde, und es wurde allmählich heller, aber immer noch herrschte ein dämmriges Licht, welches das ganze Tal einhüllte. Dennoch konnte er erkennen, dass jetzt die Elfen mit den Daelsmannen ritten.

Auch die Baeron gesellten sich zu den Dylvana und Daelsmannen, und in der Horde schmetterten Hörner, während noch mehr Kohorten der Brut an die Front eilten.

Beau blickte zum Himmel hinauf.

Kommt schon, kommt, es darf nicht zu hell werden, sonst ist das unser Untergang.

In dem Moment ertönte Ruars Signal. *Ta-rah, ta-rah, ta-rah …*

Und in dem dämmrigen Teil erwachte der Stein hinter dem Feind plötzlich zum Leben und kroch lautlos den Hang hinab auf die ahnungslose Brut zu.

Ta-rah, ta-rah, ta-rah …

Tipperton saß mit dem Rücken am Berg und ließ die steingraue Decke sinken. Er spähte einen Moment durch die Dämmerung, dann stand er auf und schlich mit den anderen zu den Wagen der Horde, während im Tal die Hörner schmetterten, als Daelsmannen und Elfen und Baeron hin und her galoppierten, Herausforderungen schrien und die Aufmerksamkeit des Feindes auf sich lenkten.

Die Zwerge liefen schneller, und Tipperton rannte mit ihnen, rasch und lautlos.

Wenn die Schlacht beginnt, folgt sie …

RRRAAAWWW!

Ein grollendes Brüllen übertönte das Donnern der Hufe und das Schmettern der Hörner, die Rufe von Feinden und Freunden, als einer der titanischen Trolle sich umdrehte und eine steingraue Zwergenarmee sah, die Tongefäße trugen und sich den Wagen im ungeschützten Rücken der Horde näherte.

Aufgeschreckt von dem lauten Brüllen sahen sich einige Ghûle um und erblickten den Feind ebenfalls. Sie heulten auf, setzten Hörner an die Lippen und stießen Signale aus. Sie spornten ihre Hèlrösser an und versuchten, durch die engen Schlachtreihen der Horde zu gelangen, wobei sie rücksichtslos Rukhs und Hlöks gleichermaßen niederritten.

In der Horde brach Verwirrung aus. Der Feind war doch vor ihnen, nicht hinter ihnen?

Erneut bellte der Troll und jetzt drehten sich auch andere Ogrus um und sahen die Zwerge. Die Unholde stürmten durch Rukhs und Hlöks, um dem Angriff zu begegnen, wobei sie achtlos das Gezücht zur Seite schleuderten oder niedertrampelten.

Aber es waren neunhundert Châkka und nur sechs Trolle.

Zwischen den angreifenden Zwergen rannte Tipperton den Berg hinab und schleuderte eines der Tongefäße auf einen Wagen. Eine gelbe Flüssigkeit spritzte heraus. Dann warf er die beiden anderen Krüge ebenfalls auf das Gefährt. Die Zwerge taten dasselbe, und währenddessen schleuderten wieder andere unter ihnen mit heißer Glut gefüllte Krüge auf die durchtränkten Wagen. Funken stoben auf, als sie platzten.

Mit einem gewaltigen Fauchen loderten Stichflammen in den trüben Himmel, als Wagen um Wagen Feuer fing. Die Flammen tauchten das Tal in ein unheimliches, rötliches Licht.

Doch im nächsten Moment hatten die Trolle die Zwerge erreicht, und ihre gewaltigen Streitkolben schlugen erbarmungslos zu, noch während sich die Zwerge zurückzogen. Aber zwei der Trolle hatten sich zwischen die Châkka und die Seiteneingänge der Zwergenfeste gestellt, sodass ihnen der Rückweg abgeschnitten war.

Die Zwerge bildeten sofort Formationen, um die gewaltigen Feinde anzugreifen. Tipperton schoss Pfeil um Pfeil auf die Ogrus, die jedoch von ihren steinharten Häuten einfach abprallten.

Jetzt jedoch machte die westliche Flanke der Horde kehrt und stürmte heulend auf die Châkka zu. Rukhs und

Hlöks und Ghûle schnitten der Zwergenarmee ebenfalls den Rückweg in die Feste ab. Krummsäbel und Streitkolben trafen unter ohrenbetäubendem Klirren auf Streitäxte und Streithämmer, und die Luft war vom Heulen und von den wilden Schlachtrufen erfüllt.

Da die Wagen lodernd brannten, konnten die Rukhs und Hlöks nun die Kämpfe an den Nachschubwagen sehen. Da sie vor sich und jetzt auch plötzlich hinter sich Feinde wussten, irrten viele verwirrt umher, selbst als die Ghûle ihre Hornsignale gaben und Befehle brüllten, und die Hlöks die Rukhs mit Peitschenhieben zur Ordnung zu bringen versuchten. Verwirrt wendeten sich einige Krieger der Horde um und versuchten, die Wagen zu erreichen, während ihnen andere im Weg standen, die dabei waren, zur Front zu stürmen.

Dann donnerten die Baeron auf ihren mächtigen Rössern heran und mähten mit ihren Morgensternen, Streitkolben und Kriegshämmern den Feind reihenweise nieder, während die Pfeilsalven der Dylvana ihren Tribut forderten. Ihr Hagel wurde von schwarz gefiederten Pfeilen erwidert. Das Gebrüll und das Kreischen der Sterbenden und Verwundeten übertönte selbst das Klirren der Waffen.

Die Daelsmannen ritten mit Loden und Brandt an der Spitze in einem Bogen um den Feind herum, um den Zwergen zu helfen, an den Trollen vorbeizukommen und die Seiteneingänge der Feste zu erreichen.

Noch während sie unter den Hieben der Trolle fielen, schleuderten die Zwerge ihre Tongefäße auf die Ogrus. Sie zerplatzten auf den zähen Häuten der Kreaturen und ergossen ihren Inhalt über sie. Ein Zwerg schleuderte einen Feuertopf auf einen Troll und …

YAAAHHH! Ein markerschütterndes Gebrüll ertönte, als

das gewaltige Ungetüm Feuer fing und seine Qual herausbrüllte.

Aber es gab keine Zwerge mit Feuertöpfen mehr, also mähten die beiden anderen brüllenden Trolle, die ebenfalls mit der Flüssigkeit bedeckt waren, die Zwerge erbarmungslos mit ihren riesigen Streitkolben nieder und hielten blutige Ernte unter ihnen.

Da Tippertons Pfeile gegen die Ogrus nichts auszurichten vermochten, wich er ihnen aus und floh zu einem der brennenden Wagen. Dort riss er einen seiner Signalpfeile aus dem Köcher, den Rynna ihm gegeben hatte, hielt ihn in die Flammen und ...

... mit einem lauten Zischen entzündete sich die umwickelte Spitze des Pfeils. Grellrote Flammen loderten auf. Tipperton wirbelte herum, zielte und ... ein langer, grellroter Streifen sauste durch die Luft und verblasste hinter dem Pfeil, der weiterflog und den Feind traf.

Einen Troll.

Mit einem lauten Fauchen entzündete sich die Flüssigkeit auf dem Körper des Ungetüms.

Auf dem Hügel stand Beau neben dem Krankenkarren, als der grellrote Pfeil durch die Luft sauste. »Himmel!«, schrie er. »Das war Tippertons Pfeil. Er sollte ihn eigentlich nicht abfeuern. Irgendwas stimmt da nicht!« Er sprang von dem Kutschbock, stieg hastig in den Sattel seines Ponys und ritt wie vom Teufel besessen den Hang hinunter. »Wartet, Beau!«, schrie Melor ihm nach, aber der Wurrling hörte ihn schon nicht mehr.

Tipperton riss derweil den zweiten Signalpfeil aus dem Köcher. Als er ihn entzündet hatte, hörte er ...

Einen Wutschrei.

Und einen Ruf: »Gib acht, Tipperton!«

Dann hörte er das Donnern von Hufen, als sich ein Ghûl auf ihn stürzte. Er ritt in vollem Galopp auf ihn zu, den gezackten Speer auf die Brust des Wurrlings gerichtet. Aber der spannte seinen Bogen und feuerte den Pfeil ab. Ein zweiter grellroter Komet zischte durch die Luft und landete treffsicher in seinem Ziel und ...

Erneut erklang ein zischendes Fauchen, als Flammen aufloderten und der zweite Ogru in Flammen aufging.

Doch der Ghûl kam näher. Tipperton ließ sich auf den steinigen Boden fallen, rollte sich unter den brennenden Wagen und auf der anderen Seite wieder heraus.

Im selben Moment sprang Bekki, der den Hang hinabgelaufen war, durch die Luft und rammte den Ghûl, riss ihn vom Pferd und landete mit ihm in dem brennenden Wagen, während Tipperton sich aufrappelte und in dem Gewühl untertauchte.

Beau galoppierte den Hang hinunter zu dem Kampfgetümmel, als ein zweiter Signalpfeil durch die Luft sauste. »Halt durch, Tip!«, brüllte er, während er seine Schleuder aus der Tasche zog. Als er weiterritt, kam ihm ein einzelner Reiter entgegen. Beau erkannte das weiße Haar und den weißen Bart von Lord Tain. Der Ratgeber Lodens floh mit angstverzerrtem Gesicht vom Schlachtfeld.

Beau ritt weiter und hielt in der einen Hand die Schleuder, während er mit der anderen eine Kugel aus der Tasche zog.

Vor ihm fand ein Gefecht statt, eine Elfin stritt gegen einen Ghûl, ein gezackter Speer schlug gegen eine Elfenklinge, während ein Rukh mit einem Bogen in der Hand sich näherte. Beau galoppierte an ihnen vorbei, als die Elfin sich dem Hèlross näherte, bevor der Reiter seinen Speer wirkungsvoll einzusetzen vermochte. Das Licht des Feuers funkelte auf dem Schwert, als die Elfin es schwang, um den Ghûl zu enthaupten, doch bevor die Klinge traf, schlug ein schwarz gefiederter Pfeil ihren Leib ein. Und gerade als Beau an ihnen vorbeiritt, stürzte sie zu Boden.

Es war Phais.

Als die drei Trolle kreischend verbrannten, kletterten zwei ihrer Gefährten hastig die Steinhänge des Berges hinauf und flüchteten. Die Ungetüme heulten vor Furcht vor den rotglühenden Pfeilen, die sie in Flammen aufgehen lassen konnten. Der sechste, verbliebene Troll jedoch kämpfte weiter gegen die Châkka, und die Brut rückte nach, um ihm zu helfen. In dem Moment donnerte Prinz Loden mit den brüllenden Daelsmannen in die Flanke des Feindes, und verwickelte sie in ein wütendes Gefecht.

An der Spitze der Phalanx waren die Baeron mittlerweile vollkommen von der Brut eingeschlossen, während die Dylvana versuchten, mit Pfeilsalven den Ring zu durchbrechen.

Tipperton duckte sich zwischen den Feinden hindurch und rannte im Zickzack durch ihre Reihen. Sein Bogen war zwar gespannt, aber aus dieser kurzen Entfernung war die Waffe nutzlos. Ein Hèlross drängte sich durch das Getümmel und schleuderte den Wurrling zu Boden. Er verlor den Pfeil und krabbelte auf allen vieren weiter, um nicht zertrampelt zu werden, als er plötzlich gegen eine Zeltwand stieß.

Er kletterte unter dem Rand ins Innere.

Dort stand ein Mann, der sich langsam zu ihm herumdrehte.

Und in dem gedämpften Licht der Laterne den Wurrling blicklos anstarrte.

Tipperton riss einen Pfeil aus dem Köcher, als er in das leere, geistlose Gesicht des Mannes starrte, dessen Mund offen stand und über dessen Lippen Speichel in langen Fäden herunterhing.

Es war Modrus Astralkörper, und er stank nach Furcht. Seine Hose war mit Urin beschmutzt.

Tipperton legte den Pfeil auf die Sehne und zielte auf die Brust des Mannes.

Draußen erfüllten Schlachtrufe und Todesschreie die Luft, Hörner gellten, Stahl klirrte auf Stahl, während sich Schneiden in Leiber bohrten, Muskeln und Sehnen und Adern durchtrennten und Knochen zermalmten.

Der Mann im Zelt stand verständnislos da, während er sabbernd den Wurrling und den Bogen anstarrte. Dann grinste er den Wurrling idiotisch an, und grunzte.

Tipperton seufzte und zog die Sehne zurück ...

... in dem Moment flog die Klappe vor dem Eingang des Zeltes zurück, als eine dunkle Gestalt hereinstürmte und ein Streithammer herabsauste. Das Eisen zertrümmerte den Schädel des Mannes, als wäre er eine reife Melone. Blut und Gehirnmasse spritzte durch die Luft, während Tipperton mit einem Schreckensschrei zurücksprang und den Bogen auf ...

»Bekki!«, schrie der Wurrling, als er den Krieger erkannte, während der Tote auf dem Boden zusammenbrach.

Bekki stand neben der Leiche. Bart und Haar des Zwerges waren versengt, seine Rüstung mit Ruß bedeckt und seine von den Flammen geschwärzte Kleidung qualmte.

Beau brüllte vor Wut auf und feuerte ein Geschoss auf den Rukh. Die Bleikugel flog dem Feind gegen die Kehle und zerschmetterte seine Gurgel. Er bekam keine Luft mehr, fiel zu Boden und zuckte krampfhaft mit den Füßen, als er langsam und qualvoll starb.

Jetzt wendete sich jedoch der Ghûl gegen den Wurrling. Beau feuerte eine zweite Kugel ab, welche den Schädel des Untoten traf. Dunkle Flüssigkeit spritzte aus der klaffenden Wunde, doch der Ghûl grinste nur und stürzte sich auf den Wurrling.

Beau riss das Pony zur Seite, als der Ghûl an ihm vorbeidonnerte und griff nach einer weiteren Kugel. Der Untote riss sein Hèlross so brutal herum, dass das Biest vor Schmerz schrill wieherte.

Beau feuerte ein weiteres Geschoss ab, welches den Feind in die Schulter traf und seine Knochen zerschmetterte. Dennoch grinste der Ghûl nur und setzte zu einem neuerlichen Angriff an. In dem Moment fegte ein Reiter vorbei. Es war Loric! Seine Klinge zuckte durch die Luft und drang in den Nacken des Ghûls ein. Mit diesem Hieb enthauptete der Elf den Feind, und der Kopf des Untoten flog durch die Luft, während das Hèlross mit seinem kopflosen Reiter im Sattel an Beau vorbei davongaloppierte.

»Loric, es ist Phais!«, schrie Beau, sprang vom Pferd und riss seinen Medizinbeutel vom Sattel.

Himmel!, dachte er. Grundgütiger Himmel. Gib, dass sie nicht tot ist.

Er rannte so schnell er konnte an die Seite der gefallenen Dara.

Bekki sah von dem toten Astralkörper hoch. »Tipperton! Ich dachte, du wärest gefallen!«

»Nein, aber das wird uns beiden blühen, wenn wir nicht schleunigst von hier verschwinden!«

Bekki nickte und warf noch einen Blick auf die Leiche, deren Kopf nur noch eine unkenntliche Masse war. »Ich wollte Modrus Augen und Ohren und Stimme töten. Nachdem ich das bewerkstelligt habe, können wir gehen.«

Als Tipperton zum Ausgang des Zeltes ging, sagte er: »Ihr seid überall verbrannt, Bekki ...«

»Nicht so schlimm wie der Ghûl«, knurrte der Zwerg. »Ich lebe noch. Er nicht.« Er umklammerte seinen Streithammer. »Mir nach!« Er stürmte aus dem Zelt und direkt auf die brüllenden Feinde zu. Sein Streithammer mähte links und rechts die Rukhs nieder, während er sich mit Tipperton auf den Fersen seinen Weg von den brennenden Wagen frei kämpfte.

Gerade als er einen lodernden Wagen passierte, sprang ein Rukh ihn an. Er hatte einen langen, eisernen Speer erhoben, um zuzustoßen, als ...

Tippertons Pfeil in seinem Rücken landete. Die Spitze drang aus seinem Brustbein heraus, und er starrte das blutverschmierte Eisen verblüfft an, noch während der Speer aus seinen kraftlosen Fingern fiel. Nur Sekunden später brach der Rukh tot auf dem Boden zusammen.

Bekki wirbelte gerade noch rechtzeitig herum, um das zu sehen, und bedankte sich knurrend bei dem Wurrling.

»Ich habe Euch ja gesagt, dass Rukhs gefährlich sind«, schrie Tipperton über den Kampflärm dem Zwerg zu.

Mittlerweile war auch der letzte Troll den Berg hinaufgeklettert, seinen flüchtenden Gefährten hinterher. Er hatte sogar seinen gewaltigen Streitkolben zurückgelassen. Obwohl man ihm mit Äxten und Streithämmern und Morgensternen kaum etwas anhaben konnte, fürchtete auch er die roten Feuerpfeile, die seine Art in Flammen setzen konnten.

Als die Rukhs sahen, dass die Trolle den Kampfplatz verließen, ergriffen auch sie die Flucht. Obwohl die Ghûle auf ihren Hèlrössern sie anbrüllten, und die Hlöks ihre Peitschen sausen ließen, flüchteten die kreischenden Rukhs vor den Daelsmannen und den Zwergen.

Als der Rest der Horde die heulenden Rukhs flüchten sah, gerieten sie in Panik und schlossen sich der Flucht an. So wurde aus dem Sieg, den sie zum Greifen nah vor sich gesehen hatten, eine heillose Flucht, als die Brut nach Osten, in Richtung Straße, strömte.

Und endlich wurde es hell in dem von Feuern erleuchteten Tal, und die Schatten zogen sich allmählich zurück.

15. Kapitel

Der Anblick war grauenhaft. Tote und Sterbende übersäten das Schlachtfeld, und die Verwundeten riefen qualvoll nach Hilfe. Reiterlose Pferde irrten humpelnd über den Kampfplatz, obwohl auch viele Tiere tot am Boden lagen. Und mitten in dem Gemetzel lag ein schrill kreischendes Hèlross, das wie wild mit seinen gebrochenen Beinen um sich schlug.

Beinah überwältigt von ihrer schier unlösbaren Aufgabe hasteten die Heiler über den Schauplatz der Schlacht und behandelten die Verletzten, so gut sie konnten. Einige ihrer Kameraden trösteten die Verwundeten. Andere fingen die herumirrenden Pferde ein und führten sie zur Seite, damit man sich auch um die herrenlosen Tiere kümmern konnte.

Gleichzeitig marschierten einige Abteilungen von bewaffneten Kriegern mit Speeren und Langmessern umher. Ihre Aufgabe war weit finsterer.

»Komm«, knurrte Bekki. »Wir haben eine Aufgabe zu erledigen.«

Tipperton sah den Zwerg fragend an, aber er folgte ihm auf das Schlachtfeld hinaus.

Sie kamen zu einem Rukh, der hilflos am Boden lag.

Ein Schwerthieb hatte ihm die Beine vom Körper getrennt. Er versuchte wegzukriechen, aber Bekki packte das Haar des Rukhs, zog seinen Kopf zurück und ...

»Nicht, Bekki!«, schrie Tipperton, während der Rukh erst aufkreischte und dann abrupt still wurde, als die Klinge des Zwerges ihm die Kehle durchtrennte. Schwarzes Blut spritzte aus dem Schnitt.

Der Zwerg ließ den toten Rukh fallen und sah Tipperton an. Der Wurrling war blass und zitterte, und schien sich jeden Moment übergeben zu müssen. »Hätte ich ihn leben lassen sollen, damit jemand ihn heilen kann?«

»Ich ...«

»Er war ein Grg, ein Geschöpf Gyphons«, fuhr Bekki fort, als wäre diese Erklärung genug.

»Ach, Bekki, es ist dennoch nicht richtig. Er konnte sich nicht einmal verteidigen.«

»Dennoch musste es getan werden.« Bekki ging weiter.

»Ich kann nicht weiter mit Euch gehen, Bekki!«, erklärte Tipperton. »Nicht, wenn wir so etwas tun.« Er wandte sich ab.

Bekki blieb stehen. »Hast du mir nicht auf unserer Reise zur Zwergenfeste gesagt, dass du sie alle töten wolltest, als deine Gefährtin von ihnen ermordet wurde? Alle Ökhs, Hröks, Khols, Hèlrösser, Trolle, Flussleute, Kistani, Chabbaner, Hyrianer, kurz alle, die sich auf Gyphons Seite geschlagen haben?«

Tipperton sah den Zwerg an. »Ja, Bekki, das habe ich gesagt. Aber ich habe feststellen müssen, dass es mich nicht zufrieden macht, wenn ich die Brut und ihre Freunde töte. Rache kann ein verletztes Herz nicht heilen. Und ganz gleich, wie viele ich von ihnen erschlage, nichts wird mir Rynna zurückbringen.« Tränen strömten

Tipperton nun über das Gesicht, und er deutete auf das blutige Schlachtfeld. »In der Schlacht zu töten, ist notwendig. Aber dies hier, was du jetzt tust, den Wehrlosen die Kehlen durchzuschneiden, das ist Mord ... Wie auch der Tod von Modrus Stimme, der sich ebenfalls nicht wehren konnte.«

Bekki knirschte mit den Zähnen. »Du musst noch viel lernen, Tipperton. Denn im Krieg zählt nur eines: zu gewinnen.«

»Selbst auf Kosten der Unschuldigen und Wehrlosen? Kann irgendein noch so hehres Ziel diese Taten rechtfertigen? Ich glaube nicht, ganz gleich wie böse der Feind sein mag.«

Bekki antwortete nicht, sondern starrte stattdessen ungläubig an Tipperton vorbei.

Der drehte sich um. Die gewaltigen Portale von Minenburg standen offen, und Gestalten, die von Kopf bis Fuß in Schleier gekleidet waren, kamen heraus. Sie wurden von wild dreinblickenden Zwergenkriegern bewacht.

Das mussten die Châkia sein, die beschützten, behüteten, bewachten Zwergenfrauen.

Sie gingen über das Schlachtfeld und knieten sich hierhin und dorthin, um verwundeten Verbündeten zu helfen. Geschickt wuschen sie Wunden, trugen Salben und Kräuter auf, verbanden und nähten.

Bekki schob hastig den Dolch in die Scheide zurück und nahm seinen Streithammer wieder auf. »Ich muss mit den Châkka den Rand dieses Schlachtfeldes bewachen.«

Die Zwergenkrieger bewegten sich wie ein Mann, als sie einen Ring aus Stahl um das Schlachtfeld zogen. Sie würden niemals zulassen, dass der Feind ihre geliebten Châkia angreifen konnte. Die Dylvana schlossen sich ihnen an.

»Ich werde den Heilern helfen«, rief Tipperton Bekki nach. Dann sah er sich suchend nach Beau um. Als er ihn fand, stieß er einen lauten Schrei aus und rannte zwischen den Verwundeten und Sterbenden hindurch zu dem Wurrling, der mit seinem Medizinbeutel in der Hand neben Loric über das Feld ging. Der Elf trug Phais in den Armen. Sie war bis zur Hüfte nackt und rührte sich nicht.

Währenddessen machten die Daelsmannen und Baeron mit ihrer blutigen Arbeit weiter und sorgten dafür, dass alle Gefallenen der Brut wirklich tot waren, Rukhs, Hlöks, Ghûle, Hèlrösser und sogar die verbrannten Trolle.

»Beau!«, rief Tipperton. »Beau, Lady Phais, ist sie ...?«

»Nein, Tipperton, aber sie wird sterben, wenn wir ihr nicht schnellstens Güldminze einflößen können. Der Pfeil, der sie traf, war vermutlich vergiftet. Wir bringen sie zur Zwergenfeste.«

»Folgt mir«, erklärte Tipperton. »Ich weiß so ungefähr, wohin wir gehen müssen. Bei den Kochstellen gibt es heißes Wasser.«

»Heiße Kohlen brauchen wir auch«, erklärte Beau. »Wir müssen die Wunde kauterisieren.«

Tipperton führte sie den Hang hinauf zum Eingang der Zwergenfeste, und dann durch Korridore und in eine Küche, in der bereits verschleierte Châkia warteten.

Loric legte Phais sanft auf einen Tisch, während Beau einen Stuhl heranzog. Er stieg darauf und rief nach heißem Wasser, einem sauberen Becher und einer kleinen Schüssel. Dann wühlte er in seiner Tasche und zog einen kurzen, dünnen eisernen Stab mit einem lederumwickelten Tongriff heraus. »Hier, Tip. Such ein Feuer und leg das hinein. Wenn das Eisen glüht, ruf mich.«

Als Tipperton sich umdrehte, trat eine Châkian an den Tisch. Sie hatte ein Becken mit heißem Wasser, einen Becher und eine Schüssel dabei, außerdem Seife und Handtücher. »Ihr müsst Eure Hände gründlich waschen«, erklärte sie leise. »Alle, die sich um die elfische Lady kümmern wollen.«

Beau blickte forschend hoch. »Seid Ihr eine Heilerin? Ich könnte Hilfe gebrauchen.«

Schweigend wusch die Zwergin sich die Hände und stellte dann die Schale mit der Seife vor Beau hin.

Der nahm eine kleine, silberne Dose aus seiner Brusttasche und entnahm ihr eine kleine Portion des kostbaren, goldfarbenen Krauts, die er in die Tasse legte. Dann goss er heißes Wasser hinein. Ein erfrischender Duft erfüllte die Luft.

Während der Sud zog, wusch sich Beau gründlich die Hände und trocknete sie ab. Dann widmete er sich wieder Phais. »Sie hat viel Blut verloren«, murmelte er. »Betet zu Adon, dass es genug war, damit das Gift zum größten Teil herausgespült wurde.« Beau nahm die Tasse in die Hand und sah die Châkian an. »Aber die Wunde ist sehr tief. Wir müssen ihr das hier einflößen.«

Die Châkian nahm die Tasse, trat an eine Schublade, zog einen Löffel heraus und trat wieder an den Tisch. Dann begann sie, Phais kleine Portionen des Gebräus einzuflößen, welche die Dara schluckte, obwohl sie nicht bei Bewusstsein war.

»Was macht das Kauter-Eisen?«, rief Beau.

Tipperton stand am Ofen. »Es ist glühend rot.«

»Gut, du hast die Dame gehört. Komm her und wasch dir die Hände«, befahl Beau.

Kurz darauf reichte Tipperton, dem der Schweiß von der Stirn perlte, Beau das glühende Instrument. Der Heiler nickte Loric zu. »Nehmt ihr den Verband ab.«

Der Alor wickelte den Verband von Phais' Brust.

Beau betrachtete die Wunde genau. »Wenn ich dies hier benutze, wird sie nie wieder frei atmen können.« Er dachte einen Moment angestrengt nach und schüttelte dann den Kopf. »Wir werden das nicht einsetzen«, meinte er und gab Tipperton das Eisen zurück.

Der andere Wurrling seufzte erleichtert.

Beau sah die Châkian an. »Könnt Ihr mit dem Löffel etwas Güldminze in die Wunde träufeln? Ja, genau so, noch etwas. Gut, das genügt.

Jetzt verabreicht ihr den Rest, dann legt die Blätter in die Schüssel. Ich muss eine Tinktur für einen Verband daraus zubereiten. Wo ist mein Nähzeug?«

Kurz darauf befestigte Beau den letzten Knoten des Umschlags. »So, das war alles.« Er sah Loric an, und richtete seinen Blick wieder auf die Châkian. »Ihre Wunde wird noch stärker bluten, wenn sie nicht still liegt. Und sie hat bereits mehr als genug Blut verloren. Wir müssen sie irgendwohin bringen, wo sie in Frieden ausruhen kann.«

»Thel, Sol Châkian«, murmelte Loric.

Die Châkian wandte sich ihm zu und legte den Kopf schief. *»Da tak Châkur?«*

»Ti«, erwiderte Loric. *»Kelek at skal ea. Ea ta Loric.«*

Die Châkian klatschte in die Hände. Zwei weitere Châkia tauchten auf. Sie gab ihnen einen Befehl, und kurz darauf kamen sie mit einer Trage wieder zurück. »Keine

Angst, Wächter«, sagte sie zu Loric. »Wir werden sie mit anderen verwundeten Frauen in unsere Heilkammern bringen, wo sie Ruhe finden kann.«

»Ich helfe Euch«, erklärte Loric.

Die Châkian schüttelte den Kopf, sodass ihre Schleier tanzten. »Nein. Diese Kammern befinden sich in unseren Gemächern.« Sie drehte sich zu Beau herum. »Nur Heiler dürfen sie betreten.«

Beau legte das glühende Eisen in eine Schale mit Wasser, wo es zischend abkühlte. Dann trocknete er es ab und steckte es wieder in seinen Beutel. Er nahm die Tasche auf und sprang vom Stuhl. »Geht voraus«, sagte er.

Tipperton und Loric sahen den Zwerginnen nach, die Phais trugen.

»Kommt«, meinte der Elf schließlich. »Helfen wir dabei, die Pferde einzufangen.«

Eine Weile später kam Beau aus der Zwergenfeste heraus und kehrte auf das Schlachtfeld zurück, wo er half, die Verwundeten zu versorgen. Melor stand auf den Hängen, wo er entschied, wer als Nächstes behandelt wurde. Einige konnten warten, andere mussten sofort versorgt werden, und wieder andere lebten zwar noch, aber dennoch kam für sie jede Hilfe zu spät.

Es brach Beau fast das Herz, diese Letzteren auf dem Kampfplatz liegen zu lassen.

Nachdem die Verwundeten notdürftig versorgt worden waren, wurden sie in die Feste geschafft. Die Männer wurden in eigene Quartiere gebracht, die Frauen in die Gemächer der Châkia und dort ihrer Obhut übergeben. Denn Phais war nicht die einzige Elfin, die verwundet worden war. Die verletzten Frauen der Baeron wurden ebenfalls von den Châkia versorgt, obwohl einige von ihnen protestierten. Aber die Zwerge ließen sich nicht erweichen, denn es war ihr Châkkaholt, und hier lebten die Frauen getrennt von den Männern.

Häuptling Gara und Coron Ruar akzeptierten diese Unterbringung ohne Murren. »Wenn man in Rhondor ist«, meinte Gara weise, »muss man leben wie ein Rhondorianer.«

Beau arbeitete zusammen mit den anderen Heilern fieberhaft bis in die Nacht hinein. Als er dann schließlich vollkommen erschöpft in sein Bett fiel, waren alle gerettet, die man hatte retten können. Die anderen waren tot.

Insgesamt waren fast drei Viertel der Verbündeten verletzt worden, manche davon jedoch nur leicht. Von denjenigen, welche schwerere Wunden davongetragen hatten, war fast die Hälfte in der Schlacht gefallen, und in den folgenden Tagen würden noch mehr von ihnen sterben.

Ruar zählte die Toten. Dreihundertzwo Daelsmannen, einhundertzweiundzwanzig Baeron, zweihundertsechsundvierzig Zwerge, einhundertvierundachtzig Dylvana.

Von der Horde waren fast dreitausend gefallen, zweitausend während der Schlacht, eintausend danach.

In den nächsten Tagen wurden die Toten bestattet. Die Châkka wurden auf gewaltigen Scheiterhaufen verbrannt, mit den zerbrochenen Waffen des Feindes am Fuß der Feuer. Trauernde klagten, während die Krieger Vergeltung schworen. Die Baeron bestatteten ihre Toten in einem bewaldeten Tal unter geflochtenen Lauben und in absolutem Schweigen. Die Daelsmannen wurden in die

Erde gelegt, während man ihre Taten laut der Welt verkündete. Die Dylvana wurden ebenfalls verbrannt, während ihre Gefährten ihre Seelen singend auf ihrer Reise begleiteten.

Tipperton und Bekki sahen zu, wie die Daelsmannen Löcher für die Gräber aushoben. »Es ist nicht richtig«, erklärte der Zwerg. Seine Kapuze hatte er zum Zeichen der Trauer über den Kopf gezogen.

»Was ist nicht richtig?« Tipperton sah in das gerötete Gesicht des Zwergs und fragte sich, ob er wütend war, oder ob seine Gesichtsfarbe noch Spuren seiner Verbrennungen zeigte, obwohl er mit Aloe behandelt worden war.

»Sauberer Stein oder reinigendes Feuer ist der einzige Weg, die Toten wahrhaft zu ehren. Ansonsten dauert es zu lange, bis ihre Seele frei wird, um erneut geboren zu werden. In der Erde werden Wurzeln die Seele festhalten. Kein Wunder, dass Châkka und Daelsmannen sich nicht verstehen.«

Tipperton schüttelte den Kopf, sagte aber nichts. Er schwieg auch, als er bemerkte, wie die Daelsmannen auf die Errichtung des gewaltigen Scheiterhaufens für die Zwerge und die Feuer der Elfen blickten. Ebenso auf die Baeron, die ihre Toten in den Wald brachten.

Die Baeron betrachteten die Bestattungsriten ihrer Verbündeten ebenfalls nur mit Kopfschütteln.

Nur die Dylvana schienen die unterschiedlichen Sitten zu respektieren, während sie sich darauf vorbereiteten, alle Seelen in den Himmel zu singen.

Die dreitausendeinhundertzwanzig Toten der Brut sollten auf Ruars Drängen hin – und gegen den Widerstand der Zwerge – ebenfalls verbrannt werden. Schließlich gab

Borl nach, denn auch wenn er eine Feuerbestattung für eine Ehrung der Grg hielt, die sie nicht verdient hatten, sah er keine andere Möglichkeit, sich rasch der vielen Toten im Tal zu entledigen, und er wollte nicht, dass sie vor der Zwergenfeste verfaulten.

Tipperton betrachtete seufzend das Schlachtfeld. »So viele Tote, Bekki. So viele. Es ist irgendwie ungerecht.«

Bekki knurrte zustimmend. »Der Krieg ist eine hässliche Sache, Tipperton. Gerechtigkeit hat hier nichts zu suchen. Es gibt, wenn überhaupt, nur eine Regel, und die lautet, zu gewinnen.«

»Und wenn man ohne ein solches Gemetzel gewinnen kann?«

Bekki betrachtete den Wurrling. »Das ist im Krieg nicht leicht zu bewerkstelligen.«

Tipperton seufzte erneut. »Ich glaube, wenn man einen Krieg ohne Blutvergießen gewinnen will, muss man das tun, bevor die Schacht entbrennt.«

Sie sahen eine Weile schweigend zu. »Ich kannte nur so wenige von denen, die gefallen sind.«

Der Blick in Bekkis Augen wurde hart wie Stein. »Alle gefallenen Châkka waren meine Brüder.«

Auch an diesem Tag besuchte Beau viele Verletzte, einschließlich Phais, die in der Heilkammer der Châkia ruhte. Als er dort eintraf, warf sich die Dara fiebernd auf ihrem Lager herum, während das Gift in ihren Adern wütete. Die Châkia kümmerten sich um sie. Eine tupfte ihr die Stirn mit kühlem Quellwasser ab, während andere versuchten, sie ruhig zu halten.

Die Bandage um ihre Brust war blutgetränkt.

»Meiner Treu!«, flüsterte Beau. »Ich hätte die Wunde doch kauterisieren sollen.«

»Soll ich ein Eisen erhitzen?«, fragte die Châkian an seiner Seite.

Er schüttelte den Kopf. »Dazu ist es jetzt zu spät. Das Gift hat sich bereits ausgebreitet.«

»Wir haben ihr einen Schlaftrunk verabreicht«, sagte eine andere Châkian. »Aber das Fieber hat wieder die Oberhand gewonnen.«

Beau nickte und zog das silberne Kästchen aus seiner Brusttasche. Mit der Hilfe einer Châkian bereitete er rasch einen Güldminzetee zu und flößte ihn der Dara ein. Dann fiel sie wieder in ihren unruhigen Schlaf zurück.

»Ich komme später wieder«, flüsterte er Phais schließlich zu, als er die Wunde erneut verband und eine frische Tinktur auftrug. Die Dara antwortete nicht. Beau hatte Tränen in den Augen, als er sie verließ.

Am nächsten Tag wurden die Toten bestattet. Châkia weinten, und mit Kapuzen verhüllte Châkka rissen an ihren Bärten und schworen Vergeltung, als der schwarze Rauch zum Himmel aufstieg. Daelsmannen marschierten um die Gräber und verkündeten laut die tapferen Heldentaten der Gefallenen, Dylvana standen an den Scheiterhaufen und sangen, und irgendwo im Wald standen schweigend die Baeron, während Loric, der mit ihnen gegangen war, ein Stück abseits stand und sang.

In der Nacht wurden die Leichen der Brut eingeäschert. Niemand trauerte währenddessen, aber so mancher stieß einen bösen Fluch aus.

Und bei der Pflege der Verwundeten verbrauchte Beau noch eine Dosis seiner kostbaren Güldminze.

Am nächsten Morgen berief Coron Ruar den Kriegsrat ein. DelfHerr Borl und ein älterer Zwerg, Bork, nahmen ebenfalls daran teil. Sie trafen sich in dem großen Kriegssaal der Zwergenfeste.

»Es treiben sich noch sieben Kohorten einer Horde in Riamon herum«, erklärte Ruar. »Die Kundschafter haben berichtet, dass sie jetzt nach Südosten schwärmen.«

»Nicht in Richtung der Stadt Dael?«, erkundigte sich Bwen. Sie trug ihren Arm in einer Schlinge. »Das überrascht mich etwas.«

Loden schüttelte den Kopf. »Dael verfügt über starke Befestigungen und ist gut bewacht. Sie sind auf ihrem Weg hierher an uns vorbeigezogen. Jetzt ist die Zahl der Brut ja noch geringer, also werden sie erneut vorbeiziehen.«

Borl knurrte. »Minenburg-Nord ist noch besser geschützt als deine Stadt, Prinz Loden«, knurrte er. »Sie ist in den lebenden Stein gehauen. Warum sie hierhergekommen sind und uns belagert statt euch belagert haben, ist mir rätselhaft.«

Der ältere Zwerg räusperte sich. »Früher einmal, in der Ersten Ära, hat Modru Durek von den Châkka eine Allianz vorgeschlagen. Durek hat ihn ausgelacht. Eine Weile später hat die Brut Durek in den Vorvor geworfen. Doch Durek hat überlebt, vielleicht mit der Hilfe der Utruni. Ich glaube, das ärgert Modru, und deshalb sinnt er auf Rache.«

»Würde er denn nach so langer Zeit immer noch davon erzürnt sein?«, erkundigte sich Tipperton.

»Wer weiß schon, wie der Verstand Modrus funktioniert?«, meinte Loden und schüttelte den Kopf. »Ich jedenfalls ganz bestimmt nicht.«

Brandt hob eine Augenbraue. »Was hätte wohl Ratgeber Tain gesagt?«

Loden hob die Hand. »Das werden wir nie erfahren, Brandt. Seine Leiche wurde bisher nicht gefunden.«

»Aber er ist nicht gefallen!«, platzte Beau heraus. »Er ist geflohen.«

Loden sah den Wurrling an. »Er ist ... was?«

»Er ist geflüchtet«, wiederholte Beau. »Er ist vom Schlachtfeld geflohen. Ich bin ihm begegnet, als ich hinabritt, um in den Kampf einzugreifen.«

Loden sah sich am Tisch um. Seine Kiefer mahlten.

Melor räusperte sich. »Als Lord Tain den Hügelkamm erreichte, wandte er sich nach Osten, in Richtung Dael.«

Wut flammte in Lodens Augen auf. »Er ist vom Schlachtfeld geflüchtet, und dabei hielt ich ihn für tot und verbrannt.« Der Prinz ballte eine Hand zur Faust. »Und jetzt muss ich erfahren, dass er feige geflohen ist.« Langsam öffnete Loden seine Finger. »Ich werde mich seiner annehmen, wenn ich ihm das nächste Mal begegne.« Loden drehte sich um und sah Ruar an. »Aber es gibt noch Gezücht im Rimmen-Ring, um das wir uns zuerst kümmern müssen.«

»Ich würde sagen, wir setzen ihnen zu, während sie fliehen«, schlug Häuptling Gara vor. »Wir schlagen zu, wenn sie es nicht erwarten, und ziehen uns dann zurück.«

»Ihr meint, wir überfallen sie«, stellte Bwen fest.

Bekki knurrte. »Ich mag es nicht, wenn wir aus dem Hinterhalt zuschlagen. Es hat den Ruch der Feigheit.«

»Wie unterscheidet sich das von dem, was wir hier getan haben?«, erkundigte sich Tipperton. »Immerhin haben wir uns mitten in der Nacht hinter ihrem Rücken durch die Seiteneingänge geschlichen, in Decken gehüllt, die wie Stein aussahen, während ihre Aufmerksamkeit auf ihre Gegner vor ihnen im Tal gerichtet war. Als es schließlich hell wurde, und sie sich vollkommen auf die Reiter konzentriert haben, haben wir von hinten zugeschlagen. Wenn das kein Hinterhalt war, dann habe ich noch keinen gesehen.«

Bwen lachte. »Oh, Bekki, ich glaube, da hat er ganz recht.«

Daelsmannen und Baeron stimmten in ihr Lachen ein. Dylvana und Lian lächelten, und selbst DelfHerr Borl warf seinem Sohn einen amüsierten Blick zu.

»Aber wir waren in der Unterzahl!«, protestierte Bekki.

»Das sind wir immer noch«, meinte Ruar. Er sah sich am Tisch um. »Wie viele von uns können noch reiten? Und haben wir überhaupt genug Pferde?«

»Ich zähle vierhundertachtunddreißig gesunde Daelsmannen«, erklärte Loden. »Und fünfhundertzwölf Pferde.«

Gara sah Bwen an. »Dreihundertzehn Baeron und ein paar Pferde mehr.«

»Und dazu noch fünfundsechzig von uns Kutschern«, setzte Bwen hinzu.

Ruar nickte. »Sechshundertfünfundzwanzig Dylvana und mehr Pferde, als wir brauchen.«

»Ich werde zweihundert Châkka abkommandieren«, erklärte DelfHerr Borl. »Natürlich auf Ponys. Der Rest der Châkka muss bleiben und Minenburg bemannen und sich um die Verwundeten kümmern.«

Ruar warf einen Blick auf Tipperton, Beau und Loric. »Ihr drei und Eure verwundete Gefährtin habt uns bei unserem Feldzug tatkräftig unterstützt, aber Ihr habt eine Aufgabe zu erfüllen. Ihr mögt beschließen, mit uns zu reiten, was uns erfreuen würde. Aber wir wissen nicht, wohin der Kriegszug uns führen wird, ob nach Dendor in Aven oder in eine ganz andere Richtung. Was sagt Ihr?«

Beau und Loric sahen Tipperton an. »Also, Wurro«, meinte der Heiler. »Sag es: Was machen wir?«

Tipperton atmete einmal tief durch und blickte auf den Boden. Schließlich richtete er den Blick auf Bekki und Coron Ruar. »In diesen letzten Tagen ist mir klar geworden, dass ich noch so viel Feinde töten könnte, ohne den Schmerz in meinem Herzen zu lindern. Ich habe in der Rimmen-Kluft so viele erlegt, wie ich konnte, und auch hier ist ein Dutzend meinen Pfeilen zum Opfer gefallen ...«

»Einschließlich zweier Trolle und einem hinterhältigen Ükh«, warf Bekki ein.

Borl riss erstaunt die Augen auf. »Du warst derjenige, der diese rotglühenden Pfeile abgeschossen hat?«

Tipperton nickte.

»Elwydd«, stieß Borl hervor. »Allein das hat viele Leben gerettet, unter anderen meines, denn ich stand direkt vor dem Troll, als dein Pfeil ihn in Brand gesetzt hat.«

Tipperton hob abwiegelnd die Hand. »DelfHerr Borl, ich habe das nicht allein bewerkstelligt. Die Zwerge, welche die Ogrus mit dem brennbaren Öl beworfen haben, haben den größeren Ruhm ...«

»Achtung!«, unterbrach Borl ihn. »Ich, Borl, Sohn von Berek, und DelfHerr von Minenburg-Nord, nenne dich hier und jetzt *Châk-Sol.* Auf dass alle, die es hören, das Wort an jene verbreiten, die es angeht. So habe ich gesprochen, und so soll es sein.«

»Châk-Sol?«, fragte Tipperton verwirrt. »Was ...?«

»Zwergen-Freund«, übersetzte Loric. »Ihr wurdet Zwergenfreund genannt, so wie ich einst in der Zwergenfeste der Roten Berge.«

»Aber was bedeutet es?«

Borl lächelte. »Alle Geheimnisse, alle Räte und alle Rageber meines Châkkaholt und meines Volkes sind die deinen, wenn du darum bittest.«

»Meiner Treu!«, sagte Beau und sah Tipperton staunend an. »Bedeutet das auch, dass deine Schultern jetzt breiter werden, und du eine Streitaxt mit dir herumschleppst?«

Tipperton lachte, doch sein Kichern wurde von dem donnernden Gelächter des Kriegsrates übertönt.

Schließlich hob Tipperton eine Hand. »Ich danke Euch sehr, DelfHerr, auch wenn ich eine solche Ehrung kaum verdiene. Aber ich werde Euch gewiss nicht enttäuschen.«

Bekki beugte sich zu Tipperton herüber. »Das ist auch eher unwahrscheinlich, Herr Tipperton, sehr unwahrscheinlich.«

Borls Vater, Berk, stand auf, hob die schwere Streitaxt in seiner knorrigen Hand, und schwang sie über dem Kopf. »Ein Hál für Herrn Tipperton, Trolltöter und Châk-Sol!«

Die riesige Steinkammer erbebte, als die Anwesenden aus vollen Lungen brüllten: *»Hál, Hál, Hál!«*

Tipperton lief rot an. »Ich glaube wirklich nicht, dass ich ...«

»Unfug!«, unterbrach Berk ihn. »Du hast es verdient!«

Tipperton hob die Hände. »Ich gebe nach und danke Euch«, sagte er, was ihm ein befriedigtes Murmeln der Versammlung einbrachte.

Schließlich räusperte sich Ruar und bat um Ruhe. Er wandte sich an Tipperton. »Wir erwarten Eure Entscheidung, Herr Tipperton, Trolltöter und Châk-Sol. Werdet Ihr und Eure Gefährten mit uns reiten, um die Horde zu verfolgen, oder werdet Ihr Euch stattdessen nach Aven wenden?«

Tipperton sah sich um. »Coron Ruar, in diesen letzten Wochen habe ich verdrängt, dass wir geschworen haben, nach Aven zu gehen. Es gibt noch jemanden, der gelobt hat, uns bei dieser Reise zu begleiten, nämlich Dara Phais, die schwer verletzt daniederliegt. Ich ... wir können sie nicht zurücklassen, ganz gleich, welchen Weg wir einschlagen werden. Aber ich habe mich entschlossen: Wir werden darauf warten, dass sie wieder gesundet, und dann zusammen weiterziehen, zu König Agron, nach Dendor, oder wo immer er sich aufhalten mag.«

Bekki runzelte die Stirn bei diesen Worten, aber Ruar nickte. »Wir werden Euch sehr vermissen, meine Freunde, aber die Pflicht ruft Euch auf einen Weg, während wir einen anderen einschlagen müssen. Wir können Euch nur Erfolg wünschen. Bleibt, denn wir haben heute noch viel zu entscheiden, und Euer Rat wäre dabei höchst willkommen.«

Dann drehte sich Ruar zu den anderen herum. »Meiner Zählung nach sind wir eintausendsechshundertachtunddreißig Krieger. Wir sind immer noch bedenklich in der Unterzahl. Dennoch ist die Brut auf der Flucht, und das verschafft uns einen großen Vorteil ...«

Die Beratungen dauerten den ganzen Tag an. Am späten Vormittag verabschiedete Beau sich kurzzeitig, um, wie er Tipperton zuflüsterte, nach Phais und einigen anderen Verwundeten zu sehen. Tipperton und Loric blieben, hatten aber nicht viel an Rat beizutragen.

Am Nachmittag kehrte Beau zurück. »Keine Veränderungen«, flüsterte er Loric und Tipperton zu.

Beau hatte sich kaum hingesetzt, als Bekki aufstand und sich an Borl wandte. »Vater, ich muss Herrn Tipperton nach Aven begleiten.«

Als der DelfHerr fragend die buschigen Augenbrauen hob, sprach Bekki weiter. »Ich war Lehrling bei dem DelfHerrn Valk in Kachar und bin durch Rimmen und Aven gereist. Ich kenne diese beiden Reiche sehr gut.«

Borl hob die Hand. »Und was ist mit deiner Schuld den Dylvana und Baeron und Daelsmannen gegenüber? Und wer soll in der Feste das Kommando führen, wenn ich mit ihnen reite?«

»Vater, ich kann nicht widersprechen, dass wir in der Schuld unserer Verbündeten stehen. Aber wir schulden Herrn Tipperton ebenso viel, wenn nicht mehr, denn er hat nicht nur dein Leben gerettet, sondern auch meines. Und hätte er die Trolle nicht getötet, wäre die Schlacht sehr wahrscheinlich anders ausgegangen. Es war sein Plan, der die Belagerung aufgehoben hat. Und zuletzt noch dies: Er ist der Châk-Sol von Minenburg-Nord, und braucht Hilfe. Ich gehöre zu unseren besten Kriegern, also bitte ich um deine Erlaubnis, ihn zu begleiten. Das Kommando in der Feste kann mein Großvater führen, denn er ist noch gesund und munter.«

Berk drehte sich zu Borl herum. »Er hat recht, mein Sohn. Eine große Schuld muss beglichen werden. Was mich angeht, ich war früher DelfHerr und hielt es für eine Last. Auch wenn ich lieber in die Schlacht reiten würde, wenn du es beschließt, werde ich die Bürde der Burgwache übernehmen, bis du zurückkehrst.«

Borl schlug seinem Vater mit der Hand auf die Schulter. »Einen Besseren gibt es nicht.« Dann sah er Bekki an. »Aye, mein Sohn. Ich gebe dir die Erlaubnis, falls der

Waeran dich als Reisebegleiter überhaupt haben will.« Er sah Tipperton an. »Wirst du einen weiteren Mann in deinen Diensten akzeptieren, Châk-Sol?«

Beau beugte sich zu Tipperton herüber. *»Sucht die Hilfe derer, die keine Menschen sind«,* flüsterte er und grinste, als Tipperton ihn mit großen Augen ansah. »Es ist alles miteinander verwoben, weißt du.«

Tipperton schüttelte den Kopf und drehte sich zu Borl herum. »Gerne, DelfHerr. Ich hätte Bekki gern an meiner Seite.«

Bekki strahlte, als Borl erklärte: »So hat er gesprochen, und so soll es darum sein.«

An den beiden folgenden Tagen starben trotz aller Bemühungen der Heiler noch mehr der Schwerverletzten, und es gab weitere Bestattungen.

Am dritten Morgen jedoch ritten die Dylvana, die Daelsmannen, die Baeron und die Zwerge hinaus, um den Spuren ihrer Feinde zu folgen. Alle waren zu Pferd, nur die Zwerge ritten auf ihren zähen, stämmigen Ponys.

Ihnen folgte Bwen mit den Wagen, und obwohl sie mit ihren schweren Fuhrwerken den anderen nicht auf dem Fuß folgen konnte, so war sie zumindest in der Nähe.

In der Zwergenfeste sollten die Verwundeten so lange zurückbleiben, bis sie wieder reiten konnten. Wann das sein würde, konnten Beau und die Zwergenheiler nicht immer genau sagen, und bei einigen ging es schneller als bei anderen.

Bevor sie aufbrachen, verabschiedeten sich Vail und Melor von Tipperton und Beau. Vail ritt mit den Kundschaftern, und Melor mit den Heilern der Vorhut.

Prinz Loden und Prinz Brandt, Häuptling Gara und Wagenführerin Bwen verabschiedeten sich ebenso von ihnen wie DelfHerr Borl, der mit den Kriegern zog, und Coron Ruar. Sie alle wünschten Tipperton und Beau, Bekki und Loric alles Glück und baten sie, ihre Grüße auch Dara Phais auszurichten.

Und dann waren sie verschwunden. Die Kavalkade ritt mit der Wagenkolonne im Gefolge Richtung Dael. Als sie nicht mehr zu sehen waren, kehrten Tipperton, Beau, Bekki und Loric mit den anderen in die Zwergenfeste zurück und schlossen die Tore sorgfältig hinter sich.

Als Beau am nächsten Tag aus der Kammer kam, in der Tipperton und er nächtigten, um seine Krankenrunde zu beginnen, rief Tip ihm nach: »Warte auf mich, Beau. Ich nehme meine Laute mit und gehe mit dir zu Lady Phais.«

Beau blieb stehen, bis sein Freund ihn eingeholt hatte. Als sie weitergingen, meinte der Heiler: »Ich weiß nicht so recht, Tip. Diese Châkka bleiben ziemlich unter sich.«

»Aber sie haben uns doch aufgenommen?«

»Das schon. Aber ich meine, dass sie Außenstehenden gegenüber sehr abweisend sind. In schweren Zeiten verrammeln sie ihre Eingänge mit eisernen Gattern. Und in solchen Zeiten lassen die Châkia auch keine Männer in ihre Gemächer.«

»Ich versuche es trotzdem«, meinte Tipperton. »Sie können mich ja höchstens wegschicken. Außerdem musst du ja auch noch andere Patienten behandeln, Männer, und vielleicht kann ich wenigstens die aufheitern.«

Als Beau seine Runde machte, begleitete Tipperton ihn und spielte auf seiner Laute, und die Verwundeten, die ihm zuhörten, waren froh darüber.

Schließlich näherten sie sich einer der mit eisernen Gittern versperrten Gänge. »Ich glaube, ich mache das von jetzt an immer, Beau. Selbst die Siechen scheinen neuen Mut zu fassen.«

»Meine Tante Rosie meinte immer, dass gute Laune die Genesung beschleunigt.«

Tipperton seufzte. »Vielleicht sollte ich dann lieber nicht für sie singen und spielen.«

Beau sah ihn verblüfft an. »Warum das denn nicht?«

»Ganz einfach, Beau. Je schneller sie gesund werden, desto früher ziehen sie wieder in die Schlacht, wo sie vielleicht sterben.«

»Ach so.«

Sie bogen um eine Ecke und standen dann vor einem der schmiedeisernen Gatter. Beau zog an einer Schnur, und irgendwo in dem Gang ertönte eine Glocke.

»Ich finde, du solltest trotzdem für sie spielen, Tip«, meinte Beau, während sie warteten. »Vielleicht ist ja einer von denen, die schneller gesund werden, derjenige, welcher die Welt von Modru und seinen Schergen befreit. Es ist alles ...«

»... miteinander verwoben, ich weiß, Beau«, beendete Tipperton den Satz.

Auf der anderen Seite des Gatters tauchte eine Gestalt auf, die ganz von seidenen Schleiern verhüllt war.

Sie blieb an dem Gatter stehen.

»Wir sind gekommen, um meine Patientin zu behandeln«, erklärte Beau.

»Du kannst passieren, Herr Beau, aber dein Freund ...«

»Ich wollte bei der Heilung helfen«, erklärte Tipperton rasch und hob seine Laute hoch. »Natürlich auf meine Art. Diese Art von Heilung ist ebenfalls notwendig.«

»Tip hat recht, wisst Ihr«, mischte sich Beau ein. »Die Musik wird helfen.«

Seide raschelte, als die Châkian den Kopf auf die Seite legte. »Tip? Herr Tipperton? Trolltöter und Châk-Sol?«

Tipperton verbeugte sich tief, so tief, wie sich ein knapp ein Meter großer Wurrling überhaupt verneigen konnte. »Zu Euren Diensten, Mylady.«

Ohne ein Wort trat die Châkian zurück zu einer Nische, wo ein Hebel versteckt war. Sie betätigte ihn, und das schwere Gatter glitt lautlos hoch.

Beau duckte sich darunter hinweg, als es auf halber Strecke zur Decke war, und Tipperton folgte ihm auf dem Fuß.

Ebenso lautlos wurde das Gatter wieder gesenkt, und die Sicherungsbolzen vorgeschoben.

Sie folgten der Châkian durch die Korridore zu einer großen Kammer, in der Kojen standen, auf denen die verwundeten Elfinnen und die Frauen der Baeron lagen. Hier und dort kümmerte sich eine verschleierte Zwergenfrau um sie. Dann trat Beau an die Pritsche, auf der Phais lag. Sie schwebte zwischen Wachen und Bewusstlosigkeit, während das Gift in ihrem Körper arbeitete. Sie war dünn und blass, aber gerade wach, und lächelte Beau schwach an. Dann öffneten sich ihre Augen vor Überraschung etwas weiter, als sie Tipperton sah. Dem Wurrling sank bei ihrem Anblick der Mut.

»Während Beau Euch herumschubst«, erklärte Tipperton und bemühte sich, trotz seiner Bestürzung zu lächeln, »bin ich gekommen, um Euch etwas vorzusingen.«

»Ich schubse sie herum?«, meinte Beau, während er in seinem Beutel wühlte. »Also wirklich!«

»Achtet nicht auf ihn, Lady Phais«, erklärte Tipperton und hob die Laute an. »Welches Lied möchtet Ihr hören?«

Phais hatte die Augen geschlossen, und Tipperton dachte schon, sie wäre wieder ohnmächtig geworden. Doch dann hörte er ein schwaches Flüstern. »Kennt Ihr zufällig das Lied ›Die Tanzende Anima‹? Ich glaube, das würde uns allen Mut machen.«

Tipperton grinste. »Wie Ihr wünscht, Mylady.« Er sah sich um, erblickte einen Stuhl und sprang auf den Sitz. Dann begann er zu spielen. Silberhelle Töne erfüllten die Krankenstation mit ihrem lebhaften Klang, und Tipperton erhob seine Stimme für alle.

Es gab einmal eine Anima, einen entzückenden Geist
Die in ihrem Ring tanzte und tanzte.
Und als sie ihren anmutigen Tanz tanzte,
Trug sie nichts an ihrem verlockenden Leib.
Und sie tanzte und tanzte aus Freude.

Dann kam ein Jüngling, ein hübscher Jüngling
Von eben ihrer Art, ihr versteht, ihr versteht,
Er spähte durch die Blätter und sah sie tanzen
Und entflammte in Liebe, in Liebe für sie ...
... oder etwas in der Art ...

Als Tipperton zum Ende des Liedes kam, hallte Lachen durch die Kammer, meist leise und schwach, aber doch ein freudvolles Geräusch. In einem Bett gegenüber von Phais lag eine Baeron mit einer tiefen Schnittwunde im Bein. Sie kicherte und meinte: »Geschieht ihm ganz recht, dem Bürschchen«, was noch mehr Gelächter hervorrief.

Selbst die Châkia gluckSten hinter ihren vielen Schleiern.

Während Beau Tee aus den letzten Blättern der Güldminze zubereitete, spielte Tipperton ein weiteres Lied und danach noch eines. Er sang immer noch, als eine Châkian Phais langsam das Getränk einflößte. Und eine weitere Weise spielte er, als Beau den Umschlag mit der Tinktur anlegte.

Nach jedem Lied wurde er mit Applaus bedacht und aufgefordert, noch eines zu singen.

Schließlich war Beau fertig. »Komm, Wurro«, sagte er. »Ich muss noch mehr Patienten behandeln, und die können deine Lieder auch gebrauchen.«

Also rief Tipperton: »Ich muss jetzt gehen«, was mit einem Chor enttäuschter Ohs kommentiert wurde. Doch als er sagte, dass er am nächsten Tag wiederkommen wollte, erntete er große Vorfreude.

Tipperton sprang vom Stuhl und ging zu Phais. »Werdet wieder gesund, Mylady, bitte.«

Phais hielt die Augen geschlossen. »Das habe ich vor, mein Freund, das habe ich vor«, flüsterte sie.

Sie gingen weg, geführt von einer Châkian. »Ich weiß nicht, Tip«, meinte Beau. »Das war die letzte Güldminze, und wenn sie nicht wirkt ... Ich hätte die Wunde doch kauterisieren sollen, auch wenn die Narben es ihr erschwert hätten, zu atmen. Ich hätte es tun sollen.«

»Haben die Zwerge denn keine Güldminze, Beau?«

Die Châkian neben den beiden Wurrlingen antwortete für Beau. »Nein, wir haben keine. Diese Minze ist sehr selten, und wir besitzen nichts davon.«

»Elwydd«, stieß Tipperton hervor.

Später in der Nacht wurde Tipperton von Beau geweckt, der von einer Krankenvisite in ihre gemeinsame Kammer zurückkehrte. Beau weinte.

Tipperton schoss förmlich im Bett hoch. »Was ist los, Beau?«

»Lady Phais«, sagte Beau.

»Oh nein!«, stieß Tipperton entsetzt hervor.

»Nein, Tip, sie ist nicht tot, ganz im Gegenteil. Sie hat endlich wieder Farbe im Gesicht, und ihre Atmung geht leicht. Sie schläft friedlich, Tip. Die Güldminze hat das Gift endlich besiegt.«

Die Wurrlinge umarmten sich, während ihnen Tränen über die Wangen liefen.

»Komm, Beau, gehen wir zu Loric und sagen es ihm.«

Am nächsten Tag begleitete Tipperton Beau erneut auf seiner Runde. Jeder der beiden Wurrlinge kümmerte sich auf seine Weise um die Kranken. Als sie zu der Krankenstation der Châkia kamen, saß Phais bereits aufrecht im Bett. Eine verschleierte Châkian flößte der Dara mit dem Löffel ihre erste Mahlzeit seit Tagen ein. Doch obwohl Phais die Suppe aß, wirkte sie noch schwach und entkräftet. Ihre Gesichtsfarbe sah jedoch, wie Beau gesagt hatte, schon wesentlich gesünder aus.

Als die Dara die Wurrlinge sah, lächelte sie.

»Ihr seht großartig aus, Phais«, erklärte Beau.

Phais streckte die Hand aus und umfasste schwach Beaus Hand. »Das liegt an Eurer Behandlung, Beau.«

Beau senkte verlegen den Blick und schüttelte den Kopf. »Der Verdienst gebührt Lady Aris.«

»Aris? Aus dem Ardental?«

Beau nickte. »Sie hat mir die Güldminze gegeben. Ohne sie hättet Ihr wohl nicht überlebt. Der Pfeil war vergiftet und steckte tief in Eurem Körper.«

»Es war Vulggift«, erklärte die Zwergenfrau leise.

»Vulggift?«, fragte Tipperton. »Woher wisst Ihr das?«

»Kein Gift sonst ist so schrecklich, und es ist zudem tief in ihren Körper eingedrungen.«

»Oh.« Tipperton sah Phais an, die bestätigend nickte.

Dann hob Tipperton die Laute an. »Was möchtet Ihr hören, Mylady.«

Phais seufzte. »Ich möchte meinen Geliebten sehen.«

»Loric?« Tipperton schlug sich mit der Hand auf die Stirn. »Natürlich Loric, wen sonst.« Er wandte sich an die Châkian. »Ihr könnt doch sicher Alor Loric erlauben, seine Geliebte zu besuchen.«

Ihre Schleier bauschten sich auf, als die Zwergin sich zu dem Wurrling umwandte. »Nein.«

»Aber es würde ihr so guttun«, protestierte Tipperton.

»Er ist ein Mann«, erwiderte die Châkian.

Tipperton deutete auf sich und Beau. »Aber ihr habt uns beide auch eingelassen. Und wir sind schließlich auch Bokker.«

»Er ist ein Heiler, und du bist ein Châk-Sol.«

Tipperton riss die Augen auf. »Moment mal, Loric ist auch ein Châk-Sol.«

Die Châkian hörte auf, Phais zu füttern. »Welche Feste?«

»Ich glaube, die in den Roten Bergen.«

Sie gab Phais den nächsten Löffel Suppe. »Ich rede mit Lord Berk.«

Am nächsten Tag durfte Loric tatsächlich seine geliebte Phais besuchen, und er hielt sie zärtlich umschlungen, während ihm Tränen über die Wangen liefen.

Die Tage verstrichen, und die Wälder verfärbten sich golden und rot. In der Zwergenfeste gab es immer weniger Bestattungen, und schließlich starben keine weiteren

Verletzten mehr an ihren Wunden, und die Überlebenden gesundeten zusehends. Aber die Verletzung von Dara Phais heilte nur langsam, denn das Gift hatte ihrem Körper übel zugesetzt.

Immer noch machte Tipperton mit Beau die Runde und spielte auf seiner Laute.

Im Oktober wurden die Tage kürzer, und die rostroten Blätter wurden vom starken Wind weggeweht. Phais lag immer noch danieder. Doch andere genasen unter den heilenden Händen von Beau und den übrigen Heilern, manche schneller, manche langsamer. Die, welche gesund wurden, fragten nach ihren Pferden und Waffen und Rüstungen, und ritten den Verbündeten nach, um mit ihnen der Brut zuzusetzen. Jedem von ihnen blickte Tipperton vom Tor von Minenburg nach und fragte sich, ob er wohl derjenige war, der Modru am Ende zu Fall bringen würde. Immerhin konnte Beau recht haben, und alles war miteinander verwoben.

Also sah Tipperton ihnen hinterher, wenn sie davonritten, und fragte sich, was die Zukunft wohl brachte. Und wenn sie verschwunden waren, ging er wieder in die Zwergenfeste zurück, während die Wächter hinter ihm die Tore verschlossen.

Schließlich neigte sich der Oktober dem Ende zu, und mit dem November kam der erste Schnee. Eine leichte Pulverschicht bedeckte den Boden, aber am Nachmittag war er bereits wieder geschmolzen. An diesem Tag stand auch Phais zum ersten Mal von ihrem Krankenlager auf.

Sie war schwach und zittrig, und Loric musste sie stützen, aber sie ging doch auf ihren eigenen Beinen. Um das gebührend zu feiern nahm Tipperton seine Laute und spielte auf der Krankenstation das Lied, das er nur als den

»Gesang der Châkia« kannte. Als die Zwergenfrauen ihn hörten, versammelten sie sich um ihn und sangen mit. Ihre süßen Stimmen erfüllten die Kammer und hallten durch die Gänge und Korridore, und die Zwerge blieben stehen und lauschten.

Loric weinte, als er die Worte hörte, die in Châkur gesungen wurden. Aber er sprach in den folgenden Tagen nie darüber.

Der Oktober glitt in den November hinüber, und es schneite jetzt häufiger. Aber in der Zwergenfeste war es gemütlich und sicher.

Sie hörten nichts von den Verbündeten, und wie es ihnen im Krieg ergangen war.

Mitte November begann Phais, ihren Körper wieder zu kräftigen. Ende November ging es ihr gut genug, um die Krankenstation verlassen zu können. Noch am selben Tag brachte sie ihre Sachen in Lorics Kammer, nahm ihr Schwert und folgte ihm zum Übungssaal, wo sie mit ihrem Geliebten ihre eingerostete Schwertkunst wiederentdeckte.

Am ersten Tag des Dezembers brauste ein Schneesturm über Minenburg hinweg.

Das hat Modru heraufbeschworen, munkelten einige. *Er ist der Herr der Kälte, und das hier ist seine Jahreszeit.*

Aber in der Zwergenfeste war es warm.

Mehr als zehn Wochen, nachdem sie verwundet worden war, erklärte Phais, dass sie wieder reiten konnte. Drei Tage später, früh am Morgen, ging sie mit Loric, Tipperton und Beau auf die Krankenstation, um sich von den Châkia zu verabschieden. Tipperton stellte sich noch ein Mal auf den Stuhl und spielte ein letztes Lied, und als er fertig war, sprang er von dem Sitz und bückte sich, um seine Laute erst in den Samtbeutel zu stecken. Eine der Châkia trat zu Phais, drehte ihnen den Rücken zu und zog die Schleier von ihrem Gesicht, um die Dara zum Abschied zu küssen. In dem Moment erhob sich Tipperton von der anderen Seite des Bettes mit seiner verpackten Laute und ... riss die Augen auf, als er das Gesicht der Châkian sah. »Meiner Treu!«, stieß er leise hervor. »Meiner Treu!«

Sie verließen das Quartier der Châkia und kehrten in die Zwergenfeste zurück. »Sie war so wunderschön«, sagte Tipperton. »Sie sah gar nicht aus wie eine ...«

»Still, Tipperton«, ermahnte Phais ihn. »Sprecht nie wieder davon.«

Beau blickte in Tippertons überraschtes Gesicht. »Hah«, knurrte er, »ich frage mich, womit dies alles verwoben ist.«

Phais warf Beau einen warnenden Blick zu, und er verstummte.

Sie kamen zu der Kammer am Haupttor, wo Bekki und sein Großvater Berk sie bereits erwarteten. Drei gesattelte Ponys standen bereit, und vier Pferde. Zwei waren gesattelt, und zwei mit Vorräten bepackt.

Berk sah die beiden Wurrlinge an, die sich ihre Winterausrüstung anzogen. »Pass auf dich auf, kleiner Heiler«, sagte er zu Beau. »Und auch du, Châk-Sol.« Dann drehte er sich zu Phais und Loric herum. »Lebt wohl, Wächter, möge Elwydd Euch alle behüten.«

Zuletzt umarmte Berk Bekki und schlug ihm auf den Rücken: »Châkka shok, Bekki, Châkka cor«, sagte er.

»Aye, Großvater Burgwächter.« Bekki rieb sich die Augen.

Die fünf verabschiedeten sich von den anderen und führten ihre Pferde durch die Seiteneingänge in die Kälte hinaus. Ihr Atem bildete Wolken vor ihrem Mund.

Tipperton zog seine Handschuhe an und stieg wie die anderen in den Sattel.

Dann sah er sich um und musterte die schneebedeckten Gipfel, die in den grauen Himmel ragten. Ihr Eis funkelte wie Diamanten in der kalten Wintersonne. Es war der fünfzehnte Tag des Dezembers, und eine glitzernde Decke aus Raureif überzog alles.

Tipperton nahm die Zügel seines Ponys auf. »Kommt, Freunde, reiten wir. Wir haben eine Münze abzuliefern.«

Sie spornten ihre Pferde an und ritten den Hügel hinab.

Wisst Ihr,
alles ist irgendwie miteinander verwoben.